薪火学术

纪念章培恒先生诞辰八十七周年暨逝世十周年

薪火学术编辑部 编

復旦大學出版社

"章培恒先生逝世十周年纪念座谈会"现场

目　录

风范篇

忆之念之　仰止行止

——章培恒先生逝世十周年纪念座谈会发言　　（1）

安平秋（3）　马樟根（4）　金文京（5）　稻畑耕一郎（6）

王水照（侯体健代读）（7）　陈志敏（9）　陈建华（10）

左东岭（12）　张伯伟（13）　李庆（16）　程章灿（18）

廖可斌（21）　钟振振（24）　陈书录（25）　黄灵庚

（寄赠）（28）　李浩（28）　魏崇新（31）　梅新林（35）

黄霖（37）　董乃斌（38）　陈尚君（39）　陈思和（41）

陈大康（42）　阚宁辉（43）　高克勤（44）　朱立元（46）

葛兆光（48）　汪涌豪（49）　胡晓明（50）　吴格（52）

陈先行（53）　吴冠文（54）　马美信（57）　骆玉明（58）

贺圣遂（60）　胡令远（61）　吴兆路（62）　许建平（63）

杨光辉（65）

切磋篇

东亚汉文学的若干特点　　　　　　　　　　　　　　　邵毅平（66）

王运熙先生的汉魏六朝乐府研究　　　　　　　　　　　杨　明（99）
传字辈昆曲表演艺术家的学习精神和创新精神　　　　　江巨荣（113）
试析谢肇淛诗论的调和特征　　　　　　　　　　　　　郑利华（126）

《明人别集丛编》总序与总例　　　郑利华　陈广宏　钱振民（140）
中西校勘学比较刍论：从胡适谈起　　　　　　　　　　苏　杰（146）
何景明年谱（中）　　　　　　　　　　　　　　　　　吕高升（164）
《汇校汇评汇注高启全集》述略　　　　　　　　　　　钱振民（219）

名师荐稿

道德、勋业、文章：徐阶的文学旨意与经世关怀　　　　王　婷（245）

风范篇

忆之念之　仰止行止

——章培恒先生逝世十周年纪念座谈会发言

引　言

2021年6月7日,是复旦大学杰出教授、复旦大学古籍整理研究所创所所长章培恒先生逝世十周年的祭日。为此,复旦大学古籍整理研究所于6月12日专门召开"章培恒先生逝世十周年纪念座谈会",邀请数十位海内外专家学者与会并发言,共同缅怀章先生的精神风范与学术成就,分享关于他的点滴记忆,反思他提出的重大问题。

因为疫情的关系,这一次的纪念座谈会只能以较小的规模举行,并且采用线上与线下会议相结合的特殊方式。因此,有不少章先生的老朋友,我们没敢惊动,许多章先生的学生、晚辈,也都无法到场表达他们对先生的思念,作为会议筹办方,我们深感遗憾。

开幕式上,全国古籍整理出版规划领导小组副组长、全国高等院校古籍整理研究工作委员会(以下简称"古委会")主任安平秋先生,教育部办公厅原副主任、人民教育出版社原社长马樟根先生,日本京都大学人文科学研究所原所长、日本中国学会会长金文京先生,日本早稻田大学中国古籍文化研究所原所长稻畑耕一郎先生,复旦大学资深特聘教授王水照先生,复旦大学副校长陈志敏先生、复旦大学特聘讲座教授陈建华先生先后致辞。

安平秋先生、马樟根先生和日本的金文京先生、稻畑耕一郎先生,事先都精心录制了视频。安先生、马先生与章先生有很深的交情,金先生、稻畑先生与章先生也有特别的学术因缘。记得十年前章先生逝世的那一天,安先生和杨忠先生、曹亦冰先生、廖可斌先生特意赶到上海。章先生逝世一周年的纪念活动,安先生、马先生也都来复旦参加并讲话。这次为了视频录播,他们分别多次打来电话,商议细节,指导工作;马先生还特地以个人的名义为章培恒学术基金捐款。

王水照先生和章先生同龄,他们可以说真正是君子情谊。王先生也曾出席章先生逝世一周年的纪念活动并讲话,还为章先生的《不京不海集》作序。此次会议期间,恰逢牙病发作,王先生怕影响表达,特意写好文稿,请他的高足侯体健教授代为宣读。

这次会议得到复旦大学陈志敏副校长和校办的大力支持和指导。临近学期末,陈校长在百忙中拨冗莅临,并代表学校致辞,对章先生终其一生为学术和学校所作的重大贡献表示崇高敬意和由衷感谢。

陈建华教授于会议前一周不慎股骨骨折,三天前刚刚在医院做完手术,此次代表古籍所致辞,由主会场直接连线医院,在病床上深情回忆章先生对自己的悉心指导。

座谈会共分五场,上午两场在线上进行,由北京大学廖可斌教授、浙江工业大学梅新林教授主持,共有十位学者发言。下午三场在线下进行,分别由郑利华、陈正宏、钱振民三位教授主持,共二十一位学者发言。浙江师范大学黄灵庚教授因故未能到会,特赋诗一首寄赠;华东师范大学严佐之教授则因病未能出席。

会议从筹备到举行,得到所内同仁的协力帮助,特别是龚宗杰、何凌霞带领研究生会务团队,周密部署,辛勤工作,付出大量时间和精力,保障会议取得圆满成功。

此次座谈会上各位专家学者的发言,由闫力元、郑鹤、王婧怡、王婷、岑瑶瑶、张苇、任珂、龙飞宇、陈晨等研究生根据录音整理成稿,陈广宏、郑利华、钱振民三位分别予以审订。

衷心感谢与会专家学者的大力支持！

（复旦大学古籍整理研究所）

安平秋：

章培恒先生去世十周年了。这十年之中，常常在不经意间遇到一两件事情勾起我对他的回忆，而这回忆有的是只有我们两人才经历的事情。

前些天看到一篇文章提到蒋天枢先生，这让我想到章培恒先生对他的老师蒋天枢先生的恭敬与尽心尽力。

那是在1988年6月上旬，我和章先生从上海躲到苏州的南林宾馆审定《中国近代小说大系》的点校书稿，住在同一个房间。6月9日晚上，我到宾馆的主楼去给北京打长途电话，回到房间时看到他赤身裸体地躬身站在桌旁接电话，从他肃穆的神情和简洁的对话中我知道是蒋天枢先生刚刚去世了。放下电话他告诉我：正脱了衣服要洗澡，突然上海来了电话。第二天一早我就陪着他一起回到上海，他去料理蒋先生的后事。多年之后，他在电话里说了什么话我都不记得了，只有他那像《史记·滑稽列传》里说的"簪笔磬折"中的"磬折"的形象偶尔闪现在我的眼前。我想，这种样子是装不出来的，事起仓促，这是他对老师发自内心的恭敬的自然表现。

也是在这一年，蒋先生去世之后不久，我在上海。一天，章先生对我说：蒋先生的家属想把蒋先生的书卖掉，上海书店给价3万元，家属希望是4万元，但谈不下来。言语间有些犯愁。我问章先生："有没有书单子？"他说："有。"第二天我看到书单，对他说："书单子我拿走，我来想想办法。"我回到北京，在古委会秘书处开办公会讨论，并向古委会主任周林同志做了详细汇报，分析了这批书的价值和古委会收购下来的影响与作用，经反复评估和掂量，周林同志拍板：古委会以8万元的价格收购蒋天枢先生的这批图书遗产。同时，又决定不运至北京，而是存放在复旦大学古籍所，设立"蒋天枢文库"。

我把这一决定电话告诉章培恒先生,他的意外欣喜和充满感激溢于言表。事后,我到上海,他谈起这件事仍表示:对蒋先生有个交待了!此后,他对我说:"蒋先生有两部《史记》,他在上面做了许多批注,你拿去看看吧!"他第一次说时我没有回应,第二次又说,我回他:"谢谢你想着我!不必了。怕将来这事说不清楚。"我想,这件事他既是对我的关心,也是希望蒋天枢先生关于《史记》的一些研究心得能够传下去吧!从对蒋先生这批书的处理,感受到章培恒先生对老师的尽心尽力。他是一位可以信赖、可以托孤的人!

有一首流传很广的歌曲里有一句歌词:"回忆是思念的愁!"今天回忆章培恒先生,是因为他留给我的是触动内心的凄惋的思念。

附笔

发言稿打印后,我的老友黄天骥教授来信告诉我:"在您发言后,加一句:'中山大学的黄天骥知悉纪念大会的召开,也表示对章培恒教授深切的怀念。'"随后黄天骥先生又发来"千里故人,一逝十载,弟亦垂老,徒自伤感",以示对章培恒先生的深切悼念。

2021年6月10日夜　平秋遵嘱谨录

马樟根:

我认识章培恒先生是在古委会。古委会从1983年成立以来的几十年中,在古籍整理研究、人才培养、基地建设等方面取得了举世瞩目的成就。这固然是高校学人共同努力的结果,但是我个人认为其中有三位先生的功绩是不能忘记的,他们是周林同志、章培恒先生、安平秋先生。此刻我只想说一说章培恒先生。章先生是古委会中年纪最轻的老专家,是从学术层面对规划制定、人才培养、成果评审起关键作用的副主任。几十年来,高校古籍整理研究等方面所取得的成就,与章先生的努力是分不开的。

前些日子,我与武汉大学古籍所宗福邦教授通电话,宗教授情深意切地回顾了章先生对他和他们所的帮助。他说他们所的《故训汇纂》《古音汇纂》两本大型工具书,之所以能够顺利完成,都离不开章培恒先生给予的宝贵帮助。所以宗先生现在谈起章先生,还是充满着感谢之情。其实我想,何止于武汉大学古籍所,很多学校的情况可能也是如此,真是"斯人已逝,功德长存"。

我还想借这个机会再说一件小事。20世纪80年代后期,全国掀起了一个全民经商的热潮。章培恒先生也在上海注册了一家公司,时间不长,外媒就报道了,大意是说中国著名学者章培恒先生下海了。我从北京给章先生打电话,我说:"章先生,像我这样的人都不敢轻易试水,你怎么就下海了?"章先生回答说:"老马你不知道,这是周老要我办的。"听了章先生的回答,我默然,因为我知道周老曾有恩于章先生,滴水之恩,当涌泉相报,这就是章培恒先生的为人。章先生,慷慨之士。

金文京:

我是日本京都大学已经退休的金文京,我想首先给大家介绍我跟章培恒教授的渊源。1979年,章先生来日本神户大学任教一年,这是日本跟中国复交以后,中国头一次公派到日本大学的客座教授。当时我是京都大学中文系的助教,我跟我一个朋友井上泰山一起去神户旁听章先生的中国小说史的课。

当初我们没听懂章先生所说的话,一来是我们当时中文水平还很低,再来章先生有上海或者绍兴的口音,我们从来没听过。我还记得,譬如章先生说"河岸涩会",我们没听懂,所以我向章先生请求能不能录音,章先生说好。于是我们每次录音,课后两个人一起听录音带,听了好几次耳朵就慢慢开了,"河岸涩会"原来是"黑暗社会"。这样几个月以后一通百通,差不多都听懂了。

当时日本跟中国国情悬殊,章先生在日本的日常生活中有很多不方便、不习惯的地方,譬如说煮饭要用电锅,可是中国当时好像没有这个东西;或者买车票要用售票机,这个中国也还没有。这些都是我们教给章先生的,所以我们对章先生的为人或者生活方式还是比较了解的。因此我们也算是章先生的学生,可以说是海外弟子,可以敬陪末座。

现在章先生去世已经十年了,我觉得岁月过得真快,很有感慨,我自己也老了,已经接近章先生去世的年龄。反观自己,除了身体还很健康以外,没有一个比得上章先生,觉得很惭愧。其实章先生的直传弟子跟我年龄差不多,我想现在在会场的很多同学已经是章先生的再传或者三传的学生,我希望年轻的朋友们继续努力,去继承章先生的学问。

说继承,其实并不等于盲目的崇拜。我前几天重新翻过章先生跟骆先生合编的《中国文学史》,这本书有很多精辟的见解,确实是经典著作。同时里面还有很多问题等待解决,甚至可以提出不同的见解。因此,虽然是经典著作,并不是什么不刊之典,希望年轻朋友们积极去挑战章先生留下来的这些问题,自己去解决,甚或提出不同的意见,这样才算是真正的继承了。

哲人日远,典型尚在。我相信章先生的学问薪传有人,也希望大家共同去努力,把章先生的学问更加发扬光大。

稻畑耕一郎:

章先生离开我们已经过了十年,岁月过得很快,但是章先生的温润的绍兴口音依然留在我的耳边。

今天我代表早稻田大学中国古籍文化研究所讲几句感谢辞。这是因为,我要讲的是复旦大学古籍整理研究所、北京大学中国古文献研究中心和我们早稻田大学中国古籍文化研究所,这三所教研机构每年共同召开国际研讨会的事情。这个研讨会自 2008 年 7 月开始至今,三所轮流承办会议,延续十多年,听说今年这一届也已经开始筹备工作。目前这样的国际交流是普遍的,但是十多年前咱们开始的时候,至少在中国古籍研究领域不多见,延续至今十多年的更不多见。

交流项目是因为章先生的积极支持而开始的。我记得是 2008 年春天,我在复旦古籍所讲课。课讲完后,章先生当时虽然在家疗养,但那天身体很好,精神也很不错,他特意赶来请我吃饭,郑利华老师和徐艳老师也参加了。那天晚上我们聊了很多话题,谈得很开心。那时我冒昧提了交流计划,就是每年复旦、北大、早大的三个古籍教研机构的学者一起讨论各种问题,其主要目的是通过双方的交流,互相认识,互相了解研究情况。章先生当场同意我的想法,所以我马上就去北大拜访安平秋先生,告诉他我们的交流计划草案,并得到了安先生的积极支持。我的想法很粗糙,很简单,没有具体方案,有了两位先生的指导才能开始,没想到年年举行到现在。

很早以前,1979年,章先生40岁的时候接受日方的邀请,在神户大学文学院讲课两年,他可能是第一位汉学领域的著名中国学者专家到日本去讲学,日本汉学界不少感兴趣的青年学者都来听课。章先生当年培养的青年学者,后来都是很优秀的教授,现在来看这方面章先生的贡献很大。同时章先生也了解日本汉学界的研究情况,认为日本汉学界的成果可以借鉴,他访日时就知道中国学者跟国外学者的交流很有用、很重要。我们国外学人当然更需要跟中国国内学者交流,所以三校古籍教研机构的学术交流非常重要,非常有意义。

章先生桃李满天下,学术成就也丰富多彩。章先生逝世一周年之际出版的论文集《不京不海集》,我觉得很象征他的治学精神。他的学问确实"不京不海",很独立,文章也很博雅,所以,可以说是不京不海,亦博亦雅。他不怕学术权威,不拘泥旧套的想法,追求学术真理,这是我们晚辈必须追求的。今天是章先生逝世十周年纪念座谈会,我重新怀念章先生,也对章先生生前的各种指导、照顾以及友谊表示衷心的感谢。

王水照(侯体健代读):

章先生离开我们已经十年了,但他的音容笑貌仍时时显现眼前,他的学术精神、人格魅力仍产生着持久的影响力。

我对章先生是先读其文而后识其人的。20世纪60年代,在全国不少大报纸杂志上,纷纷转载他论晚清谴责小说的论文,对当时流行的评价观点提出尖锐的批评。我读后颇受震惊,认识到这是一位文章高手,后来知道这事的起因是有"最高指示"。

自此以后,我对他的文章十分关注,凡能目见的,都找来阅读。既为他目光犀利、洞见幽微的识见所折服,又为他冲决藩篱、一往无前的胆气所惊叹,文章中还有几分青年人的"霸气"。这是我对他的"第一印象"。

朱东润先生的《自传》中,也记录了他对章先生的"第一印象",在他讲授《诗经·采薇》一诗时,章先生站起来发问:"诗中讲到'一月三捷',是打了三次胜仗,但上下文一点胜利的气氛也没有,如何理解?"朱先生极为欣赏,认为问题"击中要害",能坚持"追求真相"。这促使朱先生别求胜解,他认为诗中的"捷"是"蹍"的假借字,一个月转移了三处据点。朱先生对章先生的这个"第一印象",实际上标志着章先生今后一生学术追求的主要精神:凡事必须勤于思考,绝不人云亦云,敢于提出经过认真研究的独立见解。他的第一部著作《洪昇年谱》虽是朴学之作,但其中重点是解决洪昇所谓"抗清复明"的思想争论问题,是一部充满理论色彩的年谱,在年谱中别具特色。他的第一部学术论集干脆命名为《献疑集》,其中收录诸多质疑商榷之名作,如《西游记》非吴承恩所作、施耐庵与《水浒传》、《辨奸论》乃苏洵真作等等,均是数万字鸿篇巨制,连主张《辨奸论》为伪作的权威史家也赞其论证严缜、无懈可击。章先生学术求真求实之志,一生未尝懈怠。

章先生是我辈中一位杰出的文章高手,也是一位文思敏捷的文章快手。有一次,我和他去苏州参加江苏古籍出版社(今凤凰出版社)召开的《中华大典·文学典》启动讨论会。这是《中华大典·文学典》第一次会议,"隋唐五代卷"作为试点先行起步。会议结束时,才知道要起草一份向上级提交的报告,阐述《中华大典·文学典》的性质、意义、要点及工作规则等问题,还要代表们审读、签字。会议第二天一早就散会,留下当晚一两个小时,时间紧迫。会上又临时决定推我起草,我正为难,不免露出苦状。章先生与我同住一室,问我何故,我说:"老章,我已多年养成晚上不动笔的习惯,否则一定失眠到天亮。"遂向他求援。他欣然答应。晚饭后开笔,文不加点,一气呵成,其间他写完若干页,我即找各房间的代表审阅,流水作业,最后签字完稿。文章共计五六千字,对《中华大典·文学典》丛书编纂的目的,意义,定位,性质,"应有尽有,应无尽无"的编选原则,详细写作细则的编制,样稿试点和全面铺开等,都叙述论证得一清二楚。我才感到什么叫文思泉涌、才华横溢!章先生的这份手稿,凤凰出版社作为珍贵档案保存,我后来去开会时还向我展示过。

特别应提到章先生晚年病中艰苦编著《中国文学史》的情形,像《中国文学史新著》增订本"导论"之类的文字,洋洋洒洒,一字不苟,生命之火已经快萎,而学术生命力仍旺盛不减。"通古今之变,成一家之言",可以移评章先生著史的成果。就我个人而言,章先生是给过我许多不为人知、甚至不为我知的帮助的人,我很感念他。值此十周年祭之际,聊记数则往事以为深切悼念。

陈志敏:

时间飞逝,复旦大学杰出教授、古籍所创所所长章培恒先生离开我们已经十周年了,很荣幸今天能够与各位代表一起,以座谈会的形式,深切缅怀章培恒先生数十年来为中国文学史研究,为中国文学学科的建设,特别是为我们复旦大学中文学科的持续发展所作的杰出贡献。我谨代表复旦大学,对章先生终其一生为学术和我们复旦的发展所作的重大贡献,表示我们崇高的敬意和由衷的感谢。同时,我也谨代表复旦大学,对在线上线下参加这次座谈会的国内外著名专家学者,表示诚挚的感谢和热忱的欢迎。

章培恒先生去世已经十年,在这十年间,学术界和我们复旦大学对章先生的敬重不仅没有丝毫消退,而且与日俱增。我想很重要的原因,在于他在复旦的一生当中,为我们、为复旦大学取得了巨大的学术成就,也留下了弥足珍贵的精神财富。更重要的,是因为他"通古今之变,成一家之言"的文学史家精神、诲人不倦的师道风范,薪火相传,历久弥新。章先生独立思考、求真务实、追求卓越的学术品格,永远值得我们缅怀和发扬光大。

人文学科一直是复旦大学整体发展中不可或缺的重要组成部分，它在过去，曾为我们复旦创造了令人瞩目的成就，书写过无数辉煌的篇章。我校人文学科众多成绩的取得，离不开一代又一代敢为风气之先、力攀学术高峰的大师级人才。章培恒先生便是其中一位非常杰出的学者，他自20世纪50年代起，就积极参与到复旦大学人文学科的建设工作中，并作为我校人文学科的中坚力量，为学科的发展壮大发挥了举足轻重的作用，也在海内外产生了经久不衰的影响。2018年，章先生入选了首批"上海社科大师"，作为文史研究的名家大师，章先生的治学精神获得了礼赞，他的学术传统也将传承下去。因此从这个意义上来讲，我想今天我们纪念章培恒先生逝世十周年，举办这样一个具有特殊意义的座谈会，既可以寄托我们大家对老一代复旦杰出学者的哀思和怀念，也能寄寓我们对复旦大学人文学科未来发展的殷切期望。"薪尽火传"，我们希望像章先生这样老一代优秀学者所留下的学术品格，能够得到我们后辈学者很好地继承和发扬。希望我们的人文学科、我们的中文学科依然能够人才辈出，熠熠生辉。也希望像章先生那种矢志不渝、精益求精的学术精神，能激励我们新一代学者，更加明确自己肩负的重任，进一步增强学术的信念和使命感，通过我们的科研和教学工作，通过不断努力和不懈奋斗，为我们复旦大学乃至我们国家的人文学科建设发展，作出自己的贡献。

最后，我要再次对章培恒先生为我校所作的卓越贡献，表示深挚的敬意，也要再次感谢各位来宾和学者，能够抽出宝贵的时间参加章培恒先生逝世十周年纪念座谈会。

陈建华：

章先生离开我们已经整整十年了。前几天我不慎摔倒骨折，现在在医院里和大家一起纪念章先生逝世十周年，对我来说，更具一种不寻常的意义。

回想四十二年前，我有幸成为赵景深先生和章培恒先生的硕士生，几年之后又成为章先生的第一个博士生。虽然四十二年过去了，此情此景,恍如目前。我作为一个在工厂里工作了十年的青年,而且是在"文革"当中经受了打击的文学青年,能进入复旦,并踏上学术之路,深感庆幸,又自觉任重而道远。我学的是元明清文学专业,在怎么读古书,怎么写学术论文等方面,得到章先生的悉心指导,可说他是手把手教我的。比如章先生嘱我和他合写一篇关于袁枚的评述文章,文章发表之后,得到174元稿费,章先生不取分文,全数给了我,嘱我买点书。多年之后,我再一次回上海,谒见章先生时,他提起这篇文章,说:"以后可以作为你自己写的论文,收入集子里面。"这件事虽小,可见章先生对学生的至细至微之处。

我博士毕业后不久便去了海外,二十多年里始终不敢忘记先生对我的教诲。每当遭遇艰难挫折,就想起章先生"追求真理,锲而不舍,纵罹困厄,毋变初衷"的教导,用以自勉。在香港工作期间,我右眼视网膜脱落,三经手术,未能痊愈。章先生给我打电话,在电话中先生举陈寅恪先生晚年盲目而不辍著述的例子。我们知道那个时候章先生自己也在同病魔做艰苦卓绝的斗争,至今想来,震动不已。

章先生对我做的太多太多,恩重如山,而我为先生做的太少太少,每思至此,便惶愧不定。2018年,在广宏、正宏、利华、蓓芳等诸位兄弟同仁的努力之下,在复旦其他师友学长的支持之下,我回到复旦古籍所工作,与谈蓓芳教授负责古今文学演变的学科发展。我自己觉得年将古稀,才疏德薄,不足当此重任,然而能回到母校,回到古籍所,乃落叶归根,心之所安,也能以此报答师恩之万一。这几年里,在所领导和同仁的关心支持之下,我们做了一些工作,以培养学生为主,在原有的"十三至二十世纪中国文学整合研究"和"中国文学古今演变的地域性研究"等方向之外,新设立了"中国现代文学的'开端'研究"和"中国文学古今贯通研究"两个新的研究方向;也以古今文学演变为契机,开展国际学术交流的一些工作。这方面我们还做得很不够,希望能得到各位师友的支持,希望能够通过这些工作,学习和传承章先生的思想与治学精神,能尽绵薄之力,使得后继有人,薪火相传,寄希望于未来。

左东岭：

今天我们在这里开会纪念章培恒先生逝世十周年，让我回想起不少往事。首先当然是明代文学学会的成立，到现在近二十年了，因为明代文学学会是章先生一手开创，在学会的工作当中，我和书录先生还有好几位副会长配合章先生工作，充分体会到了章培恒先生既豪爽大气又严密细致的为人风格，我们跟他学到了很多。

但是在这儿，我还想讲一个自己的切身体会，其实我从章先生身上学到的东西是非常多的。这件事发生在20世纪80年代初期，1983年，我是在华中师范大学跟随黄清泉教授学习中国小说史的硕士研究生。1984年春季学期，学习的这个课程叫"中国小说史料学"，我的老师布置了两个任务：一个是读鲁迅的《中国小说史略》，并要求对它的每一章每一节作出评价，最好是能提出问题；另一个任务是通读《明史》。这两项工作都非常繁重，尤其是第一项。我们都视鲁迅和胡适为中国小说学术史的开山者，也是学界典范式的人物。当时老师让我去读《中国小说史略》并抛出问题，我觉得实在是为难我，当时有很多的畏难情绪。但是正在这时候，我读到了在《社会科学战线》上章培恒先生发表的《百回本〈西游记〉是否为吴承恩所作》这篇文章。读到这篇文章，我真是有振聋发聩的感觉，因为他对胡适和鲁迅这两位前辈提出了质疑，认为吴承恩并不是，或者说并不能提供有力的证据，证明他就是《西游记》的作者。同时我也感受到了章先生的严谨，他并没有说谁是《西游记》的作者。他的论证又是那么的坚实，通过对天启《淮安府志》的详细分析，尤其是通过目录学，论证当时为什么吴承恩《西游记》分在地理类，属于与百回本《西游记》同名的一部著作。我觉得那时的我非常幸福，重要的是章先生为我提供了思路，也就是说，学术研究的第一步是要能够提出问题，能够对前辈学者提出质疑。后来在2007年，我曾经在《读书》上发表过一篇文章，叫《从知识型阅读到研究型阅读》，我认为，就研究型阅读而言，第一个阅读的方式应是疑问式阅读。其实那就是早年，也就是1984年，我读到章培恒先生这篇文章以后所获得的体会，提出问题或质疑,这是学术上最重要的一个能力和意识。

在研究生毕业以后,考博士生的时候,我曾经选择过三位导师,第一位就是章培恒先生,我深深地为他的学术感悟能力和学术论证能力所折服。第二位是黄天骥教授,因为我曾经一度非常迷恋于戏曲学。第三位就是后来我跟从的罗宗强教授,我是折服于他的文学思想史的研究方法。最终因为种种原因,我没有跟从章培恒先生读博士,但是他的学术魅力及影响,我觉得在我的学术研究上深深地打下烙印。几十年来,我觉得我的成长受他的影响是非常大的。后来章先生在20世纪90年代又把他的这些论文收集起来,取名为《献疑集》,这"献疑"的集名,我想是非常恰当地概括了章先生的风格的。我觉得今天我们在这个学术成长的过程当中,是否受到前辈学者的影响,并不取决于跟没跟他们读书。后来我的博士论文写成之后,罗宗强教授请章培恒先生作为同行专家评议,章先生读得非常细致,给了我很大的鼓励,同时也指出了其中的问题,这是对我的学术成长所提供的巨大帮助。

尤其令我难忘的是,刚才说到明代文学学会成立,在2002年筹备会开会的时候,我从北京赶去南京,会议定在早上8点,当时我坐了一夜的火车,火车晚点了,当我踏进会议室的时候,会议已经开始了,一进门,章培恒先生就说:"东岭,大家刚才已经提议你为副会长,你同不同意?"当时我特别的震惊,又特别的惶恐,便说:"章先生既然命令我,我一定好好为学会做工作。"可以说我几十年的学术成长都是在先生的影响、关怀下展开的。

借今天的纪念会,深深地怀念章培恒先生对我的关爱,特别是对我学术成长的一路扶持。我想,今后章先生的影响会随着时间的推移,在学界越来越大,对我们的学科建设,对我们青年人的学术成长,都会起到巨大的作用。

张伯伟:

今年6月7日,是章培恒先生逝世十周年纪念日。在此前后,我又一次翻阅了章先生的《中国文学史新著》(增订本第二版)和《不京不海集》,尤其是看到后者卷首刊登的"身罹绝症,读书不辍"的照片,就是一个满身伤痕却依然冲锋陷阵的勇士的形象,让我想起爱因斯坦在《理论物理学的原理》一文中的最后一句话:"在永恒的前进中迅速取得胜利。"而章先生,正是这样一位"永恒的前进者"。

章培恒先生文学史的观念和著述在中国由来已久,也有其自身的批评方法。但在20世纪初"西潮"汹涌的风气中,学术界的注意力都被"西方美人"吸引。虽然也借鉴东邻,但日本不过是"效颦"的"东施",人们热衷追求的终极对象还是"彼美人兮,西方之人兮"。传统的观念和方法处于被人熟视无睹、置若罔闻的状态,"文学史"的名词术语、学科观念以及著述体制几乎都是外来的。不仅仅是著述体式,文学史成为文学研究的核心,也同样受到了西方的影响。19世纪以来的欧洲文学批评,一个重要的新特点就是大学教授的"职业的批评",其最擅长的就是文学史研究。而20世纪50年代大量输入的苏联文学理论,在文学研究中同样最重视文学史,强调对文学发展规律的探讨,这也大大影响了此后的研究。整个20世纪,中国文学史著作的数量惊人,在21世纪初的某次学术会议上就有统计,中国文学史已有1600部之多,并且还在以每年十多部的速度增长(韩春萌《直面1600部中国文学史》,《中国图书评论》2005年第3期)。这足以表明,文学史是20世纪文学研究中最为典型的著述体式。但令人遗憾的是,对于什么是文学史以及如何撰写文学史的理论思考,直到现在还是非常欠缺的。这不仅仅是中国的学术状况,当今欧美的文学研究界(不是汉学界)也同样意识到历史诗学的不足导致了文学史的贫瘠,并感叹今天无法确切地撰写一部新文学史。在这个意义上重读章先生的文学史论著,不能不让人感慨系之。

章先生之所以要撰写一部新文学史,是因为他认识到这一领域"正面临着一个学科更新的严峻任务",于是在1996年出版了与骆玉明先生共同主编的《中国文学史》,在当时的中国学术界有"石破天惊"的美誉。然而就在此书誉满乾坤的当时,章先生已经"清醒地看到该书的问世只不过在转型过程中走出了较重要的一步而已。如果老是停留在这一步,那就会很快地被历史的潮流抛到后面并被遗忘……非赶快突破现在的自己不可"(《中国文学史新著原序》),并且在 1998 年推出了《中国文学史新著》的上、中二卷,堪比爱因斯坦说的"迅速取得胜利"。唐代刘知幾曾提出史家三长:才、学、识(《新唐书·刘子玄传》)。其中最重要的应该是"史识",这是一部"史"能够站立起来的关键,否则也只是材料和才华的堆积而已。《新著》的最大突破就在"史识",这集中体现于两方面:一是在原书"以人性的发展"作为贯穿中国文学演进的基本线索的基础上,更进一步将这种发展与文学的艺术形式、美学特征的演变结合起来,尤其强调了构成文学作品的形式和内容的密不可分,不仅难言孰先孰后,而且不可一分为二。我近来思考中国文学研究的再出发,强调的也是从中国传统文学批评的"意法论"为起点,通过"文本化""技法化"和"人文化"的分解,在研究实践中建立起一种动态的平衡。文章发表在 2021 年第 5 期的《中国社会科学》,从某种意义上说,也可以视作对章先生意见的一个遥远的呼应。二是在文学史的分期上,《新著》改变了过去的以王朝兴替作为文学史分期依据的一般做法,努力根据文学演进自身的面貌和特征加以区分和呈现。中国文学史的分期是个老问题,西方汉学家常常嘲讽中国的文学史家大多遵循以朝代兴替为据的分期模式,2012 年我曾在台湾地区中正大学出席过一个会议,时任美国哈佛大学讲座教授伊维德(Wilt L. Idema)在那个会议上大"破"中国文学史以政权更迭为据的分期,新"立"据物质进步、技术变革为基础的分期,故以纸张的发明、印刷术的传播、近现代印刷技术的引进和当代数字化革命为基础建立新的文学史分期模式(《关于中国文学史中物质性的思考》,《中正汉学研究》第 21 期,2013 年),我曾经戏言他"是一个真正的唯物主义者"。总之,历史分期问题并无一定之说,在欧洲的历史研究中也同样存在,法国年鉴学派第三代领军人物雅克·勒高夫就写过一本书——《我们必须给历史分期吗?》,所以这是一个值得探讨和继续探讨的问题。正是基于上述两点,章先生的《新著》达到了其追求,这就是"对以前的自己,也是对原有的中国文学史模式的进一步突破"。我有理由相信,如果章先生还活着，他会不停地对自己、对既有的模式作永不止步的"突破"。

在学术研究上，章先生给自己定下的目标是"真正成为一家之言"。前段时间我阅读《袁行霈文集》，在一篇文章中曾引用王瑶先生讲过的"学问的层次"：第一等是定论，第二等是一家之言，第三等是自圆其说，第四等是人云亦云（《诗词与小品·听雨集·八挽录》）。我觉得学术上的"定论"是不可能的，牛顿的三大定律被爱因斯坦撼动，爱因斯坦的相对论又被霍金发现了漏洞，自然科学尚且如此，何况人文学研究？所以我认为，能够达成"一家之言"就是第一等的学问，这也就是太史公所追求的"通古今之变，成一家之言"的意思。为了成就一家之言，势必要对既有的定论或占主流地位的意见发出挑战，用章先生自己的话来说，"是向被公认的见解挑战"（《献疑集自序》）。但更为可贵的是，他质疑问难的锋芒不仅指向他人，同时也指向自身，对自己的论著始终保持着批判的距离。这对于一个名满天下的学者来说，是一种极为可贵的品格。所以这样的一家之言，就不是固化的、呆滞的，而是生气勃勃、日新月异的。他不屑于做一个万人景仰的英雄，他更愿意做一个"虽千万人吾往矣"的勇士。这不得不让人想起法国史学家乔治·勒费弗尔形容拿破仑的一句话："他最向往的还不是英雄的事业，而是这些事业所体现的精力充沛的热情。"（《拿破仑时代》）

章培恒先生对于学术的热情和勇气将永远鼓舞、激励着后来者"在永恒的前进中"不断取得新的胜利！

李庆：

从20世纪70年代末开始到章先生去世，三十多年间，我和章先生的接触大概算是比较多的。关于章先生的学问，已经有很多朋友写了文章，我也写了文章，这里不想谈，时间关系，我想我就谈几个和章先生接触的场景。

第一件事是20世纪80年代，我和章培恒先生跟蒋天枢先生一起到杭州大学开会，那时候杭州大学还没有和浙江大学合并。那天姜亮夫先生请吃饭后,我们到杭州大学招待所,我和章先生住在一起。章先生晚上还在工作,他把他写的《中国诗史》的译者前言给我看,问我怎么样。当中有一句话,给我的感触非常深。这句话是:"这使我又一次经验了一生中的最好时期早已浪费净尽的悲哀。"当时章先生五十岁上下,我三十几岁,我感到非常触动,这是一个场景。

第二个就是20世纪80年代的后期,尾崎康先生到复旦访问,这是尾崎康先生第一次到访中国,首先从上海进入,然后再介绍他到北大。此次尾崎康先生和我还有章先生一起到上海博物馆参观,那时候延安路的高架桥还没建,博物馆在延安路上。当时高桥智也一起去的,他是我们所的日本高级进修生,拍了一张照片。对于那个照片,尾崎康先生当时就问了一句话,说:"青铜器原来是什么样子的?"章先生就说:"原来是在君王诸侯的庙堂上的,金光灿灿,到了现在,锈迹斑斑。"我当时听了好像觉得很普通,但是后来回味起来,觉得意味深长。

第三件事是20世纪90年代,武汉大学陆耀东先生和宗福邦先生请章先生到武汉大学讲学。那次我一回来,章先生就给我打电话,说:"李庆,这里给了我一个大房子,外面鸟语花香的,我就一个人,你来陪陪我吧。"然后我买了飞机票就去了。一共两个人,就在房子里待了十天左右吧,参加的课也不多,上完课就在珞珈山上走。然后两个人就闲聊,大家谈了很多,谈了各自的家庭、经历。有趣的是,那时候我知道章先生和我都在上海中学念过书,也就不再拘束了,我就问他:"章先生,你那个时候被打成'胡风党'是什么感觉呢?"章先生看了看我,回答说:"你念过鲁迅的《野草》和《随感录》吗?"我讲我当然念过。他说:"你是念哪一篇?"我问哪一篇,他讲《野草》中的一篇就是《秋夜》,就是说"墙外有两株树,一株是枣树,另一株也是枣树"的那篇。他还讲了一篇,是《影的告别》,我不念了。那么最后还讲了一篇,就是《随感录·六十六》。文中说"自然赋与人们的不调和还很多",意思大概就是自然和我们人都还有很多不满的地方,"然而生命决不因此回头。无论什么黑暗来防范思潮,什么悲惨来袭击社会,什么罪恶来亵渎人道,人类的渴仰完全的潜力,总是踏了这些铁蒺藜而前进"。这话当时给我的印象非常深。当然后来他还讲到了,复旦还有一些老师怎么关心他,还讲到了以后他怎么念马克思和恩格斯的书。这是第三件事情。

第四件事情,就是在 21 世纪他去世之前的最后几年中,有一次他请我到家里吃饭,那时正好是《中国文学史新著》的增订版出来。那天晚上他穿了一个棉袍,开始仅我们两个,后来广宏也来了。当时出版社的韩结根把样书送到先生那里,先生说,你拿一套去吧,然后就在书上签了名。广宏开了一句玩笑,说你这是天下第一签名本。我讲那么我就把这话记下来,当时章先生就说还是要再等等。当时我就觉得,章先生五十几岁的时候跟我说,他六十几岁以后我们怎么去旅游;到六十几岁过了,他六十五岁,就讲他六十五岁以后还可以做;然后到七十岁,讲七十岁以后又怎么样。一直到最后,刚才张伯伟也讲了,他到最后还在病床上修改他的《中国文学史新著》。这是第四个场景。

那么我想谈一些感想,就是说在人生的长途上,有的人相呴以湿,相濡以沫,有的人擦肩而过,渐行渐远,但不管怎么说,会有一些事和一些场景深刻地留在每个人的记忆和脑海中。以上这些事对我都是很有触动的。我觉得章先生是一个学者,也是一个现实的人,他的现实的生活态度和明确的生命意识,对我们是很有启发意义的。他用自己生命的烛光,照着眼前和前方的路,当然有时是迷茫的,有时是清晰的。他在生活中探索着,也追寻着,那么他探索的是什么?这个问题我当时在复旦给学生讲课的时候,讲过三点:他探讨真相,历史的和现实的真相。他探求真情,既有老师、朋友、学生等熟悉的人,也有他并不怎么熟悉的一些人。当然章先生也有任性的地方,我当时也跟他这么讲。还有就是,探索真理。当然对于什么是真理,有没有真理,现在又有各种说法,这就不谈了。这是给我的人生最大的启示,从这个意义上说,章先生还生活在我们中间。

程章灿:

章先生离开我们,倏忽之间已经整整十年。我是从 20 世纪 80

年代初开始拜读章先生的论述,但是第一次见到章先生,那已经晚到了1989年的6月。当时章先生从上海到南京来参加我们四位同学的博士论文答辩,我们四位同学:张伯伟教授、张宏生教授、曹虹教授和我。章先生是我们四位的座师。我现在回想起来,那时候的章先生还只有五十来岁,那真是英姿勃发,神采奕奕。时间真是无情,章先生已经离开我们十年了,我们这批学生也慢慢步入花甲之年。

在今天这个场合我想讲三点,第一点就是章先生与他开创性的文学史研究。大家都知道章先生的学术成果是多方面的,学术贡献也是多方面的,但他最具重要性、最具创新性和集成性的成果,应该算他晚年完成的《中国文学史新著》。这一部著作之所以重要,是因为它从内容到形式,对于学术界来说,对于章先生个人来说,是不断的自我突破的成果。之所以说这部著作具有创新性,是因为它提出了诸多开创性的文学史思想,特别重要的,我想有这样三个方面:一个是章先生提出文学的进步与人性的发展同步,他由此特别重视文学形式的演变过程与形式的重要性。章先生还提出文学的古今演变的观念。之所以称这部书有集成性,我理解,它可以说是"五四"以来的新文学传统和80年代以来的思想解放的思潮,再加上章先生个人一生学术探索三个方面的因素的集合,才凝聚成我们今天看到的这一部《中国文学史新著》。那么从这个角度,也可以说,这部《中国文学史新著》就是新时期以来中国文学史这方面研究的融会贯通和集大成。

讲到章先生一生的学术积累,我们大家都会想到章先生坎坷的人生道路。他青年时代就遭遇了"胡风案"的牵连,但是这个案子没有打倒章先生,反而使他在思想上面更加成熟,意志上面更加坚强。他青年时代受贾植芳先生的影响,又由贾先生的影响,进而去学习胡风的文艺思想,其实很早就有了人性与文学发展密切关联的看法。我最早注意到章先生有类似这样的提法,是在80年代初拜读章先生的一篇论文,在那篇论文当中,章先生提出对于魏晋南北朝文学的评价要有一个新的标准这样一种看法。他认为在魏晋南北朝文学史上,无论是竹林七贤,还是陶渊明、谢灵运等等,这些作家,这些优秀的诗人,他们的文学史的意义或者说思想史的意义,在于这些人都有尊重个性的要求和愿望。我当时正好开始学习魏晋南北朝文学,对于魏晋南北朝文学的理解跟评价,我觉得当时读了章先生这篇论文之后,不仅深受启发,而且真的是感觉开拓了心胸,这是我想说的第一点。

第二点,我想说章先生在学科建设方面的奠基性的东西。众所周知,章先生在文学史研究方面,不但奠定了复旦大学中国文学史研究的雄厚的实力,而且具体在明代文学研究方面、中国文学古今演变研究方面影响特别大。今天我们看到章先生培养的学生,学生的学生,在这两个学科,尤其在明代文学文献研究这方面,有陈广宏教授、郑利华教授、谈蓓芳教授,还有陈建华教授,他们的学术贡献,对于明代文学也好,对于文学古今演变也好,都在学术界已经产生了非常大的影响。而这个根柢、这个基础是章先生奠定的。章先生还在复旦大学古籍所培养出一支实力雄厚的文献学的团队。我们知道,章先生早年曾经师从蒋天枢先生,在蒋先生的指导下攻读了很多史学名著以及文学名著,还钻研了很多文字训诂学、目录学、版本学、校勘学方面的著作,因此有很好的文献学的功底。他在复旦大学古籍所这边指导学生,带学生做项目,让学生到图书馆去翻古籍、摸古籍,那么今天我们也看到复旦大学古籍所在古典文献学方面,在东亚汉籍版本学方面,在古籍印本鉴定方面等都产生了很多的成果。陈正宏教授以及正宏教授所指导的学生,在这方面的贡献也是学界有目共睹的。

关于章先生在学科建设上的奠基性贡献,我还想提到章先生在国际汉学研究方面的贡献,这当然跟他的经历有关,也跟他的思想有关。所谓经历,章先生是最早到日本讲学,并且再归来的中国学者。他1979年10月就赴日本神户大学讲学了。章先生向来是一个具有开阔的国际视野的学者,他最早主持翻译,如果我记得没错的话,是1986年在安徽文艺出版社出版的《中国诗史》,这本论文集刚才李庆教授也提到,它体现了日本学者对中国诗史研究的独特视角,给了国内学者很多的启发,也使越来越多的学界同仁注意到海外汉学研究这一块的成果。当然在国际汉学这个方面，章先生在领导复旦大学中文系和复旦大学古籍所的过程当中，也组织了很多的国际学术研讨会，以各种形式与欧美、日本学界的学人展开交流。我注意到在一系列章先生纪念讲座当中，有很多很好的选题，有的已经出版了，如《六合观风：从俗文学到域外文献》《域外文献里的中国》等等，这些纪念讲座的成果，是对章先生最好的纪念。

第三点，我想说一下，章先生作为一个学者，同时作为一个共产党人的典范性意义。章先生是老革命，1949年上海解放前夕，他就入党了，他一生信仰马列，认真地学习马列理论，追求进步，不改初衷，他始终是一个有着铮铮铁骨又富有侠情的学者。我想起复旦大学1979级学生高克勤社长在他的一篇文章里面提到，1983年，章先生在复旦中文系79级毕业生的毕业纪念册上面题了四句话，叫做："追求真理，锲而不舍，纵罹困厄，毋变初衷。"所谓"初衷"，就是我们今天经常讲的初心。我虽然也是1979级的大学生，但是无缘在复旦大学受教于章先生。我深切地感到，我们作为学界中人，作为学界后人，在今天这个情境当中，重温章先生的这十六字的题词，具有特别重要的意义。如果我们能够记住章先生的四句话，在我们的工作中，在我们的专业研究中，向章先生学习他的这种精神，那我觉得就是对章先生的最好的纪念。

廖可斌：

章先生已经过世十年了，我一直想写一篇文章，因为到目前为止还没有写纪念的文章，但是这个题目在我的电脑里面已经放了十年了，叫做《专精之学与人文理想》。我认为章先生是把专精之学与人文理想结合起来的一个典范。刚才各位先生都已经提到了章先生的学术成就和学术思想，他是以文献的整理与考辨为研究的基础，然后以人性的发展作为文学发展的一个主线，因为文学是人性发展的反映，也是人性发展的一个动力。同时也注意艺术技巧与形式的分析，然后又注意把中国文学的古今演变予以贯通。这里面的内容刚才很多朋友都讲到了，其实章先生他为什么没有特别强调文献的整理与考辨，因为他觉得这是题中应有之义，而且过去的学术界在这些方面的工作也做得比较充分，就没有特别强调。但实际上他的学术研究工作是以文献的整理与考辨为基础的，这些好像骨骼，而人性的发展相当于血脉，那么艺术技巧与形式分析相当于肌肤，中国文学的古今演变贯通，我想就相当于体貌。

在文献整理方面，其实章培恒先生也做了很多的工作。比方说《洪昇年谱》，比如对《西游记》的作者的考证，"三言"的文献整理，《儒林外史》的成书过程的考察，《水浒》《三国演义》的版本，还包括他在文学层面提到的像李白诗等等。我觉得章先生构建了一个完善合理而又富于个人特色的文学史研究的模式，虽然章先生他不喜欢"模式"这样一个词，但是，我想他确实是在客观上已经构建了这样一种模式。在专精治学这方面，围绕章先生所做的工作，我的理解是两个特点：追求真实，追求创新。就是一切都要追求真实，然后一切的学术研究都要追求创新。

那么在人文理想方面，我说章先生是真正的马克思主义的信徒，就是在如何准确地理解和运用历史唯物主义的原理，如何准确地理解社会主义和共产主义的内涵，在这方面章先生有自己独到的体会，有非常深入的一种思考。我自己承蒙章先生多年关心、帮助、鼓励，在其他的方面，章先生那种境界、思想我是难以达到的，但是我觉得我可能在这个方面，和章先生在精神上最相通的一点，就是对马克思主义的理解。我之前确实在大学的时候，把马克思主义的基本著作都看过，包括《神圣家族》《剩余价值学说史》，包括《德意志意识形态》，包括恩格斯的《家庭、私有制和国家的起源》，以及《英国工人阶级状况》等等。读了这些书以后，确实是敬仰马克思主义的，敬仰政治的马克思主义，包括关于历史唯物主义的通信。而章先生是把自己的学术研究与自己的一种人文理想、社会理想的追求结合起来的。在人文理想方面，我的体会是章先生的学术研究是追求真理，追求正义。不仅是追求真理，而且追求正义，要创造社会积极的这样一种理想，要批驳或者是抗拒那种不合理的东西。所以我觉得从学术到思想,就是追求真实,追求创新,追求真理,追求正义,章先生的学术可以用王元化先生讲过的那个话来概括,就是"有学术的思想,有思想的学术"。他确实在当代中国学术界是独树一帜的,在现在这种历史环境下面更加弥足珍贵。那么章先生他的示范作用是我们要好好考虑一下的,我们应该建立一种怎样的学术价值观? 就是说我们学术研究的意义是什么? 我们为什么研究学术? 什么样的学术才是有价值的学术? 什么样的选题,什么样的问题才是有意义的问题? 我觉得我们必须考虑这些问题。

至于我个人,在过去确确实实得到章先生非常多的关心和帮助,感念至深。我的博士论文答辩,答辩主席就是章先生,后来因为我的老师徐朔方先生身体不太好,再后来在徐朔方先生过世以后,我们每一届的浙江大学——就是杭州大学,后来是浙江大学——的古代文学的博士论文答辩,都是请章先生来当主席的。偶尔章先生可能有一两次不方便,那就没有来,但基本上都是请章先生来当主席。为什么呢? 我就想,因为徐先生身体不好了,我们的能力水平又有限,那么就让我们的学生见见章先生,感受一下章先生的那种大家的气象,得到章先生的点拨。

那么我本人,章先生聘我为复旦大学中国古代文学研究中心的兼职研究员,令我感觉到不安的是,当时浙江大学人文学院那些杂事特别多,有时候甚至材料来不及写,有些是章先生帮我写的,现在想起来真是罪过。每次去复旦就真的像回家一样,不仅章先生、广宏教授,还有郑利华教授他们帮助安排接待,甚至有时候是自己考虑在哪里吃饭,在哪里住宿。而且章先生还带我见过贾植芳先生、王元化先生、朱维铮先生等等,和他们一起吃饭,才有机会感受到这样一些非常优秀的学者的这种风范。那么也因为章先生的缘故,我结识了陈广宏教授、郑利华教授以及复旦的诸位师友,结下了深厚的友谊。我自己的工作,无论是我的工作岗位,还是科研项目、科研方向这一方面,都是章先生给予了很多的指点、关心和帮助。

我最后再说几句话,在我的心目中,章先生就是一位有学问、有思想、有才华、有个性、有风骨、有情谊、有能力、有理想、有境界的一位楷模,他将永远活在我们心中。

钟振振:

今天我们怀着沉痛又崇敬的心情来纪念章先生。章先生是中国古代文学界,也是整个中国学界的领军人物,他的思想博大精深,他的视野非常宏阔,他关于中国文学史的贯通研究,在中国打通古代文学和现代文学的脉络并对接这方面做出了巨大的贡献。

当然他的贡献不仅仅是在这一方面,刚才很多学者也都提到了,在国际汉学、在明代文学、在文学思想史,乃至于在古代文学的一些微观研究方面,章先生都有卓越的贡献,这个我就不再重复了。

我想着重谈一谈章先生对于后备学者的提携和帮助。因为我们从事的领域不尽相同,所以我刚开始进入学术界的时候,只闻章先生的大名,但是一直无缘得见。虽然我们没有任何的交往,但是在我的成长过程当中,几乎每一步都得到了章先生的关心、帮助。1993年我增补博导,当时的社会风气还比较淳朴,那个时候新建博士点、增补博导等等,都不需要做任何工作,也没有途径,没有门路,也没有想过要去做公关工作,学校也不会帮你去做公关工作,只是填了一个表交上去就听天由命了。但是当时我还在美国耶鲁大学做访问学者,意外地得到了郁贤皓教授给我的来信,说我增补博导已经批准了,这对我来讲简直就是天方夜谭。因为当时我还只是一个刚刚博士毕业没有多久的年轻学者,想也不敢想会被增补为博导。事后知道章先生是当时的评委之一,我拿到的第一个国家社科基金的项目,章先生也是评委,但是那时候跟章先生根本就素昧平生,没有见过面,所以章先生对于后辈的提携是博大无私的。后来我记得我跟章先生的第一次见面,是在苏州大学参加一次博士论文答辩,章先生是主席,我是答辩委员,那已经是很晚的事了。

章先生领导的复旦大学中国古代文学研究中心,是教育部第一批人文社科重点研究基地之一。在中心成立之初,章先生就给我来信,邀请我去担任兼职教授,故我先后有两次到复旦大学去讲一段时间的课。刚到复旦大学,章先生就亲自在大学的门口等候,这使我非常非常感动,我记得当时已经是深秋了,天气已经比较寒冷,章先生穿着大衣在风中等候我,这使我感到非常的温暖,非常的亲切,也非常的不安。在我第一次给同学上古籍整理课的时候,章先生还拨冗亲自到场,听我讲很浅薄的课,讲完以后又鼓励有加。章先生还多次邀请我出席他指导的博士生的论文答辩,参加他主编的《中国文学史新著》的结项评审工作等,于我的能力来讲,都是很欠缺、很不够的,但是章先生这样的做法,其实是体现了对一个学者的关爱、培养和提携。

章先生离开我们已经十年了,我经常想到跟章先生在一起度过的那些非常有收获、也非常愉快的时光。我跟章先生接触时间最长的是2000年,我们一起在台湾出席第三届国际汉学会议,有几天时间是在一起的。因为章先生去得晚,住宿是安排在台北市区;我去得比较早,住在主办方给我安排的宾馆。住在台北市区的学者,中午就没有地方休息,吃完盒饭以后只能在会场打盹,我把我的这个房间让给章先生休息,我自己在室外。章先生是一个非常重情义的人,他总是感觉到很不安,说是影响了我的休息,我说我还年轻,这是我应该做的。

现在章先生已经离开我们了,虽然我不是章先生的亲弟子,但是我已经把自己当成章先生的一个门外弟子了。我跟章先生的学生们,比如广宏、利华等,还有很多古籍所的同仁,后来都结下了很深厚的友谊。

我还记得有一回在汉阳大学讲学的时候,不期而遇地碰到了广宏,当时因为出国多有不便,我的烟瘾非常大,广宏还特地把他的烟分了几包给我,这情谊我至今都忘不了。我跟章先生的这些优秀的学生能够成为朋友,也是拜章先生之所赐。总而言之,章先生永远活在我们晚辈学者的心目中。

陈书录:

值此著名的文学史家、复旦大学杰出教授章培恒先生逝世十周年之际,复旦大学古籍整理研究所在这里举行座谈会,缅怀章先生,意义重大。

章培恒先生毕生致力于中国古代文学尤其是元明清文学的研究,著述宏富,开创弥多,成就卓著,《洪昇年谱》《献疑集》《中国文学史》《中国文学史新著》等在国内外学术界享有崇高的声誉;章培恒先生自20世纪90年代起致力于中国文学的古今贯通研究,开创了中国文学研究的新天地;章培恒先生为中国明代文学学会(筹)创会会长,近十年里率领学术界再创明清文学研究的辉煌,嘉惠学林,功德无量。

今天纪念章先生逝世十周年,感慨颇多,有许多话想说,因为时间有限,在这里我主要说两点:

一是座师章培恒先生不断引导我有关明清诗文的研究

我的博士学位论文完成以后,千帆师十分关切地对我说,你的论文有关明代诗文的研究,答辩时我建议学校给你请一位"座师",请一位明清文学研究方面的权威来做博士学位论文答辩委员会主席,也就是请复旦大学章培恒教授,你今后在明清文学研究方面好好向章先生请教。

以章培恒先生为主席的答辩委员会对我的博士学位论文给予很大的鼓励。自从在千帆师的指引下,我拜章培恒先生为"座师"后,在明清文学研究方面经常得到章先生的悉心指导,先后撰写并出版《明代诗文的演变》《儒商及文化与文学》《明代诗文创作与理论批评的演变》《明清雅俗文学创作与理论批评》《明清地域商贾与文学》等。其中以博士学位论文修订并出版的《明代诗文的演变》,获得学术界好评,被教育部人文社科重点研究基地重大项目"明代诗史流变研究"——《明诗学术档案》视为近百年中"明代诗文研究的经典著作"。

其实,拙著与"经典"大有差距。但这对我既是一种鼓励,也是一种鞭策,我要更好地继承并发扬章培恒先生的学术精神,努力优化自己有关明清诗文方面的研究。

二是章培恒先生创建中国明代文学会(筹)功在学林

改革开放前的明代文学研究,特别是明代诗文的研究,几乎是一片学术"荒地",只有数得清的几株花草,当时这个领域的古籍整理则大大地滞后于唐宋诗词、元明清小说戏曲等。

当初起步研究的时候,很难见到《四库全书》系列丛书的影印本,《全明诗》《全明文》《全明诗话》等古籍整理工作大多还没有展开,很少见到这方面公开发表的古籍整理的成果,因而阅读原著,收集原始材料是一项相当艰巨的工作。毫不夸张地说,当初明代诗文研究是一项"拓荒"性的科研工作。

伴随着改革开放不断地发展,与此同步发展的哲学社会科学研究的不断进步,明代文学特别是明代诗文研究(包括清代诗文研究)从几株花草到百花齐放,再到春华秋实,硕果累累,成为一个与唐宋文学研究等双峰(多峰)并峙的学术高地,学术研究的丰产区。

这其中章培恒先生功不可没,从2002年在南京师范大学举办的首届年会到2019年在深圳大学举办的第十二届(今年8月将在上海大学举办第十三届年会)明代文学国际学术研讨会,推出一本又一本厚实的论文集,便是明代文学研究丰硕成果的见证之一。

在章先生的倡导下,2002年筹备"中国明代文学学会",学会挂靠在我所工作的南京师范大学,章先生亲自担任会长,我担任副会长兼秘书长,协助章先生做一点具体的工作。

在章先生和学会全体同仁的共同努力下,先后举办了多次年会,海内外学者踊跃参加,大大推动了国内外明代文学的研究,我也更多地获得与海内外学者交流并提高的机会。

在学会筹备与多次学会年会召开的过程中,我深深体会到章先生的学术风范,他具有统领全局的整体观念,团结同仁的谦虚精神,亲力亲为、深入细致的工作作风,引领学术研究的统帅风范。

章先生特别尊重学术大家,亲自聘请著名的学者王元化先生担任2002年首届明代文学研讨会组委会主席,多次亲自或委托我向明代文学研究的大师、浙江大学著名教授徐朔方教授等请教,虚心听取建议。他还亲自邀请中国社会科学院文研所邓绍基教授、南京大学吴新雷教授、北京大学张少康教授、南开大学罗宗强教授、华东师范大学郭豫适教授、浙江大学徐朔方教授、山东大学袁世硕教授、中山大学黄天骥教授等著名学者为学会顾问。大会报告人、主持人、评点人等,章先生都一个个亲自邀请,一一落实,使大会进行得有条不紊,犹如行云流水,得到普遍的好评。

改革开放四十多年以来,包括明代诗文(清代诗文)在内的明代文学(清代文学),春华秋实,硕果累累,高质量的论著与论文如雨后春笋,高档次的哲学社会科学奖如百花齐放,高精尖的哲学社会科学重大项目接连不断,明代文学国际学术研讨会数以十计,明(清)代文学研究领域高水平的学者与唐宋文学等时段的学者各领风骚,而且有着自身的特别的优势与鲜明的特色,尤其可喜的是一批又一批年轻的博士、硕士踊跃投身到明代文学(清代文学)研究之中,人才辈出,英姿勃发,后浪推前浪,不断前进,明代文学(还包括清代文学)研究者是当今最有朝气、最有希望的科研强军之一。

其中,章培恒先生功勋卓著,其高尚的学术精神永远留在我们心中。

所以我们特别怀念章培恒先生,一定要继承他的遗志,使我们的明代文学研究、清代文学研究,能够有更进一步的推进。

黄灵庚(寄赠):

章先生去世十周年有感

先生下世十春秋,长忆遗言涕泪流。
侠义肝肠贯日月,文章事业学尼丘。
高谈今古一时倾,交谊浅深满座焦。
每至申城问故旧:碑铭谁志发潜幽?

李浩:

章先生去世到现在十年了,我心里边一直默默地记着章先生,但是文章一直没有发表,活动也没有参加,所以心里边总是觉得有一些愧疚。今天广宏先生邀请我参加活动,特别的感动。

我想从两个方面谈谈我心目中的章培恒先生。一是记忆中的章先生,应该说知道先生的名字很早,也很早就读过他的一系列的著作,特别是关于古代文学方面的,包括明代文学的一些成果。但是第一次见到章先生应该是1999年的9月份,是我在陕西师范大学博士毕业以后,我的老师霍松林先生给章先生专门写了亲笔信,推荐我到复旦做博士后研究。这个过程稍微有一点曲折,后来我也如愿进了复旦的流动站,但是合作导师有一个小的变化。所以就这些情况,章先生曾经专门给我写了一封长信,说明这些具体的情况,我到现在仍然保留着章先生的手迹。章先生平时对学生和晚辈很随和,包括我们这些从外校来的,但是对学术问题是非常的认真,一丝不苟。

我记得我当时申请国家博士后科研基金,按照规定主要由两位专家来写推荐信,我电话上给章先生说明情况,希望他能够来推荐,他慨然允诺,我说我把要申报的项目的情况写好以后拿过来供他参考,他说不需要你写,你什么都不需要写,他知道该怎么写。等到我与他见面时,他已经满满写好了一页纸,对我的项目给予肯定。章先生举荐提携后进唯恐不及,大家谈了很多,其实我也是一个受益者,因为时间的关系,我就不一一地叙述了。但是有一点要特别地提及,就是章先生对我们西北大学中国古代文学学科建设的鼎力支持。那时我在复旦是在职做博士后研究,同时也由学校提拔做文学院的院长,但是当时学科建设欠账太多,尤其迫在眉睫的就是博士点申报这样一件事情。刚好学校想借着这个机会请全国的一些专家同行开一次小型的会议,我就给章先生说了,其实那段时间他的身体不是特别好,也特别的匆忙,但章先生慨然允诺来参加我们的会议。因为他老先生到场,整个会议的档次规格就上去了,我记得当时还有像莫砺锋先生、赵逵夫先生等一批知名的学者,所以这是我在文学院工作时,觉得最光彩、最体面的事儿。所以章先生在这些方面对我们工作的支持,让我特别的感动。

第二个方面是谈一下我所理解的章先生的学术成就。前面的各位先生都谈得很好,我认为他的学术贡献主要体现在三个方面:一个是明清文学研究和古代文学的专题研究,这方面他的成果也很多。第二就是古籍文献整理的研究,包括《全明诗》的整理和研究。第三就是古今文学的演变和中国文学的贯通研究。其实我们看一下章先生他早年受教于朱东润先生、贾植芳先生到蒋天枢先生这样一个学术的师承,使得他的学术视野非常开阔,也就暗示了他后来能够在他所侧重的几个学术领域都能够有卓越的贡献,尤其是他在古今文学演变和古今文学打通这一方面,这实际上是一个全新的领域。那么这样一个领域我觉得章先生是开了个头,但是任重道远,仍然有很多工作需要广宏兄、古籍所和我们全国的乃至全球的从事中国文学研究的人来接着他开创的格局朝下做,因为我们做古代文学研究的不去做文学古今贯通的工作,那么可能就是现当代文学的来做,就是文艺学的来做。如果我们中国学者不做的话,那么这个话语权实际上就拱手让给境外的学者。虽然学术是没有国界的,但是在这一些问题上,我觉得我们首先要发声,要接着章先生开创的局面朝下做这些工作。

　　除了这方面,我觉得章先生还有一个领域,就是他所做的学术服务。他在复旦大学中文系担任过管理的工作,开创了复旦的古籍所,同时在教育部古委会和古籍领导小组任职,还有在其他的一些全国性的学术机构兼职,包括我们的中国明代文学学会(筹)、国务院学位委员会、学科评议组,这些工作实际上是占了他大量的时间的,我自己在复旦做博士后的时候,到他办公室也亲见他的那种忙碌,事情特别的多,很多事情,我觉得是浪费了他大量的时间,也耗费了他大量的精力。所以章先生是一个有卓越贡献的学者,但他不是一个书斋型学者,书斋型的学者就种好自己的一亩三分自留地就可以了,那章先生实际上做了大量的这样一种学术服务的工作,不光是古籍所、复旦大学受惠,其实我们这些同行也受益于他的这些服务。陈寅恪先生在《王国维纪念碑碑文》里面讲过一段话,大家经常地引用,我想在这里也重复一下这段话。陈寅恪先生说:"先生之著述,或有时而不章。先生之学说,或有时而可商。惟此独立之精神,自由之思想,历千万祀,与天壤而同久,共三光而永光。"其实包括王国维、陈寅恪等在内的20世纪前半叶的大师,他们除了卓著的成就之外,也开辟了时代的新风气、学术的新范式,完成了中国人文学术的现代转型。我觉得章先生也给我们开了新风气,树立了新范式,完成了我们中国20世纪学术从"十七年"到新时期的这样一种转型。

我认为章先生这样的精神,除了古籍所的同仁要弘扬光大以外,也值得我们这些章先生的后辈追随者永远的效仿、追摹,把他所开拓的这些领域继续做下去,把他提出的问题尝试着去找答案。

魏崇新:

当我接到广宏先生邀请我参加今天章先生逝世十周年这个座谈会的信时,心情一直都没有平静。于是我又重新翻阅了以前我们在跟章先生学习时照的照片,然后把章先生的论文、书籍又翻了一遍。我自己仿佛又回到了当年跟随章先生学习的时光,眼前不断地浮现出章先生的音容笑貌。

其实我在跟章先生读博士之前,早就知道章先生的大名,但是我第一次听章先生上课,是1985年在陕西师范大学跟随霍松林先生读硕士的时候。那一年霍松林先生和黄永年先生联合起来请章培恒先生到陕西师大来为我们这届硕士生讲明代文学,讲了一周,当时我们听得如痴如醉。章先生讲座的内容,强调明代文学中尊重自我、个性解放这种新特点,而且他把这种特点贯通到明代诗文、小说、戏曲的不同文体,当时确确实实刷新了我对明代文学的认识,同时也激发了我对明代文学的热情。

硕士毕业之后将近十年,我决定再读博士,所以在1994年我报考博士生,首选的就是读章培恒先生的博士,很有幸被章先生录取。读博期间给我留下很深印象的,一个是章先生在我们第一年的时候,带领我们几个读《龚自珍全集》,一字一句一篇一篇地读,一年下来,《龚自珍全集》我们还没读完。一开始我不太理解章先生为什么让我们读,后来慢慢地了解到章先生的用意,他就是要我们通过读龚自珍的文集,一个是训练我们的文本细读能力,第二个就是龚自珍文集里面蕴含着丰富的思想,龚自珍的人格、追求,和在他的时代前沿怎么样体现自己的思想,这个是章先生要让我们了解的。读过龚自珍之后,其实我觉得我们大家的认识有很大的提高。

另外一个就是章先生说,做学问第一要有文献基础,但是他觉得光有文献基础是不行的,更重要的是理论,如果能把理论和文献加以贯通,这是最好的,才能做好学问。这个我印象非常深刻,尤其是先生对我们讲,你要读就一定要读马列原著,比如《神圣家族》《德意志意识形态》,等等,这个对我来讲,对我思想的改变非常大。

还有一件事,我在1997年6月博士毕业,当时章先生正好在准备修改他那被别人称为"石破天惊"的《中国文学史》,他就叫我留下来,我们几个学生一起来参与修改工作。

当时天很热,我记得章先生把我们接到一个宾馆,他自己出钱,我们就住在宾馆里面,他首先告诉我们这个文学史要怎么样修改,他修改文学史的理念是什么,然后我们去读章先生相关的论文和著作。我分到的任务当时是写明清小说的部分,我写过之后就给章先生看,章先生给我修改,修改之后他又告诉我为什么这样修改,然后我再进一步修改。当时在那里修改了大约两周左右,我把草稿放在章先生那儿,就回江苏了。

后来2011年《中国文学史新著》出来之后,我翻开一看,发现我写过的部分都已经过章先生细心修改,有的修改幅度非常大,但是章先生还是把我的名字署上,这一点我非常感动。我觉得先生对我的提携之恩,对学生的关心照顾之恩,一直影响着我,同时教会我怎么样对待自己的学生,怎么样把章先生的精神传下去。

从我自己理解的章先生的治学来讲,因为章先生的治学和其他方面,很多人都讲过了,我自己最深刻的印象,第一点就是章先生治学特别认真、严谨,因为他一直保持着独立思考,而且一直保持着他思想的活跃,我们看到他晚年写的文章一直是这样,包括他的文学史,所以他从来不迷信权威,不随波逐流,他在不断地反思,坚守自己的学术个性和尊严,所以这一点我是特别的敬佩。他的文章没有一篇随声附和,都具有问题意识和怀疑精神,体现自己的学术个性。他的文章的观点、思想从来不为他人的观点、潮流的观点所左右,都是经过自己独立思考之后发表出来的。所以读他的文章,令人有耳目一新的感觉。

另一方面,我觉得章先生的学问是广博和专精的结合。他有两个打通,我觉得一个是他打通了文献、文本和理论这三种情形,我们做学问,有的学者重文本,有的重理论,但是章先生是文献、文本、理论一一打通。另一个是他打通了中国古今文学之间的界限,我们以前的文学史,讲古代就讲古代,现当代就现当代,章先生应该是在中国学界第一个倡导打通的英雄。这两个打通,我觉得是章先生的治学特点,也是他的学术贡献,因为我们知道,先生的学术,考证的功力非常高,他的理论水平也很高。他的文献考证,我们可以看他的《献疑集》,那么他的理论水平,我们可以看他《不京不海集》中的论文,包括他的《中国文学史新著》。所以章先生在这方面的代表作比较多,我觉得可概括为一谱一论一史,就是从他《洪昇年谱》开始,然后到他《不京不海集》是论,然后到他《中国文学史新著》,这三个代表他一生最高的学术成就,我觉得是对中国学术界最大的贡献。所以章先生在中国文学研究领域,我觉得他应该是一个全才。

那么第二点我印象比较深刻的,章先生真正是一个马克思主义者,是学者中的马克思主义者。他是真正信奉马克思主义的,因为我在跟他读书时,他就不断地强调,一定要让我们读马克思主义的原著,包括《神圣家族》《反杜林论》《路德维希·费尔巴哈和德国古典哲学的终结》等,要认真地读,一定要多读。他自己也讲,对于《神圣家族》这些马克思主义著作他都读过好多遍,他是真正掌握了马列主义原著的精神,并把它运用到自己的学术指导思想上来。所以他的信奉马克思主义,不是赶时髦,也不是作为口号,作为装饰,不是形式主义,而是真正的信奉。所以我说,他的文学观,尤其是后来他写的《中国文学史新著》以人学、人性为核心,渊源实际上就来自马克思主义理论。

第三点是关于章先生的学术精神之师承,他虽然继承了从蒋天枢先生、陈寅恪先生以来,包括他的老师贾植芳先生和朱东润先生以来这种独立之精神、自由之思想,这个体现在他做学问和做人的方方面面,那么,他的思想来源,实际上是继承了"五四"以来的传统。其实我觉得还可追溯从晚清以来,从龚自珍以来的这种学术传统,加上我们现代的学术传统和西方的科学精神这样一种结合,所以他的文学研究贯穿的中心是人学思想、人性的解放,这都是他的核心理论,是他的文学史观的一种思想来源。

第四点我要讲的是章先生的学术品格,其实是源于他对自己的明确的人格追求,也就是我们平时讲的,一个学者他的学术根源从哪里来,其实就来自他的做人,我们讲文如其人,章先生真正体现了这一点。那么我觉得章先生他的人格的核心是什么,这个核心就是做真人,说真话,追求真理,做源自自己本心的真学问,要成一家之言。

这是我对先生的人格和学术的理解。先生为什么喜欢明代文学,为什么喜欢六朝文学?是因为六朝文人能追求自由,明代文人也有追求自由的精神。他喜欢李贽,喜欢龚自珍,喜欢鲁迅,那我们在李贽、龚自珍、鲁迅的身上,可以看到章先生对他们的精神、人格的一种继承。他自己说他最崇敬的古人是李贽,最崇拜的现代人是鲁迅,为什么崇敬、崇拜?李贽是不怕封建专制的,敢于讲真话;而鲁迅先生的著作和为人对章先生影响最大,在现代文学史上像鲁迅那样有骨气也有诗味的文人,仅此一位,我们从这里可以看出章先生人格的来源。我们再看看章先生《灾枣集》中的一些杂文,我觉得它实际上是继承了鲁迅杂文的主旨、精神、风格,加上现代人的一些意识融汇进去。所以章先生是一个有风骨,有追求,有学术独立和人文个性的现代学者。

同时我们看章先生他的精神人格和学术人格之间的关系是什么?就是他的精神人格的追求,如何影响他的学术人格,他对学术有一种责任感,一种正义感,有勇于担当的这样一种精神;他在学术研究中始终坚持独立思考、独立思想,就是不为时俗潮流所裹挟,甚至敢于逆流而上,敢于挑战主流学术观念的这样一种精神。我觉得在他身上,体现着百折不挠、生死以之的精神,这种精神见于他的毕业生题词,刚才程章灿先生已经讲过,我觉得这几句话实际上是值得我们琢磨和学习的:"追求真理,锲而不舍;纵罹困厄,毋变初衷。"我觉得这就是先生他自己人格和精神的写照。

那么我觉得章先生的这种学术人格和学术精神,在今天有它很重要的现实意义,在我们今天这样一个学风的环境中,在我们这个时代很多人追求名利,做学问急功近利的情形下,我觉得章先生的这种学术人格是值得我们学习和发扬的,值得我们传承下去。

梅新林:

因为时间的关系,我借此机会也简单说一下。章培恒先生不幸去世以后,他的同事、朋友、后学、弟子撰写了大量悼念和缅怀的文章,都对章先生巨大的学术成就和人格魅力加以归纳和总结,主要还是聚焦于《中国文学史新著》和中国文学古今演变两个方向。在2014年的时候,在纪念章先生逝世三周年这个活动中,我撰写了一篇怀念文章,也比较长,我做了初步总结,归纳为四个方面:第一是学科体制论,第二是价值判断论,第三是研究方法论,第四是文学史论。文章最后讲到,对章先生最好的缅怀和纪念,是怎么样把他的学术事业继续推向前进。基于这样的建议,我和在复旦大学带的潘德宝博士经过三年的努力,在2016年出版了《中国文学古今演变研究通论》和《中国文学古今演变研究读本》两本书,事实上就是对章先生思想的阐释,同时也是对章先生的缅怀。

刚才大家讲了章先生的学术,他的成就是非常丰硕的,他的古今演变理念也是非常深刻的,这里我就点一下,就中国文学古今演变这样一个命题来讲,我觉得有三个意义。第一个是它的学科的意义。大家知道,在20世纪50年代以后,中国文学划分为古代文学和现代文学两个学科,那么章先生在1999年的论文里面提出来怎么样填平这个鸿沟,一方面是对"文革"本身它的存在的思考,另一方面提出了填平鸿沟的一些理论、范式和方法,那么这个就是后来导致了中国文学古今演变研究这么一个命题,这么一个学科的产生。教育部曾经对1978年至2008年这三十年加以总结和归纳,那么这个文学的最后一块,就是三十年的中国文学研究大数据里面,把"古今演变"列到这个大数据里面,那么它的意义是什么呢,意义就是标志着学科的延伸和拓展。所以从学科上来定位,对中国文学古今演变有一个充分的肯定,我觉得是这个学科的意义。

第二个就是学位的意义。正因为中国文学划分为古代文学和现代文学以后,我们在培养硕士和博士的时候,就分为不同的学科,这个同样存在鸿沟。那么章先生对于这个问题的思考,他也在2006年的论文里面做了特别的说明,就是两个学科老死不相往来。那么这里面有两个困境:一个困境就是身份的困境,古今演变研究怎么样解决其身份困境,就是说你要把它打通,那么在现有的学科体系里面,它不是无法贯通的。后来经过章先生的努力,在2005年获得了教育部的批准,就是在中国古代文学和中国现代文学以外,另外设立一个中国文学古今演变的二级学科,就把这个身份的困境解决了。第二个是知识的困境,就是一方面我们招入的学生,主要是来自古代文学和现代文学,还有部分是文艺理论的。那么学习古代文学的人他不了解现代文学,反过来也一样,所以进来以后他必须要相应的补课,这个是对学生的挑战。对于我们导师的挑战也是这样,我们也是半路出家,没有经过严格的训练,也是边指导边学习,所以这个是知识困境,在这方面章先生给我们做了很好的榜样,他关于古今文学演变的理论和方法,还有一些研究范式方面的创新和开拓,如我们已分析的,这是第二个意义。

第三个,我觉得是方向的意义。"古今演变"代表的首先是一个命题,一个学科,一个学位点,同时也是代表了一个经典研究方向,所以具有超越中国文学古今演变的方法论的意义,是古今演变本身的意义,因为超越这个学科,对于其他学科有启示和借鉴。我觉得体会比较记忆犹新、比较深刻的,一个是通观,一个是互观。什么叫通观?就是把古代文学和现代文学打通加以研究,所以章先生特别强调中国文学的贯通性;还有一个是互观,就是说古代文学研究以现代文学为参照系,现代文学研究以古代文学为参照系,这样叫做互为坐标,相互参照。我觉得通观和互观这个方法论的意义超越了古今演变本身,有进一步为其他学科借鉴启示的意义。

最后我提几个建议:一个是建议复旦大学将中国文学古今演变研究作为学科的亮点加以重点建设。有一次我在复旦大学碰到吉林大学的刘中树教授,他当时刚好在复旦大学进行学科的检查,代表教育部,代表国家学位委员会,他觉得复旦大学的中国文学古今演变研究是全国唯一的,是复旦大学的亮点,当时他的意见已经反馈给学校了。章先生去世以后,学科依然在延续,我建议学校在编制、招生、队伍建设还有经费方面予以适当的倾斜。今天陈校长也在会场,我借这个机会提个建议。

第二个建议就是对章先生的中国文学古今演变研究的理论、范式和方法加以系统的整理和阐释,还有他的文学史研究的理论和方法,加以系统的提炼和阐释。我觉得工作还是需要认真去做,予以进一步深入地挖掘和总结。

第三个建议就是章先生在世的时候,召开了好几届中国文学古今演变研究的论坛,这个论坛相应地出了好几本论文集,影响是比较大的。我觉得古今演变研究的论坛要重新开始,复旦大学以外,相应的,其他大学也可以参加,这样一同来推动我们古今文学演变的思想交锋和学术创新。

第四个建议就是怎么组织力量编纂章培恒先生的年谱。我这里补充一下,黄灵庚老师刚才给我发了微信,他建议编撰章先生的全集,我觉得如果年谱加上全集,一谱一文,这两个加起来,对章先生的学术成就、他的贡献,加以更加系统而深入的研究,不仅具有总结的意义,还具有缅怀的意义,是这样一个双重的意义。

黄霖:

时间过得很快,章先生去世已经十年了,他是我古代文学入门的第一个引路人。章先生曾给我们上中国文学史课,他是当时给我们上得最多、也是最早的一个老师,所以我们接触的古代文学老师第一个就是章先生。当时他单身,住在叶耀珍楼过去的俱乐部,我们中文系同学住6号楼,离他很近,所以经常到他那里去。我后来对古代文学发生兴趣,从事明清文学、近代文学包括小说研究,可以说都是在他的指导下进行的,所以他对我帮助很大。今天因为时间关系只讲一件事情,就是他能容忍学生的不同意见,这一点,我觉得他做得相当好。1982年,江苏大丰、兴化发现了施耐庵的一些材料,当时就召开了一次座谈会,有三十多人参加,座谈会认为这些材料应归政府,施耐庵就是他们家乡的。我们当时没有参会,也未看到相关材料。当时在报刊上发表了一组文章,又发了一些照片。这个照片我觉得不对头,是不可信的。我当时也写了文章,和章先生的意见有所不同。有人认为我怎么跟老师唱反调。文章发表以后,我觉得有点对不起老师,但章先生并不介意。他也写了文章,但是没有针对我,他就把自己的观点说了。所以这件事情我觉得是很不容易的。而且后来我在好多问题上跟他的观点也不一致,他都不跟我计较,我觉得非常不容易。因为在我们中文系,特别是文学批评史的学科当中,过去曾经有的老师对学生的不同意见不能容忍,这对我们的学科带来了很大的损失。章先生则不是这样的人,这一点值得我们今天去学习他。

董乃斌:

今天想讲的话很多,我和黄霖先生一样,是章培恒先生的学生。我自1958年至1963年在复旦大学读本科,当时接触老师很多,章老师给我的印象非常深刻。他教文学史课程,当时我在班上年纪比较小,因为担任课代表,所以跟老师有接触。又因为写毕业论文,当时章老师指导我们班好几个本科生的论文,所以又有接触。我当时印象深刻的是他主讲中国文学史,讲《诗经》《楚辞》这一块,很实在,很平稳。现在看来,章老师确实是一位很好的老师,这是他的主业,而且教导出很多很优秀的学生。毕业后我去了北京中国科学院文学研究所工作(那时不叫社科院),是章老师推荐给邓绍基的,邓绍基是他的老同学,而章老师的推荐很关键,在我前面复旦有好几届学生去了社科院文学所工作。此后我和章老师一直有联系。再后来我在文学所快要退休,要回到上海。而章老师也一直很关心我,回来以后见过很多次。因为两手空空回来,也没有房子,什么也没有,他给我提了很多很好的建议,但是我又没有头脑,也不大懂,回过头来才知道当时建议是非常好的。后来他生病,我们也很关心他的身体状况。此刻要讲的话很多,但一些小事暂且不讲,我就说说对章老师的印象。我总的印象是,他特别崇拜鲁迅,爱憎分明,侠义豪爽,热心助人,内心的感情非常丰富,并且有一种内在的幽默感。他除了在教学、培养人才方面做了大量的工作,整体工作方面贡献尤其大,又很有社会影响。他为人特立独行,虽然受过挫折,第一次是因为胡风问题,第二次是因为身患癌症,但他都没有屈服,而是让生命发出更大的光芒。他服从真理,刚才黄霖举了一个例子,其实我也可以举一个。他的文学史出版后,有人提出批评意见,他接受了,后来又加以修正。我也写了一篇评论文章,当然肯定很多,但也提了一些问题,他虚心接纳,他也是在思考相关的问题。我最后要讲的一句话,就是希望章老师培养出来的学术团队,能够将他未竟的事业继续下去,使得文学史成为古今贯通的全璧,这将是对章培恒先生最好的纪念。

陈尚君:

章先生去世十周年了,但往事都历历在目。我和黄老师、董老师有一点不同,我可能连称章先生的学生的资格都没有,因为我到校以后,只听过章先生一节课。他在1978年初被查出病,后来就休课了。不过以后还是有机会和章先生有比较密切的接触和工作上的交流,因此有相当深的了解。我觉得从学术上来讲,章先生一路走来,不断随时代的变化,也就是从古到今,对各个朝代的文学研究都有特别的建树。我是非常认真读过他的《〈辨奸论〉非邵伯温伪作》的文章,他不做宋代文学,但是对宋代文献却相当熟悉,特别是对宋人集部的书,能到达这样的精度是很难的。这篇文章引起关注,如王水照先生和邓广铭先生曾对此展开讨论,章培恒先生的论见是比较客观的。

20世纪80年代初,关于文学史的讨论比较多,章先生是坚决提倡实学的,所以当时中文系创办了《中国古典文学丛考》。我也很荣幸,出了两期,刊登了三篇文章。所以我觉得章先生的学术研究是不断与时俱进的,而且在许多细节方面,都可以看出他的学养。我研究生毕业那一年,突然说有一笔经费可以让我们到北京去出差,去查书。当时每个人打一个报告,章先生负责审批,而打的报告必须是上海没有的书。我打的报告顺利通过了,我们还有的同学打的报告被他驳回,说这个书上海是有的,不用到北京去查。从这些事你可以看出他对书籍之熟悉。我后来跟章先生有比较深的接触是两段经历,第一段经历是我担任79级和80级的辅导员,而章先生当时是系主任,我在他的领导下工作。我对章先生有一点感觉非常强烈,即他在毕业分配中为学生的前途考虑。这两届学生在座的还有好几位,有一些话我以前没有说过,我可以在这里稍微说一些情况。在这两届学生毕业分配过程中,学生中间的一些是是非非影响到对我合作老师的评价,章先生也有一些看法。在毕业分配的关键时候,我记得我是和章先生详尽地谈过非常关键的情况,包括我们对上面方案和学生具体的分配原则和处理的方法,因为详尽地谈过,章先生对我的看法有所改变,对合作老师的看法也有所改变,而且是尽可能地做好分配对接工作。我觉得这在当时系里很难得,而完成国家计划是当时的要求,但章先生则将为学生前途考虑看作更重要的一个原则,所以在毕业分配落实之前做了大量的工作。我讲的主要是后面的一段,在20世纪80年代,章先生作为系主任坚持一个原则,这就是希望给年轻人更多发展的机会,我听过他这样的议论。1984年我是一个很偶然的原因,当时系里推选第一届委员会,第一轮投票其他人得了一票,我得了两票。章先生临时说我们系里需要一个年轻教师的代表,这样我就参与其中。而在职称评审过程之中,有一些感受也是非常强烈的,在前面已经报名初审材料以后,学校人事处大概是同意让新留校的研究生申报。章先生问我报不报,我说我就不报了。在这个过程当中还有一个细节,就是我后来担任那一次校文史学科组的秘书,参与讨论相关材料。所有的材料都讨论完了之后,章先生读了一份李平老师给黄霖老师写的升副教授的评审意见,评审意见的最后有几句话,李平老师说根据黄霖老师的学术水平,升教授的条件也已经够了。在所有的正常讨论完了以后,章先生提出这件事情,说中文系朱立元、黄霖、游汝杰三位老师,我觉得他们都已经符合晋升正教授的条件。所以在这个过程中,章先生推动他们三位直接申报教授,在文史学科组全票通过,但最后被学校人事处卡住。当时章先生积极推动青年教师的发展,这一点给我印象非常强烈。

陈思和:

感谢古籍所在章先生去世十周年举办如此隆重的活动,使我们有机会重新聚在一起缅怀章先生。虽然章先生去世了,但我觉得他仍然活在我们心里,活在复旦的校园里。所以我们谈话也好,我们平时在一起喝酒聊天也好,经常会说到章先生,就是说章先生是我们一个谈不完的话资,一直会在那儿回忆他,学习他。今天有这么一个形式跟大家聚在一起,我特别感动,觉得首先要感谢古籍所。对章先生的回忆和感受是很多的,限于时间我讲两个问题。我觉得章先生在我心里,他是古代文学的学者,文学史研究者,也是一位系主任或者是古籍所的所长,是我的师长。但对我来说,我觉得章先生最明显的在于他是个知识分子。可能在今天大家对知识分子这个概念已经理解得比较遥远,但实际上我觉得章先生的人格,不能用一个简单的学者来形容和表达。我再举一个例子,当年我曾经帮章先生编过一本书,那时我一直在出版社搞各种丛书。章先生也对我有很大的支持,当时我就跟章先生商量说,我在山东友谊出版社只出一套书,现在要章先生的书来打头,章先生就答应了。当时我就安排一个学生帮章先生去抄发表在报纸上的各种文章。这本书编的时候很顺利,编完以后章先生取名为《灾枣集》,然后他又写了篇长的后记,这篇后记最后在《收获》杂志上刊登了。后记通篇都是在批评及回应顾颉刚的女儿顾潮在回忆他父亲的时候对鲁迅的一个批评,鲁迅当年曾批评顾颉刚,刚好他女儿有一个反批评。这本来应该是鲁迅研究界或者现代文学界的事情，但那些鲁迅专家一个都不出来说话，结果出来说话的是研究古代文学的章先生。我当时就很惊讶，这篇文章写得非常激烈，题目叫做《今天仍在受凌辱的伟大逝者》，可见章先生挺身而出为鲁迅辩护。出版社有所顾忌，在出版时将其中一些尖锐的话删掉了。章先生看到后很生气，结果就把这本书都收走了，这本书最终没有在市面上卖。这篇文章使我感受到一种力量，这是章先生人格当中的一种魅力。我觉得章先生在他对待学问或者在履行新文化运动的使命当中，一直走在我们前面，是我们一个永久的榜样。

陈大康：

今天借这个机会，大家纪念章先生，我想通过几件我自己亲身经历的事说说章先生对中青年的提携。一件事比较早了，大概是在1985年，那个时候我还是一位数学教师，但对中文有兴趣，也参加了自学考试。后来自学考试界举办论文竞赛，我也投了一篇稿子，内容主要是通过统计《红楼梦》的语言风格、用词习惯，证明后四十回不是曹雪芹所撰写，因为风格和前面完全不一样，结果得了唯一的一等奖。许多人对这套东西不以为然，而复旦的章培恒先生，当然还有徐鹏先生、胡裕树先生则是力挺。所以后来我从数学转到文学，受此鼓励是其中的原因之一。后来我攻读博士，在此期间我以博士论文的提纲向章先生请教，他给了很多指导性意见，我的博士论文答辩主席就是章先生。再接下去的事情就是申报项目，我在博士论文基础上想写《明代小说史》，我本来不准备申报项目，因为那个时候自己还年轻，申报项目讲究论资排辈，后辈不行。另外《明代小说史》已经出了好几种书，再申报还有意思吗？书名听上去好像就没什么新意。但最终还是申报成功，我知道章先生对此很重视，在后面力挺。为什么？因为他参加了我的博士论文答辩，清楚我可以写出什么样的东西。后来他关心我此书的写作，曾经跟我说，你博士论文论及明清小说，而世情小说都没碰，你写《明代小说史》，这个是绕不过去的。确实本来我不想写，因为写了以后变成一个世情小说专家好像不大好，但章先生说了以后我也发现绕不过去。所以现《明代小说史》中有这部分内容,如果章培恒先生不说,我可能也就不写了。20世纪90年代,章先生的《中国文学史》出版了,对我们触动很大,我赶紧买了本仔细学习,后来复旦有先生动员我写篇文章,要求不能仅仅是肯定的,还要提一些建议或者不同意见。之后我写了文章并发表,结果没想到,过了大概不到一个月的时间,就看到《文汇报》上刊载了章培恒先生的一篇文章,谈中国文学史的修改问题,尽管是二十多年前的事,但文章的第一句话,我到现在还记得,他说读了陈大康的文章,就像三伏天吃了冰棍那样感到舒畅。我一下子受宠若惊,没想到章先生这样抬举。他也感到《中国文学史》还有不少内容需要改进,所以准备修订。为了修订《中国文学史》,他还特地举行了一个座谈会,也请我参加。我在会上还看到清华大学的孙明君老师,章先生在致辞中说,《中国文学史》出版后,大家肯定的意见很多,有几个同志指出了一些不足之处,提了些修改的建议,然后就点了我的名,点了孙明君的名。就是因为孙明君也写了文章,对这本书提了意见。章先生的这种胸襟,这种对中青年的提携,给我留下深刻的印象。后来我也慢慢开始带学生,很多地方向章先生学习,像他一样来对待学生,对待学界的意见。

阙宁辉:

今天能够应邀参加章先生逝世十周年纪念座谈会,非常感慨。上午也在家里用手机视频的形式,观看了线上的座谈会,非常感谢安先生和一批学界的前辈,围绕章先生一生的学术和思想,作了那么难忘的回忆和令人感佩的评价。下午又来参加现场的活动,一方面是来跟大家一起缅怀先生的生平、学术和思想,另一方面也是借这个机会看望和感谢在座的各位前辈、师长和同道。我昨天从浙江出差回到上海,跟我们集团的董事长黄强同志也作了简短的交流,我说明天我要回复旦去参加章先生逝世十周年纪念座谈会。董事长跟我说,你明天去一定代表我表达我们复旦大学中文系学生对章先生的怀念。他是复旦大学中文系82级的班长。然后他说我完全赞同你的想法，明天在会上把你的想法和我的想法一起说一下。我们世纪出版集团动议，在2034年章先生100岁诞辰的时候，能够推出一批高水准的关于章先生生平、学术、思想，包括著述研究的出版物。这中间我们想有几件事情可以做一下。关于章先生文集的整理出版，我想这个工程应该是比较大，也需要各方面的支持配合。如果这中间需要世纪出版集团，需要上海古籍出版社、上海文艺出版社参与，我们一定责无旁贷。但是除此之外，我想是不是可以在2023年或2024年这样的一个时间周期，或者以此为节点，推出诸如《章培恒先生著述目录》《章培恒先生学术年谱》，包括《章培恒先生学传》或者《画传》等，当然这需要章先生的各位弟子，包括在座的弟子一起来参与。从出版社的角度来说，会全力给予支持。我在过来的路上把这个想法向陈建华教授做了汇报，也得到他的积极响应和肯定。

我想今天借这个机会在会上表达一下我们世纪出版集团，还有黄强董事长和我，曾经在古籍所读过书的一个未毕业的学生，我们的一个动议，以此来纪念先生，以此来传扬先生的思想和学术。

高克勤：

章老师已经去世十周年了，我们都很怀念他。这几天大家在微信中也转载了很多怀念文章，今天上下午我们这么多人来参加纪念座谈会，从中可以看出章先生的学术影响和他的人格魅力。我个人和章先生有两层关系，一层是学生和老师的关系，一层是编辑与作者的关系。我们复旦中文系7911班级，是章先生1980年9月从日本讲学载誉归来教的第一个班级。大概是这个原因，章先生当时有意识地在我们班里实践他的教学理念，选择培养学术研究人才，所以对我们班倾注了特别多的关怀和心力。我们二年级时，他给我们上《中国文学史》第一阶段的必修课，此后他每学期专门为我们班开设一门选修课，包括晚明文学、《西游记》研究、古籍整理等，他特别关注学生的研究领域。记得第一学期，我是他的课代表，那个时候他给我们上课,也很有特点,他也不点名,我们愿听就听,不要在下面说话,反正你看什么书都可以。课程结束的时候也没考试,要求大家写一篇文章,然后每篇文章他都认真看,看完了以后,因为我是课代表,他让我传达他的看法。而且还格外关注文章写得特别好的同学,在他的指导下我们一个同学大二的时候,就在《复旦学报》发表了关于《诗经》研究的文章。我们毕业后,章先生还经常参加我们班的同学聚会,而今天在座的担任我们班指导员的陈尚君老师同样如此。所以章先生和陈老师就和我们班结下了不解之缘,我们每次聚会,或在上海,或在北京,他们两位就跟随我们参加。今天我们班前来参加座谈会的也有不少,如郑利华、胡令远、黄毅教授,还有《光明日报》驻上海记者站站长曹继军,我们班的同学和章先生特别亲。章先生自从我们毕业二十多年来,和我们很多同学都保持密切联系,这是很难得的。作为学生,我们深深地感受到章老师对教育事业、对学生无私的付出。我们班不少同学不是研究古代文学的,像研究现代文学和从事创作的潘凯雄、程永新他们都写过这方面的文章,我就不再赘述了。从编辑的角度来说,章先生与我们上海古籍出版社长期合作。大家也知道他的经历,他在20世纪50年代因为卷入胡风事件,经历坎坷,以后跟着蒋天枢先生学习古代文学。蒋先生带着他整理的第一本书就是《诗义会通》,后来他在蒋先生的指导下开始撰写《洪昇年谱》,1962年完成后就投给中华书局上海编辑所。当时章先生还是戴罪之身,而且才二十几岁,但中华书局上海编辑所看了稿子还是予以接受,后来因为十年"文革",书稿出版就搁下来了。1978年上海古籍出版社一成立,就把章先生稿子列入出版计划,1979年这本书出版了,给章先生带来了很大的声誉。然后章先生曾经为这件事情写过一篇文章,这个文章完全是章先生平时的口气,字数不多,所以我念一下。章先生说:"上海古籍出版社优良作风很多,就我个人来说,感受最深的是他对青年的无名的作者重视。记得我将著作《洪昇年谱》投寄给中华书局上海编辑所,即上海古籍出版社前身,那时还是一个二十几岁的青年,不但在学术界默默无闻,并且在政治上背着相当沉重的包袱,但是在审读了稿子以后,出版社很快就决定接受出版。同时还约我再写一部关于《诗经》的稿子,与我签订了正式的约稿合同。'四人帮'粉碎之初,因为出版工作停顿了十多年,许多专家的稿子都继续出版,我当时虽已进入中年,在学术界却仍是一个无名之辈,但在上海古籍出版社社长、学术界老前辈李俊民同志关心下,《洪昇年谱》却在上海古籍出版社恢复初期,就列入了出版规划,并且迅即问世。我想这绝不是对我个人的优待,我跟李俊民同志,与有关的编辑实在说不上有私交,而是一种很好的作风与难能可贵的胆识。不问作者的年龄与名声,一切以稿子的质量为依据。据我所知,上海古籍出版社直到今天仍然保持这样的特点,而这在目前是尤其重要的。"上海古籍出版社和以前的中华书局上海编辑所,给了章先生支持,那么章先生作为一个作者,也给上海古籍出版社以相当的回报。上海古籍出版社成立以后,很多大的出版项目都向章先生咨询,章先生力所能及地给予支持。特别是当时要做一套《中国古本小说集成》,章先生和安平秋先生将它列为高校古委会的项目,安先生对我说,这套书里面,章先生在学术上出力最多。后来章先生编纂《全明诗》,上海古籍出版社也第一时间予以支持,然后在《全明诗》的影响下又涉及《全明文》。上海古籍出版社的李俊民、魏同贤、钱伯城等前辈对章先生很关爱也很欣赏,比章先生年长的钱先生今年100岁,还健在,章先生和他们关系非常好。后来的社长李国章先生是复旦中文系62级的,听过章先生的课。我1986年从复旦毕业后到上海古籍出版社工作,二十多年了,章先生一直对我给予很大支持。刚才我们老总也说了,为了纪念章先生,我就一直想章先生的文集当然也出了《不京不海集》,什么时候能出版章先生文集,如果要出的话,上海古籍出版社很愿意承担,包括我本人很愿意尽自己的一份力量。

朱立元:

刚才听到各位对章先生的追思,也引起我很多的回忆。我虽然不是章先生的及门弟子,但是自从到复旦以后一直受到章先生的关怀爱护。虽然我们不是同一学科,但是他在提携后进等方面,我自己也感受颇深。我现在简单说一下章先生对青年学者、中青年学者关爱提携的故事。刚才陈尚君先生提到1984、1985年的事情,那时我硕士毕业没多久,刚刚提出申请副教授,章先生就要把我们三个人直接提拔为正高。这简直是我做梦也想不到的,因为当时很多老前辈都没有正高职称。这个事情给我的感触非常深。我觉得章先生在那种情况下,对我不是很熟悉,我并不是他亲自指导的学生。通过此事,我觉得章先生是一位不拘一格地爱护青年人才的人。

我下面再讲一个与此类似的亲历的事情。我是1994年担任中文系主任,主持中文系的职称评定。骆玉明、陈尚君两位教授当时都是中文系非常优秀的中青年学者,学术成就很高,但是职称问题一直得不到解决。当时系里晋升教授的名额很少,系里有好多老师都希望他们能够破格提升。章先生专门给我打电话,希望系里能够为他们两个争取名额。我作为系主任责无旁贷,为这个事情专门找了杨福家校长。我说,现在学校给我们的名额根本无法解决这两位青年教师的职称问题。并把骆先生与章先生合著《中国文学史》及其在国内的影响、陈尚君先生辑校《全唐诗补编》的成就,一一作了汇报。杨校长最终还是听进去了,后来他通过校办,单独给了中文系两个教授名额,来解决两位晋升正高的问题。骆玉明先生直接由讲师转为正高,没有经历过副高这个阶段,这在当时是很不容易的。这体现了章先生对后辈的关怀。受章先生的影响,我觉得在爱护人才方面应该尽一份力量。当然两位先生的学问摆在那里,对于他们的破格提升当时也是毫无异议的。

第二点,刚才陈尚君讲到,章先生是一个通人,中西古今都能打通。就我自身专业出发,我觉得章先生的学问可贵之处在于他并不局限于古代文学或者古代文论,他对文艺理论同样高度地重视。不仅是文艺理论,对哲学理论等方面都是如此。他曾经跟我讲过,他带学生,每一届都亲自带领一起读马列经典著作的原著,比如《反杜林论》,可见他对理论的重视程度。我觉得他后来主编《中国文学史新著》的线索——以人性为中心,便是从马克思的《资本论》中人的一般本性及变化着的具体的人性而来。将这个思想资源运用到文学史的研究和阐述上,对我启发极大。我后来写过一篇文章,重读钱谷融先生的"文学是人学",其中讲到人性线索,专门提到章培恒先生以人性线索来贯穿文学史研究的例子。我觉得提出这个观点的不是研究文艺理论的人,而是古典文学研究专家,很了不起。他理论功底之深厚,使我佩服得五体投地。

最后我再讲一个小故事,有一次山东大学的曾繁仁先生来上海,我陪他去看望章先生。先生那个时候病情已经非常重了,他的两只脚必须要放在沙发上,否则马上就会发肿。而那个时候他身边还是堆着好多书,还在工作。我知道他是努力地在把《中国文学史新著》作最后的完善。我们两人当时看了以后既感动,也难受。章先生有如此的人格魅力,他永远地活在我们心中。

葛兆光:

章培恒先生去世已经十年了,没想到时间过得这样快。记得在章先生去世后第一次纪念会上我也发表过一次讲话,后来整理为《师友三十年》一文。章先生是个有故事的人,一所大学需要这样有故事的人,才能让大家记住这所学校的人文传统。

我在此处仅分享一个少有人知又非常遗憾的故事。1999年11月,章先生跟我说想编写新的《大学语文》。当时在章先生家中找了一台录音机,由我来讲此书的体例、设想和重点。2000年,在北京香格里拉饭店,章先生把我、严家炎和吴福辉找去讨论如何编撰。吴福辉代表中国现代文学馆,负责选编现代散文、戏剧和评论;严家炎代表北京大学,负责选编现代文学里的小说;我负责选编古代诗文;浙江大学的廖可斌负责选编古代的小说戏曲;章先生自己负责编写系统的总说。同年在北京金台饭店,章先生再次找我们几人,说眼下有了复旦、北大、清华、浙大和现代文学馆的参与,或许可以编写一部新的《大学语文》。2001年,我先做完了古代诗文的部分,后来大概在2002年吴福辉也交了稿。一部分稿子在复旦大学出版社已经排出了校样,但章先生一直压着,最终并未能出版。后来,我和出版社的贺圣遂讨论过几次,我们猜想这可能有以下原因:其一,章先生是一位理想主义者,他给新编《大学语文》设了一个很高的标准,他觉得当时有一部分稿子还不够完美;其二,我认为章先生是一个不愿借他人之手、凡事都要亲力亲为的人,可是这时章先生身体状况已不是很好,他理想中的总说始终没有精力写出来。于是这件事就一直拖了下来,这本书最终也没有出版,大家都感到很遗憾。出版社的人也觉得,《大学语文》这样适用性很强的书没有出版,很可惜。于是后来贺圣遂就把我的那一部分编成了一本小书——《古诗文初阶》。

由这件事可以看出,章先生做事有自己的风格和标准。我总觉得章先生是一位理想主义者,目标定得高,但又不愿借助外部力量去完成工作。现在的学者,很少能够对自己有这样高的要求和标准。虽然太过理想化的要求可能会难以落实,但对自己有严格的要求总是一件好事。如今我在复旦的几位前辈朋友——章培恒先生、朱维铮先生和陆谷孙先生等一个个离开,真可谓"知交半零落",心中难免感到悲凉。

汪涌豪:

我曾是在古籍所工作而挨训最多的人。广为人知的事是,我曾经被章先生三次叫到办公室。说实话,当时心里非常怨,既觉得委屈,又敢怨不敢恨(要说怨恨也行)。但是我现在回想起章先生,心里面只有感激,只有佩服。我觉得像章先生这样的人,像葛先生说的,现在已经没有了。他的学问我没有资格评价,至今都没有资格评价,但是他的人格确实感染了我,他是一个率性的、任真的、耿直的、孤高的人。

章先生爱看武侠小说,这个不是没有来由的。古人所说的侠者是什么样的人?首先是不置生产。侠是不理财的,章先生也是不理财的;好劫富济贫,章先生经常是在你有困难时他马上把钱拿出来。他还有向我的导师顾易生先生借钱给学生这样的事情;然后是面责人过。你不行,他当场就跟你说出来,而很讨厌笑面曲颈的人,就是表面上规规矩矩,其实面和心垢的人。这样的人在大学里面多了去了。

章先生又是很通人情的人。比如说他每次训完我以后,总是会安抚我。有一次训完后,让人来看我,给我女儿买了一条裙子。我现在明白,是章先生让她来的。还有一次训完后,突然又叫我去吃饭,理由是来了两个俄罗斯人,我会讲点俄语。其实那两个俄罗斯人的普通话讲得比我还标准,根本不需要我翻译,他就是来安抚你一下。我是后来才想明白了这些。我留校后第一次到古籍所报到时,当时一位老师正跟章先生汇报工作。我去了以后,他说:"××你让一下,我朋友来了。"他是把我当朋友看的。

我写过一篇《复旦酒事》,回忆了章先生,包括潘富恩先生、朱维铮先生等。这种前辈老师的风范,会一直影响并规范着我以后的人生。

胡晓明:

我也讲两个小故事。先讲第一个故事。有一年,我沾了章先生的光,去浙江师范大学开会。那个时候是梅新林老师派了一辆车专程来接章先生的,正好把我一起接到金华去。那个时候同路的车上有这样一位大师,我肯定要抓紧时间跟他请教问题。(因为我不是复旦的,不像很多在座的都是听过章先生课的)。当时在车上谈了很多,包括先生最近吃的药、身体、人事各个方面。但是我印象最深的是一件事情,讲这个事情的时候,我至今闭上眼睛都能想到他当时的神情动态,他非常在意这件事情。后来我就把这件事情在不同的场合都讲出来,今天我还是要把这件事情讲出来,因为我觉得很重要,是章先生非常看重的一件事情。

是什么事情呢?章先生当时跟我说,他做了一个很大的事情,他创设了一个博士点——中国文学的古今贯通(整理者按:即"中国文学古今演变"学科博士点,下同)。他说开始创建这个博士点之时,教育部不批,认为这不像一个学术学科或者学术方向。后来教育部叫我们重新整改,我就重新请了陈大康、孙逊等几位先生,讨论怎样给教育部交代,把设立这个博士点的事情推进下去。经反复讨论,最终还是报上去了,名字还是"中国文学的古今贯通",因为没有别的名称能够更恰当地来表述。后来教育部批下来了,变成了一个非常重要的全国独一无二的博士点。我觉得章先生如此看重这个事情,包含着非常有分量的学术思想,就是把中国文学看成一个整体,把中国文学看成是一个有思想的学科。今天在章先生去世十年之后,再来看中国文学的研究,会感慨万千,哪里有思想?哪里有理论?没有啊!而且中国文学的研究怎样才能够真正地做到让哲学学者、历史学者都能够认同,我们的成果也对他们有帮助,我们的成果也对整个社会的文化思想的建设有贡献。我觉得这一点只有章先生能做到。章先生是这样一位具有第一流学术品格、第一流思想品格的学者。所以我要在不同场合不同时间讲这个故事,就是因为这是章先生最看重的事。我们纪念章先生,就是要把章先生的未尽之意,把他最看重的这个内容继续做下去。

我再讲第二个故事。有一次我跟章先生共同参加一个学术会议,我提交的文章涉及鲁迅与朱光潜关于"曲终人不见,江上数峰青"的争论问题。我真的没想到,那天在南大我宣读学术报告的时候,章先生坐在第一排,非常认真地听完。我当时非常惶恐,因为我知道章先生对鲁迅是非常推崇的,但是我那个报告里面恰恰有比较多的偏向于朱光潜的一面。鲁迅的那一面,我当然也非常肯定的,但是我觉得朱光潜所代表的学术传统在后来的发展中确实被压抑了。我讲完后,看到章先生一句话都没说,我的心情就很沉重。因为王先生(整理者按,即王元化先生)的关系,我当时跟章先生也算是比较熟的,章先生没生病的时候,我时常在王先生家见到他。王先生当时担任章先生创办的古代文学研究基地(整理者按:即教育部人文社科重点研究基地"复旦大学中国古代文学研究中心")的名誉主任,章先生每个月都把兼职报酬亲自送到王先生的家里面去。那次会议中午吃饭的时候,我跑到章先生面前,问:先生是不是对我所讲的内容有意见,能不能给我提两点批评意见,甚至骂我都可以。结果章先生很冷静地说了一个很让我吓了一跳的事情。他说:朱光潜的学术传统确实是有一个后续的发展,但是我要给你补充一个材料。他说:你知道阿垅吗?我说:我不太知道(阿垅其实也是胡风集团的一个人,也是跟朱光潜打过笔仗的人）。他说：你知道阿垅怎么批评朱光潜的吗？我说：不知道。他说：朱光潜因为站在"后五四"的立场上，说中国的诗歌一定要有旧诗的格律，新诗没有格律不行。结果阿垅就举了一个例子说："放你娘的狗臭屁"，这句话除了一个字是平声之外，全部是仄声。这七个字有没有力量？很有力量。阿垅就用这个东西来批判朱光潜。这就是章先生告诉我的一个材料。后来我就问他，能不能把您提供的这个材料补充到论文之中发表。章先生说：当然可以。后来这篇文章发表在《江海学刊》。这就是我跟章先生交往的另一个小故事。

总而言之，我觉得章先生是一个真正有第一流学术思想的人。他的理论功底，他的学术勇锐，他的原创性，他强烈的批判性，他所研究的东西，确实是可以让我们做古典文学研究的人骄傲的。因为我们所研究的成果是可以供给其他学科，供给社会，有利于中国当代的文化思想建设。

吴格：

各位师友好。听了以上各位的发言，章先生的学问和人品栩栩如生。有些是我熟知的，有些也是第一次听见，感觉是一样的，我与各位一样，对章先生的学问和品格充满了崇敬。

我在复旦图书馆工作，和章先生的认识也比较早。也曾受先生的提携，在复旦古籍所担任古典文献学的教学工作。我也确实是非常想从文献目录这个方面，能够对古籍所和《全明诗》的编纂分担一些压力，贡献一些力量。

20世纪90年代是我们高校古典研究与教学比较沉闷的、有许多危机的、比较低迷的一个时期。章先生在90年代后期数次提起，希望我能够加入《全明诗》的编纂工作。我说："我们图书馆的系统，正在编纂全国古籍的联合目录，我完全愿意把古籍总目当中的集部的明清别集的编纂成果提供给古籍所，帮助《全明诗》的编纂在全国范围内推进，甚至跨出国门，了解海外明代诗文别集的收藏信息。"后来,这个话题延续下去,章先生希望我能够帮助承担《全明诗》编纂的工作,对《全明诗》的编纂能够有所推进。我当然是非常惶恐,但几次的推辞都没有被章先生接受。后来我觉得实在难以推辞,尤其是面对这样一位若干年来对我奖掖很多的师长,就答应下来。于是我们就到了北京,和高校古委会的安平秋先生等正副主任见面,重新修改了《全明诗》编纂的合同,这个事情就算基本确定下来。我知道自己才疏学浅,加上本身在图书馆中也担任一些基础的工作,当时又在图书馆系统的全国图书馆古籍编目中也担任了工作,觉得自己的精力是无法一一应付那些工作量很大的任务的。

2000年以后,一是自己的工作,二是个人的健康状况,三当然是章先生的身体情况也慢慢地转差。前后二十多年,我们也始终在勉力地维持着《全明诗》的编纂,从目录从资料等许多方面做出一定的推进工作。但个人的力量非常有限,从章先生去世以后,我就想把这个工作有个了结。已经向古委会多次表达,希望能够修改合同,让这个项目正式的结束。所以我现在跟各位的心情不一样,怀念章先生,我真的只有抱愧。

陈先行:

因为章先生的关系,我一直以为自己是古籍所的一员。章先生与顾老(整理者按:即顾廷龙先生)关系非常好,我是在顾老家看到章先生的,那时还不熟悉。等到古籍所建立,做《全明诗》开始,才慢慢与章先生有了进一步接触。

章先生的精神,一直在激励着我。我曾帮章先生做过两件小事情。一件是蒋天枢先生去世以后,对于他留存那批书的处理。章先生让我估价,想要古委会把这批书买下来,也好给蒋先生家里有些经济上的回报。说实话,蒋先生尽管收藏有不少集部的明刻本,虽然放到今天十分珍贵,但在当时我们眼里,尤其是跟上图的藏书对比,是所谓的"老头货",很普通的。我跑到古籍书店,询问了他们的收购价和卖出价,取中间价报给了章先生。后来古委会买下了这些书,并安置在古籍所。

第二件事情,让我真的非常感动。大家只知道章先生有位日本高级进修生叫高桥智,同时由顾先生挂名指导。实际上章先生还有一位高级进修生,叫丸山浩明。但他来的时候顾老已经身患癌症,不能再带学生。章先生就跟我说:"你能不能照顾一下他?"我说:"章先生你放心,他来看书,我服务周到一些。"但章先生并不止这么认为,他还做了特别安排:第一,给了我古籍所兼职教授的职位;第二,每个月给我三百块钱。章先生给顾先生就是每个月三百块,因为顾先生生病,不能再带这个进修生,他仍然没有断过顾先生的三百块,另外又给了我三百块。那个时候三百块,是很大一笔金额,我当时的月工资还没有三百块。所以我到财务去领钱的时候,要买巧克力给财务人员吃,让他们不要说出去。章先生这样做以后,我就觉得事情不那么简单,所以就很认真地给丸山君备课,大概一个月正式讲一堂课。他每个星期来看书,我就根据他的研究予以帮助。他是研究明代小说的,主要涉及福建的刻本。他对版本的概念很薄弱,因此他要看的书,我会给他讲相关的版本知识。就这样匆匆一个学期过去,正式讲课其实没有几次。

我觉得章先生在做人的方方面面都是非常到位的,即使对我这样很普通的青年人,他也是非常尊重。所以我是非常敬佩章先生,很怀念他。

吴冠文:

恩师章培恒先生逝世十周年以来,阅读和聆听过许多师友对先生深切缅怀的文章和谈论。章先生生前得到很多人的爱戴和尊敬,去世至今,又能获得众多朋友和学生的深切缅怀,这些总是带给我无限感动和向上的力量。

正如很多人所言,先生之所以在生前身后都能得到大家的爱戴,是因为先生在工作和生活上体现出的非同一般的人格魅力。不知道是武侠小说中侠之精神影响了他的个性,还是先生天性中本就存在这种使他与武侠世界相亲近的特质,很多师友特别感动于章先生生前待人接物中的侠者风范。

他持之以恒地关心退休工资较低的贾植芳先生,关怀病休在家的教师,诸如此类的行为他都以很低调的方式在做,恐怕少有人知。即使在他自己住院治疗或卧床养病期间,还常常让我们学生代他去看望他所关心的一些师友故人。先生在《追忆杨西光先生》中提到的原复旦大学党委副书记王零先生,其实与先生本无私人交往,但因为王零先生在非常时代的一些善举,章先生在王零先生退休多年后,仍然感念他,曾经托我们代他去看望年已九十的王零先生,并让我们给王零先生留下自己的联系方式,以备不时之需。当时住在书馨公寓的王先生听力受损很严重,跟人交流已很困难,但他最终听清楚我们是章先生的学生后,似乎恍然大悟地说,"哦,那个业务很好的章培恒教授啊!"还记得有一次代章先生去复旦九舍探望贾植芳先生,我们从贾先生浓重的方言口音中也辨别出了类似的话。

章先生生命最后一段时间的治疗费用非常高昂,自费的部分是很大的数字。有两个同门希望在我们古籍所在校的学生中为他筹措一些治疗费,获知此事后先生立即让我打电话给组织此事的师妹予以婉拒。学校方面也很关心先生的病情,想给他一些资助。几次三番打电话,章先生都未予接受。后来杨玉良校长亲自登门劝先生接受学校资助,先生仍然未接受,婉拒的同时特别提出,作为一名享受院士待遇的教授,他的工资津贴已经不少,他在报纸上读到了当时正与乳腺癌抗争的青年教师于娟的事迹,希望学校多帮助帮助于娟这样陷入困境的年轻教师。

2011年2月的一天,章先生因持续两天发烧住进医院,虽然血常规检查比预期的好,但到医院陪他时我便发现,章老师对自己的身体比起三个月前立遗嘱时候更加悲观。提到《不京不海集》的增订和《不京不海集续编》目录等事宜时,他说本来很多收录文章后附的说明原准备自己动笔加的,但这一次估计都来不及了,因为他连提笔签名都已艰难。我们以他最近检查和他身体感觉表现较好为由劝慰他。他说:"我最大的优点就是,虽然身体这样,但自己并不对自己身体的状况大惊小怪,也没有对下面的日子感觉毫无意义。"

章先生去世以来,随着自己各方面阅历的增加,我越来越深刻体会到,先生在他生命各种艰难之际的所作所为是多么难能可贵。虽然身体病痛到了常人难以忍受的地步,先生仍然镇定对待,尽可能做一些他认为有意义的事情。他在生命的最后几个月中,不但坚持研究和思考,修订《中国文学史新著》《不京不海集》,指导我们进行《玉台新咏》的相关研究,等等,还有意识地利用一切机会教导学生。

从我问高亨的《诗经》解读,先生会从高亨的尊师,著作中列参考书目都会首先列梁启超的,且署"兴会梁先生",聊到高亨真心信仰马克思主义,常在文学作品中寻找阶级斗争的痕迹,且通过假借字解读古文,以致他在《诗经》等经典的解读中存在很多特别见解等趣事。从我随口提起的《马可波罗游记》,先生会从《马可波罗游记》记述的具体内容和该书的真伪问题,聊到传统所谓的元代"暴政"说是否确实,等等。先生还带我一起读他家里和医院订购的各种报纸杂志,有时候在我到他住处或病房时,他就已备好希望我读的部分,比如一次读《东方早报·上海书评》所载谢泳《中国现代学术中的"专精"传统》,先生建议我以后多看这类文章,他认为这样既可以锻炼自己的思考能力,又可以看其说的东西是否有根据,教导我怎样在反复使用自己已有零散知识的过程中将这些知识逐渐转化成自己的心得,以便自己以后更灵活更得心应手地使用。

先生外表严肃,内心其实很幽默,讲起笑话来常常话未讲完,自己就先忍俊不住笑起来,很多笑话在他病痛中成了苦中之乐。护士打针手重了,他没有抱怨护士,而是在护士走后,跟我们讲诸如此类的笑话:"我年轻时,曾经有一段时期奇奇怪怪的言论很多。当时我一个外甥有一阵子经常念叨一则童谣:报告首长,屁股发痒。请假三日,回去休养。有些护士做事比较耐心,有些做事应付似的,打针就比较痛。刚才那个护士打完针后我突然想起了我外甥以前常说的这则童谣。"

我们很多人喜欢引述先生为复旦中文1979级毕业班学生题词:"追求真理,锲而不舍,纵罹困厄,毋变初衷。"当我人到中年,"困厄"

两字竟从纸面实实在在落到自己身上,情绪一度暗淡消沉,一蹶不振时,真切体会出要想做到"锲而不舍""毋变初衷"需要多大的力量,先生一生直面困厄、不变初衷的精神始终激励着我。

马美信:

我想讲一下我跟随章先生三十几年的一点感受。我是1962年进入复旦的。1963年章先生给我们上文学史的课,我比较喜欢古代文学,在上课的时候,就和章先生有比较多的接触。那时候章先生组织我和刘明今、徐祝庆等几个同学写了几篇文章。毕业以后,我去新疆待了十一年,在这期间和章先生保持联系。到了1978年,成为章先生的研究生,博士毕业以后留在了复旦,跟在章先生身边比较长的一段时间。

我认为章先生从生活也好,思想也好,做学问也好,他有个转变,这个转折点就是他去日本讲学。他去日本讲学之前,在给我们讲课的时候,以及我读硕士生的时候,当时的处境有所改善。但是由于"文革"的影响还没彻底清除,他还是有一些阴影,心有余悸的,所以他生活还是比较艰苦,言行上也是谨言慎行。他当时从事古代文学的教学和研究,但对理论也非常重视,因为他最早是研究现代文学和文学理论的。他当时的理论还是1949年以后一些老的格局,比如说他叫我们读文艺理论书籍,是让我们读俄国的三个斯基。他那时候文章写的不算很多,但是一些文章是很有影响的。比如说他写晚明谴责小说,文章的影响是比较大的,得到了当时国家最高领导人的赞赏,在其他的报纸上转载。他当时的文章比较着眼于思想性的分析,比如他指导我和徐祝庆写的评论《荆钗记》的那篇文章,强调批评《荆钗记》里面的封建意识,是针对赵景深先生《论〈荆钗记〉的人民性》观点而发。我觉得他对问题有着深刻的理解,但这个路子还是比较传统的。后来先生自己觉得这样搞下去好像已经不行了。他曾经说过:现在这样的古代文学研究也就是量的积累,而没有质的变化。一度很困扰。他去日本讲学,正好是我在读硕士的期间。他在回来以后,明显的有一个很大的改变。当时他的处境也改善了,声望益隆,社会地位高了。当时的社会环境比较宽松,章先生的个性表现得更加明显,不再谨言慎行,已经敢于发表自己的意见。而且他的有些意见是很尖锐的,特别是在一些大是大非面前,他敢于坚持原则,坚持立场,态度鲜明。从学问方面来讲,他受到日本学者的影响很大,比如他的一些理念和方法。具体地讲,关于百回本《西游记》作者的问题,很明显受到日本学者的启发。另外一个就是文学史的分段,上古、近古这几段也是日本惯用的分段方法。当然,他受到日本的影响,也形成了自己的一套学术方法。我觉得章先生到后来有一个很远大的抱负,想建立一个自己的古典文学研究体系或者是理论。他注重实证、考释,但是不满足于这一点,不断进取,不断探索,最后他的成果大家都看到了。

骆玉明:

我跟章先生第一次会面是在1977年。我跟章先生接触比较多,关于他的话题也非常多。章先生有时候也会有误会,因为我跟章先生太熟了。误会的时候都不解释,因为误会也就是生活的一部分。但是我想这么多年,我对章先生的感情其实并没有减少过。我觉得今天说的一个话题非常多,关于古今文学演变的这个话题,章先生跟我谈是很早的时候,我开始根本不知道他的意图。他说小骆你去写一篇文章,把古代文学和现代文学连起来试试看。然后我就写了很短的一篇,大概只有一千字吧。后来谈得多了,对他的意图就比较理解了。这方面的话题章先生讲得很准确。我记得撰写1996年版文学史的时候,稿子全部完了以后,章先生在后面加了一篇"终章",论述了中国文学向现代化的转变。这也构成这部文学史的一个特色。我几年前在《复旦学报》上发表过一篇文章,叫《中国文学的路——谈章培恒先生的中国文学史研究》。

章先生最初想写的不是文学史,而是理论性比较强的东西,最终没有写成。当时叫我跟他一起来做,后来中途转向中国文学史,是因为那个时候徐中玉先生在主持一套自学考试的教材,中国文学史交给章先生撰写。我们一群和章先生比较熟的年轻人聚集起来,稿子做了一半觉得特别没有意思。自学考试的稿子通用性很强,你不能太有个性,后来的转向是我跟章先生建议的。后来1996年那个班子中间都是有些实验的设计,没有完全按原来的路子走,然后中途又转的。但是各种变化里面,我觉得章先生有一些不变的东西。章先生是一个年纪很轻就加入共产党的人,就是说中间他经过了很多的挫折。70年代末80年代初中国的转变,对整个中国历史是有什么样的意义,我们非常清楚,我们始终是和历史联系在一起的。章先生岁数比我们大,也比较早熟,他十几岁就参加了学生运动。对中国命运的思考这样一个问题,是章先生跟我们讨论文学史问题的一个基本的背景。我觉得这里面有几个话题可以简单地拿出来。

一个就是说文学史是历史的一部分,我们如果要很好地理解文学史,还是需要很好地理解历史,历史是不是可以描绘出一个我们认为是合理的符合文学史发展的趋向。如果说是有,那么它建立在一个什么样的理论基础上? 如果把它建立在马克思主义的基础上,70年代末80年代初,对马克思主义的人道主义的理解,这是发展年代中一个最重要的变化。如果这样来理解的话,之前的马克思对人类历史的一个最基本的描述,可以用两句话来说明:第一句话就是,自觉和自由是人类的内在特性,作为人类的特性是自觉和自由;第二句话是《共产党宣言》提出的"每个人的自由成为所有人的自由的前提"。如果把这样的理解作为一个对历史的理解,然后转移到对文学的理解,那就是章先生所说的,中国文学的发展是人性的发展和人的发展,而所谓和人性的发展同步。归根结底,归源于马克思主义,就是人的历史是人的自由实现的历史,而文学是这种实现过程当中的一个特殊的精神。这是我跟章先生讨论过很多次的一个问题。

还有一个就是,这样的一个对于历史的理解,或者这样一个我们对文学本质、文学价值的理解,跟中国文学的关系怎么联系起来? 就是说中国文学是否是以这样的一种力量向前的? 它并非是"五四"以后受到外国文学、外国思想的冲击,才走上了这样的一条路,而是它原本,如果说我们认为历史的本质就是人的自由的实现的话,那么它是否也应该蕴含在中国的历史之中,也就是蕴含在中国的文学历史之中。

我在说的话题稍微有一点点远,但是我觉得基本的东西还是贯穿在章先生一生之中。当然他也有转折或者说是变化,但是这种对古代文学的研究问题,对章先生来说,它不是一个单纯的学术问题。

贺圣遂:

章先生去世已经十周年了,提到他我就很激动。我从章先生那里学到很多东西,我一辈子都感谢他。

我跟先生最后的一次交流是在先生家里,我那天去是有事请教先生。先生说:"我原以为你说是昨天来的,后来才想起你说是今天来,所以昨天准备的水果都处理了,这是今天新买的。"先生就是这样一个人,他给你的永远是最好的东西。

先生所做的一些事情是让我特别感慨的。比如说先生对这个人好,绝对是出于真心的。有一次,我陪先生的一个学生去看他。那天我们是晚饭后去的,先生说:"你们晚饭吃过了,就在这里喝酒吧。"先生拿出一瓶白兰地,我们三个人一起喝。一瓶白兰地全部喝完的时候,先生说:"小贺,其实对男性来说,只喝白兰地有时是不好的。我还有一瓶威士忌。"他就把一瓶威士忌拿出来开了。这不仅是先生的慷慨,也是先生对你的一种好意,无所不在。

有一次,北京来了先生的两个要好朋友。绿波廊是上海一个点心很好的地方,先生特意跟我说:"两个好朋友来了,我想在那里请他们吃点心。你给我打听一下,看怎么安排好?"我就去了,知道绿波廊当时一个人的消费水平是十五块。但是章先生就跟我说:"你能不能跟他们商量一下,有没有更好的,争取让点心更丰盛一些。"我当然就奉命去做。

先生永远对人是最好的,但是先生的这个好,有很多人不知道的一点,以为先生很有钱,其实章先生是没有钱的。我在他身边工作那么多年,知道他就是天性慷慨,对别人好了还要更好。你对他一点好,他就是要无限地给你回报。

先生当时确实是师生都推崇的一个模范、一个人格的榜样。但是章先生有时候对学校领导很激烈,我就大着胆子跟先生说:"我觉得您有些地方是不是不要这样太认真,能不能稍微地妥协一点,这样您所做的事情可以做得更顺利。"为了这个,先生给了我严厉的批评。他说:"你这个话不要说,我如果像你这样理解生活,或者说这么理解人生,我早就可以去做一个大官了,但是我拒绝了。所以我现在所做的一切都是我愿意做的事情,你绝不能要求我放弃我的人格追求,而去适应别人的观念。"这对我是很震撼的,所以我当时就懂得了章先生为什么特别喜欢李贽,为什么特别佩服鲁迅。章先生不是一个只做学问的人,他将学问和自己的人格理想连在一起,是一个有人格魅力的学者。像章先生这样的学者,在复旦大学很难看到了,在中国的知识界里面都是很难看到的。我觉得一个人除了学问,还能够用自己的思想和品质去影响社会,这很了不起。章先生会永远活在我们的心里。

胡令远:

今天是章老师逝世十周年纪念座谈会,感慨万千,非常感谢广宏他们做了这个工作。来参加会议的有许多同学,这些同学大都是古籍所的研究生。章老师的事业后继有人,这种场面应该是他最想看到的。

谈两个小故事。第一个,当时毕业留校之后,大家天天做卡片。因为卡片做得不好,有很聪明的好几位同学都是被章老师批评的。后来有机会要考研究生了,我跟章老师说:"我准备考你的研究生。"章老师说:"你考什么研究生?你跟我玩就可以了。"他的意思是说,你在我这里做学问,一步步地进行就可以了,没有必要去追求一定要拿个什么学位。我跟章老师说了三次,都被他拒绝了。我想将来可能是一个学历社会,自己有个爱人往上海调的问题要解决,将来调动,恐怕门槛还是需要的。报名的最后一天,我拿了张报名表,到章老师那里,请他签字。章老师虽不乐意,还是签了字。那一年的竞争者是陈正宏、韩结根,后来章老师还去额外争取了一个名额,让我们三个都考上了。章老师不仅仅是在学术上允许学生自立,在生活或者在他的管理范围的方面,学生即便是违拗了他,也会理解。这件事情我一直记在心里。

第二个,章先生对同事、学生所做的思考是很长远的。比如申请设立了教育部重点研究基地。后来教育部派人来复旦考察,章先生与我商量,把会议安排在日本研究中心。那时章老师身体很不好,坚持亲自到场汇报。我们叫了辆出租车,从家里把他接到中心。评委都非常感动,全票通过。有了古代文学研究中心,才有了后面事业的进一步发展。我觉得章老师是把它作为自己的事业来做,同时也考虑到学生、同事的出路。

吴兆路:

说到章先生,至今我感觉他还在我身边。在章先生晚年,我与他接触比较多。我认识章先生是在1985年,那时我在兰州大学工作,来复旦进修。当时听章先生的课"明代文学与哲学",印象极深,影响了我后来的治学路子,一直到现在。后来读了博士之后,跟王运熙先生说学位论文选题的时候,我说:"我特别喜欢明清这一段,我能不能写?"王先生说:"可以啊。"那一代的老师就是这么宽容。后来我听完这门课之后,期末章先生让我们写作业论文。章先生看了我的文章后说:"你这篇写得很好,可以得A。"从那以后,时不时都会想起先生。后来就是回到兰州大学后,我下决心一定要考复旦,这也是章先生那门课的缘故。王运熙先生也希望我来复旦读博士。博士毕业之后,跟古籍所有一个缘分。1993年博士毕业的时候,我找到章先生,表达了想到古籍所工作的意愿。章先生一口答应,说:"好的,你来吧。"之后就提交了表格。但是后来突然间北大的孙玉石先生来复旦开会,我去拜访他,他说:"你到我们这里读博士后吧。"我当时就去找章先生,我说:"我怎么办呢?"他说:"那你去吧。"章先生有这么大的胸怀,真的感动了我。到北大做博士后回到复旦之后,章先生也一直对我多有关怀、提携。包括后来评职称,评博导。

章先生的离世,真的代表一个时代的离去。章先生的人格魅力,让我真的是永远的感恩。我在复旦是幸运的,遇到了这么好的先生。虽然他不是所谓的嫡系导师,但实际上对我的影响,在学术上、在为人方面是非常深的。章先生会永远在我心中。

许建平:

一个总体感受就是先生给予的很多,而能回报的太少。说起先生给予的多,大概可以从三个方面说:生活方面、学术方面、人生方面。

生活方面要说的很多,举一个简单的例子。到复旦来读博士后,孩子在家里面没人管了,学习成绩直线下降,我心里非常焦虑。章先生知道后,帮我去解决了这个问题,把孩子安排到二附中读书。

学术上简单说两件事。一件是我读博,一次先生打电话打到家里,说起学历问题要解决,一定要读博士。我就说:"我要读就读先生的吧。"后来就如愿以偿读了博。另一件事,到章先生身边读博士时我年龄比较大,40 岁,已经是教授了,也发表了一些东西。章先生生怕我有一点傲气,一次把我叫到办公室,坐了很长时间,才说:"你发表了有多少篇文章啊?"我说:"大概有四五十篇吧。"他说:"你觉得你这些文章有多少是自己比较满意的?"我觉得应该谦虚,不能多说,想了想说:"大概有个五六篇吧。"先生半天不吭声,最后说:"我大概只有一两篇满意的。"我心里咯噔一下。先生说:"建平,人的一生啊做不了几件事,做事要好好选择。"所以我在写博士学位论文的时候,选题不知道改了几次。原来是写王世贞,后来时间不够。其间跟黄霖老师搞一个国家重点项目,花了一年时间。章先生说:"你不能再搞了。"章先生喜欢李贽,那就改搞李贽研究。后来我拟了个题目叫《李贽著述真伪考》,我觉得这个很必要,还做了好多的准备工作。章先生说:"这个题目我再查一下,咱们再说。"又过了一天,章先生给我打电话把我喊去,告诉我说:"你这个题目不能做。为什么,因为你要搞李贽著述真伪考，首先依据是《焚书》，但最早刻本的《焚书》现在没有了，所以你这个依据不可靠，不能搞。"先生对问题的细致意见有很多，我就不一一讲了。

下面再谈谈先生对我人生上的影响。其实我时时想念先生，不是因为开这个会。有时候做学问的时候，一下就想到先生的一个观点，这个问题先生他会怎么想。比如说经常看文学史，我就有几点感慨极深，觉得这个事情一般人做不到。章先生在他的《中国文学史》里，解决了从人的本质、人的本性问题去探讨作为一个人的本质活动的文学活动这样一个问题，打通了中西。这个问题非常了不起，是一般人当时很难想到的，现在人们能做到怎么样也很难说。这是第一。第二，如果只是从人性的角度去研究文学，往往会走得比较空，比较形而上，对于它的变化研究就显得比较单调。章先生意识到这一点，在给我们上课的时候总是讲艺术和内容。他讲内容就是形式，形式就是内容。他的意思是从哲学的角度怎样把内容和形式结合到一起。哲学的阐释一定要和文章的形式结合到一起，一定要通过审美这个中介才能达到，才能真正用哲学去解决文学的问题。要不然，你这个东西就飘在上面。特别是他打通了两个中间环节，一个是美学审美，一个是形式，这样才是哲学和文学真正水乳交融。他的文学史成为一部在哲学上、美学上、文学上大家都认可的一个文学史。至于他对文学史的考证，在时间上能够尽量地去显现出文学上下之间的关系。他所花的功夫，其实一般的学者很难做到。我们不缺学者，不缺专家，缺的是有思想的学者，有思想的大家。章先生是一位有思想的大家，而且他的"思想"是不听信人的，完全是个性的，独立创造的。他总是在引领学术界，引领国人不断地去向一个新的领地或者一个新的方向去迈进。先生去世以后的这些年，我觉得大家沉寂了，沉浸在一个个小的东西上，沉浸在一个操作的层面，沉浸在一个技术的层面，觉得这个时代好像已经过去了。

我们作为学生来说，报答老师的太少。我们对先生的思想，对先生的真正的思想体系、学科体系，究竟是不是吃透了？他在中国文学史、中国学术史上、思想史上到底是个什么地位，他有哪些贡献，我们可不可以给他搞一个定位,搞一个研究或者叫"章学",对先生有个系统的研究。作为学生的我们来说,感到非常愧疚。

杨光辉:

章先生在中国明代文学学会(筹)成立的时候,廖可斌先生就讲过一句话:章先生把所有的规则、规矩都打破了。因为那时候成立学会,就没有一个所谓的总结环节。章先生是一位开创一代风气的宗师级的人物,他自己老是说:"我的话可能是胡说八道。"陈思和先生刚才说到《灾枣集》,章先生说:"我的《灾枣集》的名字应该叫做'乱七八糟集'。如果真的叫做'乱七八糟集',可能更好玩。"

从我的博士论文来说,章先生给我印象最深的一句话就是:"我们吃了论文再吃饭。"这也是给我论文指导的最后一句话。当然后来出版时,还给我写了序。

章先生趣事很多。他晚年养了一只叫花花的小狗,他说那个花花救过他的命。有一天他大概在床上不行了,花花就跑到保姆那里把她吵醒,保姆才赶过来让他吃药。后来花花不幸被车撞了,章先生花了6 000元去给它做手术,把它救了过来。

章先生特别说过:人长的人头,要讲人话。这是他从鲁迅那儿学来的,他说就是一辈子学鲁迅。大家如果去看章先生《灾枣集》的序,我觉得这篇序就是章先生最好的杂文。

章先生其实喜欢讲笑话。他曾研究明代韩邦奇的《志乐》,看到其碑传,说:"我从碑传中看到比小说还精彩的故事。什么故事呢?韩邦奇的奶奶一辈子守贞节,临死前跟韩邦奇说:我死了最后一件事情,就是不能跟你爷爷合葬。韩邦奇问:为什么?她奶奶说:我一辈子守贞节,怎么能够死了跟男人去合葬?韩邦奇说:奶奶,你一辈子不就是为爷爷守节的吗?她奶奶说:噢,是那样的啊。那你还是不要让人家说闲话。"我由此而想到鲁迅笔下祥林嫂的故事。这故事虽然有趣,而章先生从中看出的是封建礼教带给人特别戕害的那种好笑。

切磋篇

东亚汉文学的若干特点

邵毅平

一、东亚各地区文学之双轨

在古代的东亚汉文化圈里,除了中国以外,各地区曾流行过两种语文的文学,一种是用汉字汉文(文言文)书写的文学,一种是用本民族语书写的文学。前者在东亚汉文化圈里有一个共同的称呼,那就是"汉文学";后者在东亚各地区有一个字面相同、含义各异的称呼,那就是"国文学"——朝鲜/韩国的"国文学"是朝/韩语文学,日本的"国文学"是日语文学,越南的"国文学"是越语文学(也正因此,对于外国人来说,是不能跟着他们称"国文学"的,不然就主客不分了,可惜一般人大都犯有此误,尤以专家学者为甚)。①

这两种语文的文学,似乎有内外之分:"汉文学"是外来的,"国文学"是本土的;但似乎又没有"内""外"之分:无论"汉文学"还是"国文学",其作者都属于同一个民族。所以,"汉文学"绝不等同于"中国文学",因为后者才是"外国文学",前者则还是"本国文学"。

---

① 有人认为应取"三分法":口传文学、汉文学、本民族语文学,如有些朝鲜半岛文学史。但口传文学依其写定的文字,实可分别归入本民族语文学或汉文学,所以我们仍取"二分法"。

从"内""外"的角度来说,"汉文学"处于一个结合点上,有点类似于"本国人的外文写作"。

然而,事情又绝非如此简单,"内""外"之别说明不了问题的实质。因为在古代的东亚汉文化圈里,汉字汉文绝非通常意义上的"外文",而是一种国际通用语文。它与各民族语文的关系,有点像在近代欧洲,拉丁文与各民族语文的关系,简言之,并不在同一个层面上。因此,"汉文学"与"国文学"的关系,在古代是"国际性文学"与"地方性文学"的关系,是"母系统"与"子系统"的关系,是"主流"与"支流"的关系。这在古代东亚是得到各地区文人学者公认的"常识",在现代则成了少数不随波逐流者的"坚持"。

比如,朝鲜半岛的新罗时期,有用本民族语唱的"乡歌",之所以叫"乡歌",就是为了与汉文的"诗词"相区别,注明"乡"字,正反映了自居地方和支流的意识。正如李福清所说,"朝鲜人用乡歌这个名称是为了区别于用远东文化区共用规范文学语言——文言创作的诗词"①。

在日本,一直到明治维新以前,正如在中国一样,汉诗都只称"诗",相应地,和歌只称"歌",合起来就是"诗歌"。林梅洞、林鹅峰《史馆茗话》云:"圆融上皇大井河御游,分诗、歌、管弦三船,群臣各乘其所长,以施其艺。藤公任并达三艺,船司问曰:'君可乘何船?'公任乘倭歌船,献秀歌。继而悔曰:'倭歌者人人咏之,不如乘诗船之愈也。'其后白河帝大井河行幸,又连三船。源经信乘管弦船,勤其事,而并献诗、歌,时人服其多艺。盖闻公任之所以悔而所然乎?"②即是其例。这种称呼本身表明,在古代日本人的心目中,和、汉文学虽有文体之分,却并无"内""外"之别。明治维新以后,受西洋文学影响的"新体诗"流行起来,为与此前从中国传来的"诗"相区别,新体诗人便开始改称传统的"诗"为"汉诗"。③ 仅仅从这时候开始,"汉诗"

---

① 李福清《朝鲜文学的起源》,白嗣宏译,收入其《汉文古小说论衡》,陈周昌选编,南京:江苏古籍出版社,1992年,第270页。
② 赵季、叶言材、刘畅辑校《日本汉诗话集成》本,北京:中华书局,2019年。
③ 参见入谷仙介《汉诗入门》前言,东京:日中出版,1979年,第3页。

与"和歌"才"内外有别"了。

在越南,"字喃"的意思是"南方之字",是以中国为"中"(或"北")的意识的反映。因此,以字喃来创作的喃文学,相对于以汉字来创作的汉文学,自然也就是地方的文学,支流的文学。

但是,现代人受民族主义思潮的影响,已经很难认同以上观点了。现代人的观点毋宁说正好相反,他们通过强调"内""外"之别,把二者关系彻底颠倒了过来:"国文学"被看作"主流","汉文学"反被看作"支流"……这是目前东亚学界的普遍现象,只有少数特异之士才敢于公开站出来说"不"。①

即使在古代,两种文学之间也保持着强大的张力,而这种张力正是两种文学繁荣的动力。这正如亚瑟·E.昆斯特所说:"在中国周围也出现了各民族的文学。这些文学出现的标志,就是它们竭力要摆脱以汉语作为书写表达方式的影响,并使古汉语的书写体系适应其

---

① 据说日本文艺评论家川村凑曾经这样说过:"所谓日本文学的正统是什么?从中国流传过来的文学就是正统……而紫式部和清少纳言创作的《源氏物语》和《枕草子》只是一种支流,是不被重视的、供女人消遣的一种读物。"(《中华读书报》2001年6月20日"留言版")持同样看法的日本学者还有不少。关于朝鲜半岛文学,也有学者表示过同样的意见:"朝鲜的正统诗歌就是汉文古诗,完整地搬用中国诸种诗体形式和文字,成为长期以来人们沿用和循规蹈矩的对象。"(李岩《朝鲜李朝实学派文学观念研究》,北京:北京大学出版社,1994年,第133页)关于越南文学,也有学者这样说过:"历史上的越南文学,历丁、李、陈、黎、阮各朝,产生了不少汉诗文集,它们诗则规模唐宋,文则效法宋明,占越南文学史上重要的地位。但是,偏有一些别有用心的狭隘的民族主义者,无视历史,歪曲事实,全部予以否定。1957年作者写过一篇《越南古典文学试探》,越南大学某教授来函,除一般商榷之外,他还提到:'我极欢迎和赞成先生将越南古典文学包括了汉文文学和喃文文学的观点。在我们国内,自以前到现在,一些负责讲述越南文学的人,都认为民族文学就是"国语文学",至于古典文学,重视的也只限于喃文罢了。对于一部分的汉文文学,被列为一种特别文学,不能称为"民族文学",而只称为"越南汉文文学",只有少数大学才得列入教学大纲的教程里,实际上并未得到一定程度的注意。曾经有过少数人对这一褊狭的观点,欲图抗议和斗争,但斗争来得非常慎重,所以这一观点,直至现在,还在教育界中普遍流行。先生的作品,行将给我们作为具体的论据和雄深的辨证,使我们的观点有战胜的一天。'"(黄轶球《越南古典文学名著成书溯源》,载《暨南学报》(哲学社会科学)1982年第1期。见1957年华南师院科学讨论会中文系分组会译文。原函越南文。)

民族语改弦易辙的需要。朝鲜文学和越南文学之所以独立存在,无疑是由于它们面对汉语的灿烂光辉不曾妥协,而且进行了抵制;这种抵制通过给予本族民间艺术以书写形式而得到加强。一个有教养的朝鲜人或越南人,都会用汉语书写;但作为人,他可能只会用本族语言发泄情感。中国人看世界的方式,一再地渗透到朝鲜诗歌之中,而这些诗歌与流行歌曲和大众生活的密切关系,又一再地恢复其形式上的朝鲜民族特性,如'唱歌'和'时调',在形式上都不可避免地具有民族性。日中关系史则不相同。自6世纪以来,日本文化的特点一直就是热心学习新的、流行的、有用的东西。日本隔着大海,也同样抵制了一切征服的企图。日本是十分审慎地寻找和接受中国影响的,而且有教养的日本人使用汉语和日语,都同样不失尊严。"①单方面强调任何一种文学都是片面的,离开"汉文学"谈"国文学"更会走入死胡同。②

东亚各地区两种文学的同时并存,也为中国文学史的建设提供了丰富多彩的可能性。"我们现在能见到若干极其珍贵的中国文学文本,尤其是小说类型的文本,应归功于日本人精心保存过去文学的本能。中国小说是否是正当的文学类型,在中国还有疑问,因为它在中国根本没有被看作是'文学';而日本小说里那种无可否认的真正才华,或许倒使日本鉴赏家们不难去欣赏中国小说。"③中国古代小说史的重建工作,有赖于日本人精心保存的文献。这只是一个极为个别的例子。

---

① 亚瑟·E.昆斯特《亚洲文学》,胡家峦译,收入张隆溪选编《比较文学译文集》,北京:北京大学出版社,1982年,第168页。毅平按:"唱歌"可能是指"歌辞"。
② 不仅有些周边地区是如此,而且国内的有些少数民族也是如此。如一些少数民族的文学史,往往不大重视汉文学的存在,而是强调民间口传文学的存在。如新编的《蒙古族文学简史》(呼和浩特:内蒙古人民出版社,1981年),几乎完全不涉及汉文学,即使偶尔涉及,也只说"毫无影响"。又如壮族文学史,"过去人们每提及壮族文学时,通常是指它的民间文学"。见胡仲实《壮族文学概论》,南宁:广西人民出版社,1982年,第251页。
③ 亚瑟·E.昆斯特《亚洲文学》,胡家峦译,收入张隆溪选编《比较文学译文集》,第169页。

在中国文学史上,没有"两种文学"之别,只有一种文学,那就是"中国文学"。今天我们称之为"中国古典文学",强调的是它与中国现代文学的关系。这使得中国学者比较难以理解"双轨"制下东亚各地区文学的特殊状态。这似乎是一个不顾及周边地区汉文学史的说法,并没有考虑到它也是"汉文学"大家庭中的一员。因而在本文中,我们尝试采用"中国汉文学"的说法,以突出它与其他地区汉文学的联系,以及与中国境内其他民族文学的区别。("中国文学"理应包括中国各少数民族的文学,"汉文学"理应包括东亚汉文化圈各地区的同类文学,这是两个不同而相交的圆,而"中国汉文学"则是其中的重叠部分。)也就是说,以汉字汉文写作的文学作品,不限于一个地区、一个民族,所以我们称之为"汉文学"。相应地,应有中国汉文学、朝鲜半岛汉文学、日本汉文学、琉球汉文学、越南汉文学……

二、语言对于文学的根本意义

在这种不同地区不同民族的汉文学中,有人只看到了"中国汉文学(中国古代文学)",认为其他地区其他民族的汉文学都只是"中国汉文学"之"域外"部分,那自然是错的;但近代以来受民族主义思潮的影响,过于强调各地区各民族的汉文学的独特性,认为它们都是完全的"民族文学",割裂了它们彼此之间的联系,尤其是割裂了它们与"中国汉文学"的联系,则也是错的。

因为在"汉文学"的场合,"汉文"这一语言形式,决定了各地区各民族的汉文学具有基本的共性;而地域区别和民族区别则只是母系统里的子系统,是汉文学因此而呈现出来的个性差异,与彼此间的共性并不是同一层面的东西。首先应该强调的是其共性,其次才可以辨认其个性。正如各地区各民族的汉文学内部,也有时代、地域或个性差异一样;又如英语圈、法语圈、西班牙语圈各地区的文学,虽然也是"国别"的文学,也有各自的民族风格和地域特色,但作为都使用英语、法语、西班牙语的文学,也有其基本的共性一样。

在现代的朝鲜半岛、日本和越南,都出现了强调各自汉文学"独创性"的声音。比如越南学者认为:"如果说,从前许多越南文人以汉文写作的话,其中不少优秀的古典作家就不断从汉文束缚中,求得解放,用他们的祖国语言来表现各种题材。而且,纵使他们仰慕华夏,喜用汉文文体,而我们那些最有代表性的作家,却总是表现出他们非凡的独创性:在中国式的布局结构和格调的后面,人们很容易发现作者所处的社会环境和物质环境的特征,以及艺术家本人的个性特点。"[1]因此有人就认为:"世界文学的发展历史证明,语言是民族形式的第一标志,但不是唯一的标志。不仅朝鲜文学,中世纪的日本文学和越南文学中很大比例的作品也都是用汉字创作的,但它们都各具不同的民族个性。"[2]并引朝鲜时期文人朴趾源的"字所同而文所独也"[3]为证。

但所谓"民族个性",与"语言共性"相比,应该是次要的。可以认为,语言相同的文学,其共性是第一位的,其个性是第二位的。所以相比之下,日本学者中村真一郎的看法,也许更接近历史的真相,也更值得引起我们重视。他的《木村蒹葭堂のサロン》一书提到,他有一阵子身体不好,养病十年,在此期间,他阅读了三千卷江户时期的汉诗文集木版本,在这过程中病也痊愈了,宽政以后(18世纪后半至19世纪前半)知识人的群像也徐徐展现。他说,宽政以后汉诗坛的主流,流行清朝袁枚的性灵主义,强调个人活生生的感情,吟咏日常生活。"我最强烈的感受是,这数千个知识人无一例外,皆由中国古典'四书五经'这一共同教养形成自我,其文学著作中具有共同的价值观,形成了一个所谓的'文学共和国',其价值观、趣味、感觉,与同样用中国古典语来表现的中国人、朝鲜半岛人相同,这是国际性的、普遍性的。他们在这个'文学共和国'中,互相创作、批评作品,交欢,显出心灵的安定。他们从来没有考虑过,他们自己的工作谁也不能理解。这让我

---

[1] 邓台梅《越南文学发展概述》,黄轶球译,黄建华校,载《东南亚研究资料》1964年第4期。
[2] 李岩《朝鲜李朝实学派文学观念研究》,第177页。
[3] 朴趾源《燕岩集》卷五《答苍崖》。

联想到16世纪欧洲以伊拉斯谟为首的'人文主义'者们,持有人类中心主义的共同理念,在文艺复兴的学风中交流切磋的幸福模样。"①

中村真一郎的说法,将东亚与欧洲相比,指出其相似之处,自有其道理;但他用"文学共和国"来指称,则似乎不甚贴切。这是因为在近代欧洲,拉丁文没有祖国,所以用拉丁文的人地位平等,可以说是"文学共和国";但在古代的东亚,汉文却有祖国,那就是中国,所以各地区用汉文的人,一般都唯中国马首是瞻,谈不上地位平等,说不上是"文学共和国",而只能说是"文学帝国"。这是二者的不同之处。但除此之外,他说的都是事实,也都是对的。其中最重要的共性,就是运用同一种语言,具有共同的价值观。

说起来,汉字汉文不仅统一了中国的文化,也融合了东亚汉文化圈各地区的文化,并势将在未来的东亚共同体中焕发新机,其功实莫大焉!

三、汉文学地位高于各民族语文学

在古代东亚各地区,汉文学是第一"国文学"、中央的文学、官方的文学、上层的文学、主流的文学、男性的文学,而各民族语文学则是第二"国文学"、地方的文学、民间的文学、下层的文学、支流的文学、女性的文学,前者高于后者。

现代的朝鲜半岛文学史家多半认为,相对于为社会上层所掌握的汉文学,口传文学、谚文文学只是社会下层的文学:

> 汉字传入以前韩国没有文字,所以这一时期只存在着口碑文学这一种文学形态。到了三国时期,尽管从中国引进汉字并开始使用,但是真正能够使用汉字从事文学活动、阅读鉴赏汉文文学作

---

① 中村真一郎《木村蒹葭堂のサロン》,东京:新潮社,2000年,第21—22页。

品的只有极少数人,绝大多数人所享有的文学形式还是口头流传的口碑文学。高丽王朝统一三国以后开始推广汉文教育,从而会使用汉文的人不断增加。但是实际上,会使用汉文的人只是那些想跻身仕途的人而已,大多数从事农业等第一产业的劳动者仍然不会使用汉字。李氏朝鲜建立之后创制了谚文并开始普及推广,但普及的速度非常缓慢。多数国民能够运用自如地从事文学活动大约是在李朝后期开始的。因此,到李朝后期,口碑文学一直为大众所享有,从而使许多口碑文学的遗产得以保存到今天。

口碑文学不属于知识阶层的文学,就连李氏朝鲜也把汉字作为官方文字来使用。如果说汉字文学是知识阶层的文学的话,那么口碑文学就是无法学习汉字的平民大众的文学。不认识汉字的大多数国民直接从事生产劳动,口碑文学满足了他们的文化需求,因此民谣和传说中经常出现反映衣食住等日常生活的内容。[①]

即使是谚文(韩字)创制以后,实学派文人虽然重视谚文,但真正能用谚文写作的却不多,他们所擅长使用的仍是汉文。况且汉文的影响根深蒂固,又具有崇高的国际地位,他们其实也并不真想摆脱。

如朴趾源谈到用谚文写作,就自认有心而无力。他曾在《课农小抄》中使用过一些谚文词汇,如谷物名称之类,还曾将一些民间的俗谚俚语、谐谭笑话、琐谈方言等译成汉文,写入他的汉文小说和汉文散文里,给他的汉文作品增添了一些民族特色。不过,他其实并不真能用谚文来写作,他晚年曾表达了对此的遗憾,在给族孙的信中说:"吾之平生,不识一个谚字。五十年偕老,竟无一字相寄,至今为遗恨耳。"[②]说"不识一个谚字"有点夸张,但他不能用谚文写作则是真的。我们注意到他对此的矛盾心态:一边在心里感到"遗恨",一边仍坚持用汉文写作。这也是徘徊于汉文化与本土文化之间的朝鲜半岛文人的普

[①] 赵东一等《韩国文学论纲》,周彪、刘钻扩译,北京:北京大学出版社,2003年,第27页,第86页。
[②] 朴趾源《燕岩集》卷三《答族孙弘寿书》。

遍心态,也可以说是他们文化困境的一种表现。

洪大容也许是个例外。他既精通汉文,粗通汉语,又懂谚文。他出使中国的旅行记,有汉文和谚文两个版本(汉文版名为《湛轩燕记》,谚文版名为《乙丙燕行录》)。但除此之外,他其他的文章和著作,仍都是用汉文写的。而且,即使像他这样的文人,在当时也是凤毛麟角。

但是现代的朝鲜半岛的学者们,往往过高评价历史上谚文文学的价值和意义,以及古代文人对于谚文文学价值和意义的自觉:"使用韩文标记的古典小说直到朝鲜后期才出现,而通过古典诗歌我们却可以重新看到三国时代以后的韩语的本来面目,这是非常重要的。无需汉语翻译而用韩语准确地体会韩国人的情感,这是十分幸运的。在汉文化占主导地位的当时,古典诗歌能被承认为是一种重要的文学形式并被不断创新,这表现了人们对民族文化的正确认识与自豪感,说明古典诗歌是一份珍贵的文学遗产。"①其实,虽然谚文文学不同于汉文学,具有朝鲜半岛的本土特征,更宜于表达朝鲜文人的感情,但它始终是第二位的文学,从来没有占据过主导地位。

日本江户时期文人赖山阳,似乎比朴趾源走得更远,他肯定日语文学的价值,主张母语至上,和言和语:"吾所衣,和之衣也;吾所食,和之食也,和衣食而汉言语,问之和言语,则曰不知。不知本哉若人!予持此说,未有合焉。今得桥本子,盖从伊势本居子而学和言语云,乃抵掌而谈,恨相得晚……襄也有志于和言语,而不能也,负于和衣食久矣!"②可是他肯定归肯定,自己仍只能用汉文写作,顶多也就训读个把汉字,比如把"山国川"改说成"耶马溪"之类。所以他觉得很悲哀,很惭愧,有负于日本衣裳日本料理。

其实日本到了江户时期,汉文学的势力臻于鼎盛,日语文学仍居于支流,汉文学地位远高于日语文学,正如中村真一郎所说的:

---

① 赵东一等《韩国文学论纲》,周彪、刘钻扩译,第180—181页。
② 赖山阳《赖山阳文集》卷一《紫阳制锦序》。斋藤竹堂(1815—1852)也婉转地表达过类似的意思:"拟将汉语学吟哦,犹觉牙牙一半讹。不比东音曾惯熟,唱成三十一字歌。"(《竹堂诗钞》)

准确地说,江户时期人们文学活动的中心,不是净琉璃,不是俳谐,也不是数量庞大的随笔集,更不是人情本、洒落本,而实在是汉文的著述。

对于江户人来说,最大的思想家与其说是宣长,无疑更应是徂徕;诗人与其说是芭蕉,也许更应是茶山;而作为散文家的名声,山阳远出马琴之上。

也就是说,江户的知识分子大都保持着这样的文学习惯,即只用作为远东文化圈通用语的中国古代汉语,来思考、写作和吟咏。这是日本自古以来一贯的传统,即使在历史的急剧变动期,知识分子的力量削弱,庶民的能量高涨,文学的中心转移到口传文学的样式,但其总的精神不变,即对于不用自己生长的国家的语言来著述一事不抱任何怀疑。

也就是说,自古代国家形成以来,日本人也像朝鲜人、安南人一样,处于对自己来说如同世界帝国的中国的文化的影响之下,认为只有用这个帝国的共同语汉文,始能表现世界共同的普遍的思考和感情,作为知识分子是当然的事情。而且还相信,使用各个地方的活的语言创作的文学作品,总是低一等的东西。对于奈良朝的知识分子来说,《怀风藻》《日本书纪》是正式的文学,《万叶集》《古事记》则只是地方的文学。同样,代表平安朝的文学家是空海和道真,而紫式部和清少纳言则不过是闺房作家。

这就是当时的常识,现代人有必要再度确认一下。[1]

越南的情况并无任何不同。从越南获得独立的10世纪,一直到20世纪初,在长达近千年的漫长岁月里,越南人都首先和主要用汉

---

[1] 中村真一郎《江户汉诗》,东京:岩波书店,《读古典》20,1985年,第5—6页。"日本汉诗创始于天智天皇在位的时期(668—671),迄今已有一千三百余年的历史了。日本汉诗总数约有数十万首,确切数字是很难统计的。仅据笔者看到的东京一家书店1980年发行的《汉诗文图书目录》,从奈良时代(710—794)到明治时代(1868—1912),各种汉诗总集、别集共计769种,2339卷,诗集之多是十分惊人的。"(黄新铭《日本历代名家七绝百首注》,北京:书目文献出版社,1984年,《前言》第1页)

字汉文来表达自己的思想感情：

> 在这漫长的时间里，大部分对民族意识、国计民生、文学发展有影响的重要文学作品，都是用汉字写成的……在我们民族还没有自己的文字，或者说还没有自己的正式文字时，这些著作就是越南的。因为它是由越南人创造出来，是讲给越南民族听的，是为越南民族服务的。①

> 中国文学在越南的繁荣，只有在我国获得独立以后才开始……由此，汉文作为正式的书写语言延续了八个多世纪。所有文人，都喜欢用他们中国行家的古典语文来写作。这样，也就导致他们会或多或少地忽视本国语言和民族文学的发掘。假如说，早在13世纪末，韩诠已经成功地率先以越语写诗的话，但他的榜样，朝廷中竟无一人支持。直至上世纪（19世纪）末，纯粹的越南散文可以说还不存在。整整八个世纪，在我们作家的创作中，实际上以中国文言写成的正统文学占据优势。散文家和诗人，为了崇敬中国，都情愿采用中国的各种文体，从古文论说的章法和规矩复杂的韵文——汉赋，一直到韵律丰富的唐诗，全面承袭。甚至他们自负无论写大文章抑或骚坛比赛，都足与中国文士相抗衡。
> ……在悠长的八个世纪中，国语散文，值得谈的很少……而历史散文仅有几篇"字喃"的赋。无论数量和质量，这些有韵的散文远远比不上汉字赋的光辉成就。当滑稽小说开始引人注意时，老实说，喃文的小说还不存在。可能是在18和19世纪初，这类滑稽小说，才特别繁盛……所以说，直至19世纪末，国语的散文文学还未臻于成熟，实非过甚之词。②

---

① 文新、阮鸿峰等《越南文学史初稿序言》，河内：河内文史地出版社，1957年。转引自林明华《中国文学在越南》，载饶芃子主编《中国文学在东南亚》，广州：暨南大学出版社，1999年，第47页。
② 邓台梅《越南文学发展概述》，黄轶球译，黄建华校，载《东南亚研究资料》1964年第4期。

越南最早的文学作品是用汉字创作的。前黎朝(980—1009)是越南汉字文学的滥觞时期……13世纪下半叶之前,汉字文学独霸越南文坛。此后,虽有喃字作品出现,但汉字文学在连续而至的三四个世纪中,仍是越南文学的主流。

越南儒生幼年的启蒙教材是《三字经》《百家姓》《千字文》《千家诗》等,稍长即开始研习"四书""五经",广泛接触各类中国文学作品。由于常年耳濡目染,当他们自己亦需要赋诗以言志、著文以载道时,中国作家与作品便自然而然地成了他们尊崇、效法的对象。[1]

如陈文甲的《越南作家略传》[2],收录了从10世纪越南独立到1945年的850个作家,其中汉文作家有735个,考虑到从20世纪起越南作家才大都用越语写作,则越南千年史上的作家主要是汉文作家,这一点当无可置疑。当然,在18、19世纪,许多汉文作家同时也兼为喃文作家,但毕竟以汉文写作为主。

又如王小盾等主编的《越南汉喃文献目录提要》一书,著录越南现存汉文、喃文图书5 027种(其中文学书籍约2 000种),包括4 261种以汉文为主体的图书,766种以喃文为主体的图书,可见汉文典籍占了压倒性多数。[3] 另外,据《越南汉喃遗产目录》的最新统计,1993年以前入藏于汉喃、远东两院图书馆并予编号的越南古籍,共有5 038种、16 164册,其中中国书重抄重印本1 641册,越南人所著汉文书10 135册,喃文书1 373册,其余为杂用汉喃两种文字的图书。[4] 越南人所著汉文书占了绝大多数,是越南人所著喃文书的七倍。这同样也说明,在古代越南,汉文学地位远高于喃文文学。

---

[1] 林明华《中国文学在越南》,载饶芃子主编《中国文学在东南亚》,第46页,第37页。
[2] 河内:越南社会科学出版社,1971年。
[3] 王昆吾《东干文学和越南古代文学的启示——关于新资料对文学研究的未来影响》《越南古代诗学述略》,收入其《从敦煌学到域外汉文学》,北京:商务印书馆,2003年,第359—360页,第339—340页。
[4] 王昆吾《越南汉喃文献目录提要序》,载王小盾等主编《越南汉喃文献目录提要》,台北:中国文哲研究所,2002年,第12页。

四、文化上重中国轻本地的倾向

在古代东亚汉文化圈各地区,汉文学地位之所以高于本民族语文学,是因为在几乎所有读书人中间,都存在着重中国文化轻本土文化的倾向。

比如在朝鲜半岛,高丽时期文人作诗喜远托中国,还自以为天下一家不分彼此:"诗僧元湛谓予云:'今之士大夫作诗,远托异域人物地名,以为本朝事实可笑。如文顺公《南游》曰:秋霜染尽吴中树,暮雨昏来楚外山。虽造语清远,吴楚非我地也。'……予答曰:'凡诗人用事不必泥其本,但寓意而已;况复天下一家,翰墨同文,胡彼此之有间?'僧服之。"①他们熟悉中国的一切,经史子集样样精通,却不了解本国的历史,正如金富轼《进三国史记表》所云:"今之学士大夫,其于五经诸子之书,秦汉历代之史,或有淹通详说之者;至于吾邦之事,却茫然不知其始末,甚可叹也!"又,1391年,也就是高丽灭亡前一年,高丽恭让王也曾对经筵官感叹:"今人知中国故事,而不知本朝(高丽)之事,可乎?"②

朝鲜时期的文人也是这样,金鑢指出了同样的现象:"先大夫尝曰:'我国人专攻古史,不识本国事迹,甚非务本之道。'"③"古史"指中国古代史,"本国事迹"指朝鲜半岛史实。在汉文学方面,丁若镛也指出:"数十年来,怪有一种议论,盛斥东方文学,凡先贤文集,至不欲寓目。此大病痛。士大夫子弟,不识国朝故事,不见先辈议论,虽其学贯穿今古,自是卤莽。"④值得注意的是,"东方文学"只指朝鲜半岛的汉文学,而并无谚文文学什么事。

---

① 崔滋《补闲集》卷中。
② 《高丽史》卷一百十七《郑梦周传》。
③ 金鑢《寒皋观外史》卷二十九《金博士质忠》。
④ 丁若镛《与犹堂全书》文集卷二十一《寄二儿》。

日本文人也曾经是这样。14 世纪初的某一天,日僧虎关师錬赴京都建长寺,拜见流寓日本的元僧一山一宁。谈话间,虎关师錬于中国儒释古今之书无所不知,而于本国高僧事迹却不甚了了。这时,一山一宁就对虎关师錬说:"公之博辩,涉异域事,章章可悦;而至本邦事,颇涩于酬对,何哉?"①虎关师錬听了大感惭愧,从此遍考国史杂记,花了十余年心力,写成《元亨释书》三十卷(1322),成为日本佛教史的开山之作。当时日僧皆好入元镀金,虎关师錬批评此种风气道:"近时此方庸流奔波入元,实丢本国之丑;如我去彼国,当使彼国知此国有人。"②

江户时期诗人赖春水《书咏史诗后》说:"请咏史如何?佥曰可。子琴独言:'仆于国史不辨菽麦……'伯潜曰:'详于西土(中国),而略于本朝(日本),人人皆是。'"可见当时日本文人熟悉中国史,却不熟悉日本史,背后反映的也是同样心理。

越南文人也曾经是这样。1855 年,阮朝嗣德帝下谕旨道:"士之读书为文,惟知有北朝(中国)之史,本国(越南)之史鲜或过而问焉。昧于古者,何以验今?"③

由此可见,这是东亚汉文化圈中的普遍现象,简言之,这也就是所谓的"慕华观念"——就是今天所谓的"崇洋媚外"。"在朝鲜,一直传承着一种慕华观念。至高丽时期,一些士大夫文人甚至把朝鲜称作'小中华',以能够成为'小中华'而自豪。到了李朝(朝鲜),不少士大夫文人在文化上以全盘'拿来'为理所当然,把慕华观念引向了民族虚无主义。"④这种心理其实为东亚各地区所共有。

除了共同的"慕华观念"外,东亚汉文化圈各地区间,有时也会互相攀比,互相看对方不顺眼,自认汉文化水准更高超,在中国一国之下,而在其他地区之上,由此产生优越感,即所谓的"优等生"情结。

---

① 释师蛮《本朝高僧传》卷二十七《京兆南禅寺沙门师錬传》。
② 《济北集》二十卷,收入《五山文学全集》。
③ 《越史通鉴纲目》卷首谕旨。
④ 李岩《朝鲜李朝实学派文学观念研究》,第 147 页。

比如朝鲜半岛文人就常以"小中华"自居,而傲视东亚其他地区,尤其是日本。朝鲜时期文人李睟光认为,各地区各民族虽与朝鲜半岛人平等,同为中国周边的地区和民族,但朝鲜半岛的汉文化水准仅次于中国,而高于其他地区和民族。当他在北京与安南、琉球、暹罗使节笔谈交往时,其"着眼点不在于文化交流而在增进通商"①。因为在他眼里,只有与中国才有文化交流的必要,而与其他地区则并无这种必要,因为它们在文化上都不及朝鲜半岛,朝鲜半岛的文化水准仅次于中国。这是朝鲜半岛文人的共同想法。也很难说其他地区文人没有类似的想法。

五、与中国汉文学的文体差异

说起来一样是汉文学,但东亚各地区的汉文学,与中国本土的汉文学,还是有种种的差异。其中的差异之一是文体,中国本土汉文学的各种文体,并不全都流行于东亚各地区。

汉诗是东亚汉文化圈所共有的诗体,但其中与音乐关系密切的词曲,则东亚各地区作者较少措手。如朝鲜半岛文人很少作词曲,现存的只有高丽时期李齐贤的一些作品。近代韩国学者金台俊说:"中国人的中国文学,有先秦和两晋文章,有魏晋六朝以降直至明代之发达的小说,有六朝四六骈俪和唐诗、宋词及元曲,文学代代不辍。但是,自宋元以后,日渐发达的词曲小说文白(口语)混杂,且韵帘规则亦日趋繁杂,这对于语言习惯不同的外国人来说,欲模而仿之实在是件难事。因此,在我国对这类文学作品模仿之作几近于零。故此,朝鲜的汉文学全部是诗歌、四六和文章,并以此为止。"②

在越南,文人也多不能作词,词坛远比诗坛沉寂。现存的词集,

---

① 金柄夏《韩国经济思想史》,厉帆译,厉以平译校,太原:山西经济出版社,1993年,第228页。
② 金台俊《朝鲜汉文学史》,张琏瑰译,北京:社会科学文献出版社,1996年,第3页。

只有《古调吟词》、阮㸸审的《仓山词集》(又名《鼓枻词》)等不多几种;词论也仅有阮㸸寅的《词选跋》《与仲恭论填词书》(《苇野合集》所收)等寥寥数篇。其原因则正如《与仲恭论填词书》所云:"北人里巷,往往歌之,其音已熟,兴之所至,偶一拈毫,犹不甚费力;今我乃按字之平仄、句之长短以填,安得许多工夫也?"①说的也正是这个意思。越南的各种古书目里,也基本上看不到词集。

在日本,看神田喜一郎的《日本的中国文学:日本填词史话》②,古代日本文人也很少作词,现存词作大都集中在江户时期,与音乐也没有什么直接关系。

形成这种现象的原因,主要是语言和合乐的问题。作为东亚共同书面语的文言,具有一种国际通用性,所以使用文言来写作的各种文体,在整个东亚汉文化圈里都可通行。但是近世以前的词,或者近世以后的曲,却大量夹用汉语口语(白话),而且格律复杂,早期还须合乐,这对东亚各地区文人来说,其难度远远超过了文言,让他们无从学习模仿,以至造成了这种现象。

此外,中国近世以后的戏曲,如宋元杂剧、南戏、明清传奇等,也未能在东亚各地区催生同样的文人戏曲,而仅作为一种书面文学受到其他地区文人的阅读,并在一定程度上影响了它们民俗剧的发展。这同样是因为戏曲创作与诗文不一样,需要具备一定的汉语口语能力,而东亚各地区文人即使具备汉文能力,也未必同时具备汉语口语能力,因此他们难以像中国文人那样,创作杂剧、传奇之类的戏曲剧本。同时,戏曲的本质是夹用口语的创作,东亚各地区的口语自然是本民族语,所以如要真正接受中国戏曲的影响,则自应以本民族语来创作戏曲剧本,但在古代的东亚汉文化圈里,各地区文人恰恰大都重汉文而轻本民族语,所以自然就难以具备用本民族语创作戏曲的热情。

---

① 参见王昆吾《越南古代诗学述略》,收入其《从敦煌学到域外汉文学》,第348—349页。
② 神田喜一郎《日本における中国文学:日本填词史话》(上、下),东京:二玄社,1965年,1967年。

比如在朝鲜半岛,"本来韩国没有自己的创作剧种。创作剧是指剧作家写脚本,演员担任角色练习之后进行演出的剧目,但韩国没有专门从事剧本写作或编剧的剧作家。因为编剧是熟通文字、博学多才的人所能从事的职业,而博学的人大部分是擅长汉文的士大夫们。因为用汉文写的话剧脚本并没多大用处,所以必须用韩文写,而为了某种游戏用韩文写作在士大夫社会是不允许的,因此在民间作为风俗习惯被继承,流浪艺人在农村演出的材料和在巫术里成为游戏的资料流传到现在,学者们所收录介绍的也就成为韩国传统话剧——民俗剧的全部内容。进入20世纪,随着剧场的建立和新剧运动的展开,由'盘骚里'改编的唱剧和由小说改编而来的新派剧等也不断上演,但这种话剧不是韩国的传统剧的继承,而是受西欧影响形成的剧种。"①

在越南,中国的戏曲类作品颇受欢迎,却并未引发同样体裁的创作。在越南的古书目,如《聚奎书院总目册》(1856)集部词曲类"南北曲"中,收录了十八部曲文,即《笠翁十类曲》《笠翁十二类曲》《藏园九曲》《新曲六类》《旗亭记》《芝龛记》《长生殿》《来生福》《红楼梦散套》《石榴记》《花月痕传奇》《桃花扇》《点金丹》《紫霞巾传奇》《三星圆》《重订缀白裘新集合编》《铁冠图》《绣像麒麟豹》等,其中有九种还失载于中国各有关目录。② 但看不到越南文人的模拟之作,只有一些喃译的"演传"改编作品。

六、各地区汉文学的文体差异

汉文学各文体一般都传入了东亚各地区,但依据东亚各地区各自的文学传统,会在具体的文体上有所偏爱轩轾。也就是说,不仅东亚各地区的汉文学与中国本土的汉文学有文体差异,即使东亚各地

---

① 赵东一等《韩国文学论纲》,周彪、刘钻扩译,第80页。
② 刘玉珺《越南汉喃古籍的文献学研究》,北京:中华书局,2007年,第213—214页。

区的汉文学之间也会有文体差异。

比如一样是东亚汉文化圈里通行的汉诗,各地区所爱好和擅长的体裁会稍有不同。朝鲜半岛的汉文学水平一向很高,所以汉诗的各种体裁大都得心应手,在东亚各地区中可以说是最全面的。

在汉诗各体中,日本人喜写短小随意的绝句,尤其是七绝,有时也作五绝,却很少作律诗,更不用说排律与古诗了。日本坊间的各种汉诗入门书,大都以七绝为范例或对象。江户时期诗人广濑旭庄《题大槻磐溪诗集》诗曾指出,日本汉诗多七绝和五律,那是因为诗人才学不够,偷懒所致:"田舍之人寡见闻,腹乏书卷欠炼致;都会之人半售文,唯愿少劳而多利。是故二十八言四十言,此外难复加一字。"①中国学者也指出了同样的事实,但看法则稍稍宽容:"日本汉诗于绝句用力最多,大抵一为其字少易作,二为其与俳句和歌字数相近。如释宗显之《唐贤绝句抄》,津坂孝绰之《绝句类选评本》皆是,元人绝句,亦有选本。而元人之《唐宋千家联珠诗格》,此邦则奉为圭臬。作家亦以七言绝句为最多。如市川三亥之《米庵百绝》,林衡之《谷墅百绝》,毛利彦之《半山百绝》,又不容刘后村辈独擅于前(林茗洞有《梅花百咏》)。而鸭渚渔史关三一之《明治十家绝句》,尤多佳制。七绝最可觇才情,王姜斋极为重视。而清人教诗,且有不能作七言绝句,即不令学诗之事实,实有道理。以后拟选《日本七言绝句选》,江户以后,佳作如林也。"②其实我以为此外还有一个可能的理由,那就是七绝的音节数(二十八音)比较接近和歌(三十一音)。

而琉球人则与日本人不同,喜欢作中规中矩的律诗,尤其是七律,主要用于外交场合的酬答。关于琉球人的汉诗,无论是明清的册封使,还是琉球官生的教习,都注意到这样一个现象:"邦人但解律诗,无能古体者。"③"中山人士往往能为诗,然多为五七言律绝,以资

---

① 俞樾编《东瀛诗选》卷二十四"广濑谦"。
② 伍俶《日本之汉诗》,收入刘百闵等《中日文化论集》,台北:中华文化出版事业委员会,1955年,第16页。
③ 李鼎元《使琉球记》"八月二十七日丁丑"条(殷梦霞、贾贵荣、王冠编《国家图书馆藏琉球资料续编》,北京:北京图书馆出版社,2002年,上册,第784页)。

酬答而已,鲜有为古诗者。"①所以徐葆光要说:"声病已尽谐,盍追古乐府?"②勉励他们更上一个台阶。

也许由于越南语和汉语的语系一样,又或许是同样设有科举制度的关系,所以在汉诗的各种体裁中,越南人比较喜欢且善于写律诗,尤其是唐诗风格的律诗。越南的汉诗分为"唐律诗"与"古诗体",相当于中国的近体诗与古体诗,格律要求也基本相同。娱乐的场合二者都能用,庄重的场合必用"唐律",科举考试也多用"唐律"。

此外,与东亚其他地区不同的是,越南文人比较喜欢写汉文辞赋,主要是因为它常被用作科举文体,其次也是因为它适于传情达意。"内心的冥想为我们文学家所爱好的主题之一。特别适用于这类题材的笔调,就是有韵的散文,或称为'赋'。所以为什么我们最大的作家都喜欢使用这种文体,来追述光荣的往代,从中吸取道德教训,或描述那危难动荡的时代,作沉痛苦楚的内心反省。至于在和平的年代里,在一个英明能干的国王统治下,人民安居乐业,作家们用同样的富于节奏的文体,庄严华丽的笔调,来表达他们对于当前的满怀兴奋与对未来的信心。……用汉字写的'赋',直至本世纪(20世纪)初,竟还意外地获得发展,文学家们在极旧的文体模型里,写出完全现代的'内心的冥想'。"③

七、与中国汉文学的质量差异

东亚汉文化圈周边地区的汉文学,在当时整个的东亚汉文学格

---

① 徐幹编《琉球诗录》孙衣言序(殷梦霞、贾贵荣、王冠编《国家图书馆藏琉球资料续编》,下册,第883页)。毅平按:即如《皇清诗选》所收七十首琉球人汉诗,便分布在五七言律诗和绝句之四卷中。

② 徐葆光《赠中山向公子凤彩三首》其三,收入其《海舶三集·舶中集》(《国家图书馆藏琉球资料三编》,北京:北京图书馆出版社,2006年,上册,第250页)。

③ 邓台梅《越南文学发展概述》,黄逸球译,黄建华校,载《东南亚研究资料》1964年第4期。

局中,无疑处于相对于中心的边缘地位,因而,它们与中国本土的汉文学之间,自然会产生一定的质量差异。李晬光曾说过:

> 东方人性多懒缓,于一切事都不肯着实,故虽技艺之末,不能如中国人。况文章虽曰小技,亦业之精者也,非着力有得,不可易言。①

这里的"东方人",指的是朝鲜半岛人,也就是其自称的"东国人"。金台俊也说:"中国文才志趣悠远,有志者可以实心向学,把个人偏好和做学问分开。而东国人则不然,龌龊拘束,志气不足(依《溪谷漫笔》说),闻见有限,即使有逸才,亦是蹈袭一时,文字难登大雅之堂……此种差异在质与量上有同样体现。金泽荣(沧江)在其《燕岩集序》中写道:'东方之诗,自罗、丽以降,乃至本朝,皆理顺醇雅,似地气致焉。'这种优雅之气同中国之雄宏相比,别具特征。金农岩曾指出,朝鲜人同中国人相较有三条差距:一、肤率而不能切深也;二、俚俗而不能雅丽也;三、冗靡而不能简整也(见其《息庵集序》)。肤率、俚俗、冗漫靡弱,此非缺点。正如熊掌与刍豢,依食者嗜好进行轻重大小之选择一样,朝鲜名流诗文与中国大家作品相比较,或可视为双璧,或可视为小技,但绝不是毫无价值。"②其实日本、越南的汉诗文也有同样的现象,比如日本汉诗文里的"和习"就是如此。

  这种质量差异来源于两种原因:一种是绝对的,因为它们处于东亚汉文化圈的边缘,所以汉文学水准自然也会处于边缘;另一种是相对的,即在当时的情况下,一切以中国为中心,评价汉文学水准的价值标准,自然也以中国的汉文学为中心,一切与此合拍的都会受到肯定(比如"小中华"或"小华"),一切与此背离的都会受到批评(比如"和习"),这样的评价标准自然对周边地区不利。其实即使在现代,类似的现象也同样存在,比如第三世界文学之与欧美文学,比如诺贝尔文学奖的评价标准之类。

---

① 李晬光《芝峰类说》卷八文章部一《文》。
② 金台俊《朝鲜汉文学史》,张琏瑰译,第3—5页。

所以，对于这种质量差异，既不能视而不见，也不宜过分强调。毋宁说，正因为存在这种质量差异，东亚各地区汉文学才更显其民族特色。

八、各地区汉文学的语感差异

在东亚汉文化圈各地区，朝鲜半岛、越南的汉诗文比较"规范"，很少受本民族语的影响或干扰（有意为之者除外）；日本的汉诗文有时就不大"规范"，常会受本民族语的影响或干扰，这有一个专门的说法"和习"（"和臭"）。

"和习"是日本文人自己常用的批评术语，主要指汉诗文中的日本式词语或表现，如和制汉语词汇"代金""都合""折角"之类。正如江户时期学者江村北海《日本诗史》卷二所说："古昔朝绅咏言，非无佳句警联，然疵病杂陈，全篇佳者甚稀。偶有佳作，亦唯我邦之诗耳，较之于华人之诗，殊隔径蹊。虽近时诸名家，以余观之，亦唯我邦之诗，往往难免俗习。""和习"连名家也不能幸免，像菅原道真、赖山阳、夏目漱石的汉诗里，即经常出现"和习"，更不用说一般文人的汉诗了。日本的汉诗入门书都反复告诫，作汉诗应尽量避免"和习"。原来的说法主要针对不懂汉语的人，但现在随着懂汉语的人越来越多，最近的汉诗入门书还往往加上一条：应努力避免现代汉语的"不良"影响。这后一条其实对现代中国喜作古诗的人来说也存在，比如我们常可读到那些只是压缩省略现代汉语而成的"古诗"（由此我们也可明白日本人要避免"和习"是多么的困难）。

"和习"的起因，主要还在于中日语言的差异，尤其是日本文人除少数外（如江户时期的冈岛冠山、荻生徂徕等），大都仅能"训读"汉诗文，而不能"直读"汉诗文，而不像朝鲜半岛、琉球、越南文人，虽然也有语言差异，但大都能"直读"汉诗文。朝鲜时期文人申维翰描述日人学汉诗文法云："其为字音，又无清浊高低，欲学诗者，先以三《韵》积年用功，能辨某字高某字低，苟合成章。其为读书，不解倒结先后之法，逐字辛苦，下上其指，然后仅通其意。如'马上逢寒食'，则读'逢'字于'寒食'之下;'忽见陌头杨柳色',则读'见'字于'杨柳色'之后。文字之难于学习又如此,虽有高才达识之人,用力之勤苦,视我国当为百倍。所以文人韵士阅世无闻,而其间一二操觚之辈,亦无由扬其声于国中矣。"①由此可见,日本人学习汉诗文时常用的"训读法",与"和习"的形成具有相当密切的关系。

不过,这只是事情的一个方面,事情的另一个方面是,"和习"其实也有它的有利之处。有时候,正是一些"和习"的表现,使日本汉诗文具备了民族特色,由此区别于中国本土的汉诗文,以及朝鲜半岛、越南的汉诗文,使汉诗文的表现更为丰富多彩。比如江户初期诗人石川丈三写富士山的名句"白扇倒悬东海天"(《富士山》),其中的"白扇"如果理解为中国式的团扇,那就不够确切,这里只能理解为日本式的折扇。这其实也是一种"和习"的表现,却有助于汉诗的多姿多彩。关键只是在于分寸的把握:什么时候、什么词语、什么表现是恰到好处的,什么时候、什么词语、什么表现又是不及或过了。我想,初学者固然应该避免"和习",但到了得心应手以后,有时就不妨可以稍稍"活泼"些。夏目漱石汉诗里的"和习",有时就有这种"活泼"之趣,什么"路自帽头生""孤驿空边起"之类,"帽头""空边"都是日式词汇,让人觉得诗人是在那儿俏皮。

汉文也是这样。有日本学者指出,连日本"正史"之始《日本书纪》,也有"和习"的成分。"用中文写的这部书(《日本书纪》)其实包含着不少日文,这就是它采录的歌谣的部分⋯⋯采录的歌谣虽然本也是跟作为这部史书之根底的'英雄传说'有基本关系的重要部分,不过书中哪儿都没有中文的翻译或者注解,若是让一位外国人来看,这些歌谣恐怕完全不懂。关于其他部分的注解,也差不多都是若干中文词语的日文念法。难道这部书的编者们相信,当时在国内外的所有读书人一定都能够看懂日文不成?这使我们怀疑,《日本书纪》这一部正史,身上虽穿着中文的衣裳,其实不过是为了给本国人看而编的一部日文书而已,根本不是想要给外国人看的。笔者以为,

---

① 申维翰《清泉先生续集》卷八《海游闻见杂录》下"文学"条。

在此之后,日本人的读和写中文,直到明治中兴以前,除了极少数的较为显著的例子不算外,其他无非是读和写日文的一种很特殊的形态罢了。意思就是说,他们读和写的东西虽然表面上是中文,其实依据他们所谓的汉文形式来读和写的内涵也许不过是翻译过来的日文本身。人们常常指责的日人诗文特有的脾气叫做'和习'的,可能就是在这样的环境里才较为容易发生的。"[1]

《日本书纪》之所以如此的原因,据有的日本学者解释,是因为日本上古史料原本都是口传的,后来才利用汉字记录下来,所以保留了口传的各种痕迹。[2] 这就像日语中的"训读",现在大都认为是对汉字的日本式读法,但其实产生过程正好相反,是先有了日本的固有说法,汉字传入日本以后,再选用汉字来表现它,本末正好是倒置的。相比之下,韩语于此就分得很清楚,汉字词汇是汉字词汇,本民族语是本民族语,决不互相混淆。这恐怕也是民族性或文化特征使然。

不过,"和习"毕竟是学习汉诗文不地道的表现,理解乃至一定程度的肯定是可以的,但吹捧为日本汉诗文为求自主性而有意为之,因而是其独特的风味和价值之所在,则未免有点矫枉过正、掇臀捧屁了。

九、从中心向周边地区单向传播

谈起文学关系,现代人常会有一种错觉,以为只要是"关系",就应该是"双向"的,或者是"对等"的。现代学者的民族主义情绪,更有意识地强化了这种错觉。我们看有些这类著作中,常会有表示"双向"或"对等"的章节,以示不偏不倚,公正无私。而历史事实明明摆在那里,并不支持这种所谓"双向"或"对等"的错觉。这样,这类著

---

[1] 尾崎雄二郎《中国文字在日本》,载蔡毅编译《中国传统文化在日本》,北京:中华书局,2002年,第97—98页。
[2] 参见黑须重彦《〈楚辞〉与〈日本书纪〉——"こえ"から"文字"へ》,东京:武藏野书院,1999年。

作便给人以媚俗(媚现代流行的民族主义之俗)的感觉,而远离了学术应探求历史真相的初衷。

相比之下,有时还是局外人看得更明白,说得更坦率。如亚瑟·E.昆斯特所说:"所谓影响,是指汉语作家对日语或越语作家的影响,而绝不是相反。的确,其他文学之间的关系,甚至朝鲜文学和日本文学之间的关系,都很难说在历史上有什么地位。""中国人虽偶尔也珍惜一件朝鲜青瓷器或一柄日本剑,但对'蛮夷'文学的傲视由于历来的自大无知而从未停止过。这里又是朝着一个方向:中国是施与者,其他各国则是接受者。"[1]

又如李福清所说:"这里我们还要谈谈……中国文学题材在其他远东国家的传播。读者会问到,为什么只提中国题材呢?我只好回答说,在中世纪,文学联系通常都是'单向'的,就好似从一个文化中心放射出来的一道道光束,实际上这些光束却完全没有反射回来。科学还不曾发现,无论是朝鲜文学,还是日本文学,也无论是越南文学,在古代中国有任何反射回来的影响,或是这些文学广泛流行的事实,虽然有部分作品还是用这一地区通行的文言写成,无需任何翻译都能为远东地区有教养的读者阅读。有共同的文言(当然,在中世纪中国的文言与其他国家的文言略有不同,如朝鲜读者以朝鲜语音,越南人以越南语音来阅读这些文言作品等等。但这仅止于朗诵,如默读,则无不同),但是没有共同的文学作品,每一个国家都有自己的汉文的文言文学,而且是该国文学的有机组成部分。"[2]"如果以为不同国家里使用统一规范文学语言写作的作品,全都成为某种全文化区的文言文学的财富,那就错了。这种共同的文学从来就没有过,尽管也许理论上它是可能存在的。因为越南人用汉文写的作品在中国、朝鲜,据我所知从来没有流行,朝鲜人写的书在日本还流行一点,而

---

[1] 亚瑟·E.昆斯特《亚洲文学》,胡家峦译,收入张隆溪选编《比较文学译文集》,第168页,第169页。毅平按:这里他似乎漏提了朝鲜语作家。
[2] 李福清《远东古典小说》,尹锡康译,收入其《汉文古小说论衡》,陈周昌选编,第175—176页。

在中国,日本、越南、朝鲜人写的作品未知名,但是中国文学在全文化区流行得很广,这是因为中国文学是全远东最古老的文学,日本、朝鲜、越南文学初期用汉字及在中国古代文学与本地民间文学基础上发展自己的文学传统。"[1]单向传播,宛如气象学上秋冬季冷空气随着蒙古高压扩散南下一样。

李福清所说的"没有共同的文学作品"云云,是指除中国外的其他地区互相交流较少,不彼此共享各自的汉文学作品,而不是指中国的汉文学作品——这当然是东亚各地区"共同的文学作品"。其实朝鲜半岛的汉文学作品,如李滉的作品,在日本还是有点影响的;琉球、越南与朝鲜半岛的使臣,也经常在北京应酬唱和;而越南与日本则确实交流较少。当时的情形应该是这样的,除中国文人以外,东亚各个地区的文人,都非常了解中国的汉文学,以及本国的汉文学,却不甚了解其他地区的汉文学;而中国文人则一般只了解本国的汉文学,除了极个别文人外,大都比较昧于周边地区的汉文学。这就是"单向"的交流,"不对等"的交流,这才是古代东亚汉文化圈文化交流的实态。《镜花缘》里,"天朝"唐小姐对黑齿国亭亭小姐说:"贵邦历朝史鉴,自然也与敝处相仿。可惜尊处简策流传不广,我们竟难一见。"[2]也正是一个极好的象征了。朴趾源指出的《明诗综》里关于朝鲜半岛文人的记载错误,就正是出于中国文人对于朝鲜半岛文人的无知:

> 非特仆之先人阙漏字号官爵,其有小传者还不免讹谬……敝邦李达,号荪谷,而录李达诗,又别录荪谷诗,是认号为别人姓名也,而各录之……敝邦先儒有李先生珥,号栗谷,而李相公廷龟,号月沙,《诗综》误录李廷龟号栗谷。月山大君,公子也,以其名婷,而疑女子。许葑之妹许氏,号兰雪轩,其小传以为女冠——敝邦元无道观女冠。又录其号曰景樊堂,此尤谬也。许氏嫁金诚立,而诚立貌寝,其友谑诚立,其妻景樊川也。闺中吟

---

[1] 李福清《越南古典小说的产生与发展》,白嗣宏译,收入其《汉文古小说论衡》,陈周昌选编,第317页。

[2] 第五十三回《论前朝数语分南北　书旧史挥毫贯古今》。

咏，元非美事，而以景樊流传，岂不冤哉。①

当然，东亚汉文化圈周边地区的汉文学，偶尔也会传入中国。如朝鲜时期女诗人许兰雪轩的诗，于明末传入中国以后，曾获得中国文人的众口交赞。越南的阮㮣审、㮣寊兄弟，张登桂等人的诗集，由越南使臣介绍给清朝文人后，在部分清朝文人中也有了一定的知名度。但那大都是个案，不足以改变中国文人对周边地区文学的整体无知状况。

其实，近代以来的中西文化交流又何尝不是如此。一厢情愿地侈谈中国文化对西方的影响，以为这种影响与西方文化对中国的影响是"双向""对等"的，只不过是不顾历史真相的自欺欺人，与上述媚俗的做法虽在方向上相反，但在精神实质上却是相通的。正如亚瑟·E.昆斯特所说："现代亚洲文学中的一个突出事实，就是欧洲影响无孔不入……奇怪的是，正当欧洲对现代亚洲文学的影响十分强烈、并日益强烈的时候，有关影响和接受问题的大多数研究工作，却把目光转到相反的方向。坦率地说，亚洲文学对欧洲文学几乎一向没有任何影响。如有什么影响的话，那也只是对小作家而言，如小泉八云曾采用过日本文学的材料；或者说，这种影响在大作家的作品中是微不足道的，如能剧在叶芝创作中所处的那种地位。我们或许可以看到有作家为自己早已存在的创作想法事后寻找一些证据，如艾森斯坦分析歌舞伎中的蒙太奇、剪辑和可分音轨来证实他在电影中先前使用过的这类技术那样……事实上仍然是亚洲作家（或读者）利用欧洲文学的意义更为重大得多。"②这话说得也许不中听，但不得不承认是事实。

当然，小范围或不对等的逆向传播也是存在的。比如，"当青心才人几乎被中国人遗忘的时候，《金云翘传》却在通过不同方式，向着中国或汉语世界回归。其中一个重要现象是在广西京族渔民中流传了关于金仲与阿翘的京语叙事歌；当这一从越南迁徙而来的人群学会汉语后，关于金仲与阿翘的叙事歌又被译为汉语粤方言，以民间故

---

① 朴趾源《热河日记》卷二《太学留馆录》。
② 亚瑟·E.昆斯特《亚洲文学》，胡家峦译，收入张隆溪选编《比较文学译文集》，第171—172页。

事的形式流传。另一个现象是,在河内的汉喃研究院,还保存了多种由喃文译为汉文的《翘传》'演音'书籍。其中既有七言诗体的《越南音金云翘歌曲译成汉字古诗》《翠翘国音译出汉字》,又有六八体的《金云翘汉字演音歌》《王金传演字》。这些现象代表了又一种'演'的方式(由喃文演为汉文的方式),同时证明文化交流总是双向的,对于交流的双方都是孕育新文体的温床。"[1]朝鲜半岛历史上也出现过同样的现象,即把谚文小说译成汉文小说,如金万重的《谢氏南征记》即先有谚文本,而后才被译成汉文本。

但是,这种现象能代表"双向传播"吗? 能证明"文化交流总是双向的"吗? 还不如说是以译成主流语文的方式,来求得高一级文化的认同;而对于高一级文化的文体,是根本不会产生什么影响的。事实就是如此。难道谚文小说、喃文小说的汉译,孕育出了汉文小说的新文体了吗?

十、汉文学传播的过程与时间差

中国为汉文学的中心和发祥地,每当新的文学风尚在中国形成以后,就会不断地向周边地区传播,其顺序依次是中原或文化发达地区、边远地区、周边地区、海外等。而且就像波浪的传递一样,其力量不断地扩散与减弱,至势殚力竭而后止。比如明代的唐宋诗之争、复古主义文学运动、公安派文学思潮,朝鲜半岛在朝鲜时期,日本在江户时期,越南在阮朝时期,都可看到其交替过程的复制。

在古代的地理、交通和信息条件下,这种传播需要花费相当的时间,这样就会出现一个时间差。这种时间差的大小,与地理距离的远

---

[1] 王昆吾《东干文学和越南古代文学的启示》,收入其《从敦煌学到域外汉文学》,第363—364页。类似议论又见于其《越南汉喃文献目录提要序》,载王小盾等主编《越南汉喃文献目录提要》,第26页。序中并提到该议论参考了傅光宇《也谈〈金仲与阿翘〉及中越文化交流》,载云南大学中文系编《东南亚文化论》,昆明:云南大学出版社,1994年;陈益源《越南〈金云翘传〉的汉文译本》,载《中华文化与世界汉文学论文集:文学丝路》,世界华文作家协会,1998年编印。

近、交通条件的优劣、信息获得的难易、外交关系的存废,都有着密切的关系。朝鲜后期文人李德懋指出过朝鲜半岛的情况:

> 大抵东国文教,较中国每退计数百年后,始少进。东国始初之所嗜,即中国衰晚之所厌也。如岱峰观日,鸡初鸣,日轮已腾跃,而下界之人,尚在梦中;又如峨嵋山雪,五月始消。①

金台俊则具体阐释说:"语言风俗有异,学习和模仿外国文学进行创作,犹如在漠漠荒野播种耕耘一样,比起中国来说迟延一个时代自属自然。新罗末叶时值中国唐代,但那时仍在流行中国六朝时期的四六句。高丽与中国宋元同时,但盛唐时的诗歌却正处全盛期。宋儒理学到李朝中叶方入隆兴。"②朝鲜前期文人金宗直论朝鲜半岛诗风之三变云:

> 宗直自学诗以来,往往得吾东人诗而读之,名家者不啻数百,而其格律无虑三变:罗季及丽初,专袭晚唐;丽之中叶,专学东坡;迨其叔世,益斋诸名公稍稍变旧习,裁以雅正,以迄于盛朝之文明,犹循其轨辙焉。③

也正是朝鲜半岛诗风紧跟中国本土之后,而又保持数百年时间差的一个例证。

日本的情况也是如此,江村北海《日本诗史》云:

> 我邦与汉土相距万里,划以大海,是以气运每衰于彼而后盛于此者,亦势所不免。其后于彼大抵二百年。④

不仅汉诗文的传播过程与时间差是这样,东亚文言小说的出现也有一个时间差。"和欧洲的短篇传奇出现在中长篇小说之前的情况一样,远东各国以及越南也是志怪小说及传奇小说出现在中长篇

---

① 李德懋《青庄馆全书》卷六十八《寒竹堂涉笔·孤云论儒释》。
② 金台俊《朝鲜汉文学史》,张琏瑰译,第3—4页。
③ 金宗直《青丘风雅序》。
④ 清水茂、揖斐高、大谷雅夫校注《日本诗史·五山堂诗话》,《新日本古典文学大系》本,东京:岩波书店,1991年。

小说之前。"不过,"在中国,这类志怪小说集是从3—4世纪才开始出现的,直到6—7世纪才出现了真正的传奇小说",而在朝鲜半岛,这个过程却要迟得多。"朝鲜(毅平按:指新罗)人读唐诗并利用了唐诗的成就,但是在此以前(毅平按:指高丽时期之前)从未对用同一文字写的有名的唐代传奇感到兴趣。显然这是因为接受优秀的唐传奇文学的条件尚未成熟……在朝鲜,直到12—13世纪才出现了写诗人文学家、政界人物以及僧俗平民趣事的笔记文学作品,其名称为'稗说'……这些集子的出版为文学小说的出现准备了条件……在'稗说'集中可以看到叙述描写故事名胜、仪式典礼、民间趣事、神怪故事等等各类传奇记事小品。和早已在朝鲜存在的历史和哲学散文不同,这些故事集的创作完全是为了娱乐的目的,而不是为了说教和认识的目的。在这些'短篇小说'中,还没有确定的文学性的人物典型。在那里与六朝小说一样主要的是把事实情节描绘成好像能发生在任何一个人身上。"[1]但这些仍然还不是传奇小说。朝鲜半岛最早的传奇小说,也许应是那部《新罗殊异传》,但它的作者和时代却都不详。

而真正的文言小说的出现,则迟至朝鲜时期才开始,直接受刺激于明初的一部文言小说集,即瞿佑的《剪灯新话》。《剪灯新话》出现于14世纪末叶(1378),15世纪在中国本土出现了李昌祺的续作《剪灯余话》(1420),16世纪出现了邵景詹的续作《觅灯因话》。在朝鲜半岛,15世纪出现了金时习的仿作《金鳌新话》(约1473)。在越南,16世纪初出现了阮屿的仿作《传奇漫录》。在日本,16世纪《剪灯新话》传入以后,[2]于1646年在日本刊行问世,马上引起了翻译和仿作

---

[1] 李福清《诗人与传奇小说家金时习》,李季平译,收入其《汉文古小说论衡》,陈周昌选编,第294页。

[2] 关于《剪灯新话》传入日本的时间,有人认为是在壬辰战争期间(1592—1598),见金东旭《中国故事与小说对朝鲜小说的影响》,韦旭升译,载克劳婷·苏尔梦编著《中国传统小说在亚洲》,颜保等译,北京:国际文化出版公司,1989年,第42页;不过也有人认为要更早一些,大约在1532—1555年之间,见李福清《诗人与传奇小说家金时习》,李季平译,收入其《汉文古小说论衡》,陈周昌选编,第295页。至于其传入日本的路径,很有可能是通过朝鲜半岛。

的热潮。到了17世纪,出现了几十种仿作,包括这类题材作品的改编本。著名者如浅井了意(？—1691)的《御伽婢子》(1666年刊),三游亭圆朝(1839—1900)的《怪谈牡丹灯笼》,上田秋成的《雨月物语》等。从中国本土到朝鲜半岛,到越南、日本,其中可见明显的传播过程所导致的时间差。①

长篇小说的传播过程和时间差也是如此。中国的长篇小说出现于14世纪,而受其影响的朝鲜半岛、越南长篇小说,则直至17世纪始出现。越南最初出现的是诗体长篇小说,散文体的长篇小说更迟至18世纪末才出现。

现代学者也注意到汉文学传播的时间差。"这个时期(毅平按:指中世纪),中国文学已不是远东的唯一的共同的文学了,与之并列的已有新的年轻的文学。7世纪的朝鲜文献中,即有4世纪末至6世纪中叶如朝鲜王国集纂的史籍。日本发现最早的碑刻是5世纪中叶的。一个多世纪之后,朝鲜第一个创造了具有确凿无疑的美学素质的文学。其后,约在10世纪,远东文学除上列已有的文学之外,又加上了越南文学。"②可见中国文学在这三个地区的传播,依朝鲜半岛、日本、越南的顺序,各有长短不等的时间差。当然,越南从10世纪开始独立,其文学自然也从此时开始;不过在其北部尚隶属于中国的时候,该地区已有发达的汉文学,在时间上其实要早于日本汉文学。

这种现象,其实跟这些地区距中国的远近有密切关系。清水茂评论江村北海的日本每后于中国文学二百年说的原因道:"日本汉文、汉诗的作风,比中国晚二百年,才接受影响。我想这个理由,大概是日中之间有李朝朝鲜,中国时兴的诗风,先传到朝鲜,流行了一定的时间,后来由国家使节朝鲜通信使,才把这新的风尚带到日本来。

---

① 关于这一点,我们可以联想一下现代的情况。虽然交通和信息条件有了突飞猛进,但文化传播的时间差现象仍然存在。举例来说,1988年我初次访日时,日本正开始流行村上春树,但是中国尚几乎无人知晓,又过了大约十来年,村上热才来到中国。
② 李福清《远东古典小说》,尹锡康译,收入其《汉文古小说论衡》,陈周昌选编,第166页。

这样的过程,要花二百年的时间。"①其实并非江户时期和朝鲜半岛才是如此,此前更是这样,而江户时期则反而要比以前更迅速一些,因为其引进中国文学已无须经过朝鲜半岛。

但这并不排除中国文学马上传入周边地区的例外,或者反过来也可以说,这些例外的出现并不能改变时间差存在的事实。比如张鷟(约658—约730)的《游仙窟》,已被《万叶集》(759)歌者所引用,张志和(约741—775)的《渔歌子》(774),已被嵯峨天皇(786—842,809—823年在位)所模仿(823),白居易(772—846)的《白氏文集》,在作者还活着的时候,就已经传入了日本,等等。

十一、周边地区对中心的模拟之风

因为是处于周边地区的文学,所以在东亚汉文化圈里,周边地区常会模拟中心的文学,无论内容还是形式。其实今天也还是这样,中国的影视剧多有模拟日韩的,好莱坞的影响更是无孔不入。

模拟的极致是剿袭。如明末,朝鲜女诗人许兰雪轩的汉诗传入中国,众口交赞,但柳如是指出其中多有剿袭之处:

> 许妹氏诗,散华落藻,脍炙人口。然吾观其《游仙曲》"不过邀取小茅君,便是人间一万年",曹唐之词也;《杨柳枝词》"不解迎人解送人",裴说之词也;《宫词》"地衣帘额一时新",全用王建之句;"当时曾笑他人到,岂识今朝自入来",直钞王涯之语也;"绛罗袱里建溪茶,侍女封缄结彩花。斜押紫泥书敕字,内官分赐五侯家",则撮合王仲初"黄金合里盛红雪"与王岐公"内库新函进御茶"两诗而错直出之;"间回翠首依帘立,闲对君王说陇西",则又偷用仲初"数对君王忆陇山"之语也;《次孙内翰北里韵》"新妆满面频看镜,残梦关心懒下楼",则元人张光弼《无题》

---

① 清水茂《中国文学在日本》,收入蔡毅编译《中国传统文化在日本》,第8页。

警句也……岂中华篇什流传鸡林,彼中以为琅函秘册,非人世所经见,遂欲掩而有之耶? 此邦文士搜奇猎异,徒见出于外夷女子,惊喜赞叹,不复核其从来……①

不过也有些是后人有意无意的误按,在越南汉文学中常见这样的现象。"在我国(越南)作者的汉语诗文,尤其在越南僧人们的汉语诗文中,确曾混杂着许多中国诗章。"②如越南顺法师的咏鹅杰作,实际上是中国唐朝骆宾王的《咏鹅》,只有几个字的改动;③陈朝玄光禅师的《春日即事》诗,是中国宋朝禅师中仁的作品;④陈朝莫挺之的使元之作《扇铭》,实出于明朝方孝孺的《扇赞》,后人倒按在莫挺之的头上:

> 帝遣莫挺之如元。挺之卑小,元人鄙之……及进朝,适外国进扇,元帝命为铭,挺之秉笔立就,其辞曰:"流金砾石,天地为炉,尔于斯时兮,伊周巨儒。北风其凉,雨雪载途,尔于斯时兮,夷齐饿夫。噫,用之则行,舍之则藏,惟我与尔,有如是夫!"元人益嘉叹焉。⑤

"以中国元朝时代的越南使臣,能预写明人的句子,这只能是康熙间越史编纂者的'创造'。"⑥又如,阮朝高伯适《明志联》的"十载论交求古剑,一生低首拜梅花",本是 1869 年越南阮思僩出使中国时,汉阳知府艾俊美赠他的一副对子。⑦

---

① 钱谦益《列朝诗集》闰集第六《许妹氏》。
② 黎孟挞《关于〈春日即事〉一诗的作者问题》,林明华译,载《东南亚研究》1988 年第 3 期。
③ 黄轶球《越南古典文学名著成书溯源》,载《暨南学报》(哲学社会科学)1982 年第 1 期。
④ 林明华《汉文化对越南影响琐谈——读书札记三则》,载《东南亚研究资料》1985 年第 4 期。
⑤ 《大越史记本纪全书》卷六《陈纪》"英宗兴隆十六年(1308)"条。又,《越南四字经》云:"陈莫挺之,才夸学饱。北使扇铭,高丽骨倒。"
⑥ 黄轶球《越南古典文学名著成书溯源》,载《暨南学报》(哲学社会科学)1982 年第 1 期。
⑦ 参见林明华《从一首诗看古代中越文化交流》,载《东南亚研究》1988 年第 3 期。该文所据为花朋《对相传为高伯适所作的一副对联及"香山趣"诗的若干探讨》,载越南《文学杂志》1972 年第 4 期。

尤其是,与日本的"五山文学"相似,当时的东亚汉文化圈里,凭着共同的禅宗信仰,禅林之交流空前活跃,宋禅僧诗也以此到处流传,以至有误收宋人诗之举(或竟为有意"剽窃")。"在被黎贵惇收入《见闻小录》、归为香海禅师的四十首诗中,就有三十二首是中国宋代诗人的作品,这一点我们可以从现存的中国典籍中找到根据。真源诗中也存在着与此类似的情况,如真源的《悟道人缘》及《见性成佛》中的如下诗:'有说皆成谤,无言亦不容。为君通一线,日出岭头红。'实际上是宋朝野夫道川的一首诗。甚至像圆诚(1879—1928)这样一位生活年代去今不远的作者,也曾在自己的诗集中抄录一些中国诗,如在《约略丛抄》第54页中的《山居偶作》一诗,后人却因疏忽而认为这些诗是圆诚本人所作。"[①]

但值得注意的是,有些在中国影响有限的作品,被周边地区的文人模拟以后,反而产生了更大的影响。"幻堂中仁禅师的诗在中国似乎还鲜为人知,但它在越南却颇具影响,正如青心才人的小说《金云翘传》在中国文学史上并不占有显要地位,而越南诗人阮攸据之改编的长诗《金云翘传》在越南却家喻户晓、广为流传。"[②]这也是文学传播的常态,不能仅看到其消极意义。

(作者:复旦大学中文系教授、博士生导师,
复旦大学中国古代文学研究中心兼职教授)

---

① 黎孟挞《关于〈春日即事〉一诗的作者问题》,林明华译,载《东南亚研究》1988年第3期。该文还注明参见《明州香海禅师诗文》,胡志明市:万幸佛学院,1980年油印本;《真源禅师全集》第三集,胡志明市:万幸佛学院,1979年油印本。
② 林明华《从一首诗看古代中越文化交流》,载《东南亚研究》1988年第3期。

王运熙先生的汉魏六朝乐府研究

杨 明

王运熙先生是著名的古典文学研究专家,曾任复旦大学中国语言文学研究所所长。其研究成果在海内外都广为流传,享有崇高的声誉。这里我们拟介绍先生关于汉魏六朝乐府的研究著作。

1947年,王先生以文学院学生总分第一的成绩毕业于复旦大学中文系,留校任教,并担任中文系主任陈子展先生的助手。依照陈先生的建议,王先生对"杂体诗"即双声、离合、回文等诗歌进行探讨。杂体诗中有一项是"风人诗",其特点为大量利用谐音双关语,而在郭茂倩所编《乐府诗集》的"清商曲辞"即六朝的吴声和西曲歌辞中此类最多。于是王先生仔细阅读《乐府诗集》的相关部分,又发现《晋书》《宋书》《南史》等史籍内有不少有关吴声、西曲的资料,因此扩大了兴趣,对这两类歌辞进行了全面的探索。在1948至1950年,写了《吴声西曲杂考》《论吴声西曲与谐音双关语》等多篇论文,后来汇集成书出版,名为《六朝乐府与民歌》。此后,50年代前期,又对汉魏六朝音乐的类别、官署设置以及汉乐府歌辞等进行研究,所作论文后来集为《乐府诗论丛》。这两本书流布很广,影响很大。乐府研究的专家余冠英先生曾经给予很高的评价,《六朝乐府与民歌》就是余先生推荐出版的。《乐府诗论丛》则由刘大杰先生介绍出版。从50年代中期起,王先生的研究重点转移到唐代文学,后又转至古代文学理论批评方面,但也仍然写过一些乐府研究的文章。至20世纪90年代,王先生将这两本著作作为上编、中编,将后来所写的有关论文作为下编,合为《乐府诗述论》一书,于1996年由上海古籍出版社出版。

王先生关于乐府的著作,填补学术空白,具有很高的学术价值。令人惊叹的是,当他在这个领域内取得重要成就时,还只是一位二十多岁的青年。他写作《六朝乐府与民歌》中的各篇论文时,论年龄,不过二十二三岁;论职称,还只是助教。六十多年过去了,王先生的研究成果仍具有强大的学术生命力,仍然是了解和研究乐府文学的必读文献。它们是名副其实的学术经典。

下面就笔者个人的体会,略谈王先生乐府研究的特点和主要贡献。

一、王先生的乐府研究,有一个鲜明的特点,就是重视史籍里的有关记载,以考证史事的态度从事研究

吴声和西曲曲调动人,歌辞内容多为男女情爱的歌唱,在南朝属于所谓新声变曲,虽然为人们——包括不少贵族人士——所喜好,但也被比较保守、正统的人们所轻视。沈约的《宋书·乐志》,虽然记述了部分吴声、西曲的名称和"本事",但批评其歌辞"多淫哇不典正"。到了明清时代,有的文人对其歌辞的真率热烈、生动活泼表示欣赏,但总体而言评价仍不高,认真的研究更少。"五四"以后,学者们重视民间通俗文学,吴声、西曲中有不少民歌,也有文人所作具有民歌风味的篇章,因此受到了很高的评价。但是,史籍中的有关记载,如《宋书·乐志》《古今乐录》等关于歌曲"本事"即产生缘由的记载,却不被学者所重视。之所以如此,一个重要的原因,是因为那些记载往往说某歌曲是贵族人士所作,而所述制作的缘由,与流传下来的歌辞并不一致,甚至毫不相干。还有些记载存在混乱和矛盾之处,有些则使人感到荒谬,只能视为传说,不能看作史实。总之,史籍里的有关记载,往往令人觉得难以征信,因此,研究者便以无须深究的态度对待它们,至多看作有趣的故事而已。王先生却不是这样。他广泛而深入地研读史籍,发现那些"本事"多包含史实,未可一笔抹杀。下面举几个例子加以说明。

吴声歌曲中有《丁督护歌》,《乐府诗集》载其歌辞六首,都是女子送情人出征的口气,有"督护北征去""督护初征时"的句子。而

《宋书·乐志》关于其本事的记载却与此大相径庭:

> 《督护哥》者,彭城内史徐逵之为鲁轨所杀,宋高祖使府内直督护丁旿收敛殡埋之。逵之妻,高祖长女也。呼旿至阁下,自问敛送之事。每问,辄叹息曰:"丁督护!"其声哀切,后人因其声广其曲焉。①

除了"督护"字样外,这记载与《乐府诗集》所载歌辞毫不相干,似不可信。但王先生读《宋书》的《武帝纪》《徐湛之传》《朱超石传》《彭城王义康传》等,发现徐逵之任彭城内史在战场上为鲁轨所杀确有其事,丁旿也实有其人,甚至徐逵之妻即刘裕长女(会稽公主)好哭,也见诸记载。因此王先生认为《乐志》关于《丁督护歌》本事的说明未可轻易否定。他说:"会稽公主的善于恸哭,想来必为当时朝野所习知,其被演为歌曲,正复无足怪了。"②至于《丁督护歌》的作者,《乐府诗集》说是宋武帝刘裕,《玉台新咏》则说是宋孝武帝刘骏。刘骏是刘裕的孙子,会稽公主、徐逵之是他的姑母和姑父。他爱做五言四句的小诗,而为人残忍,曾杀其叔父和四个兄弟。因此王先生认为,将自己姑母哀痛的哭声演为娱乐的歌曲,在刘骏并非不可能。但是《乐府诗集》所载歌辞,却不一定纯粹是刘骏的创作,而可能包含民歌在内。刘骏只是第一个制作此歌曲的人,后人可能沿用此曲调而作新辞。而刘骏利用会稽公主的哀声制作歌曲,也只是利用其声调,其内容可能与公主哭夫的"本事"并不相关。王先生作这样的推断,有史实为依据,相当可信。这对于我们了解《丁督护歌》的缘起,了解乐府歌曲的形成过程,都颇有益。如果不理会这段"本事",那就不但不能知晓《丁督护歌》的产生缘由,而且很容易误会,把作者权判给刘裕,因为刘裕曾经北征中原,与歌辞里的"北征"巧合。

又如《碧玉歌》,写一位名叫碧玉的小家女子深受宠爱的故事,今

---

① 沈约:《宋书》,北京:中华书局,1983年第2次印刷,第550页。
② 王运熙:《六朝乐府与民歌·吴声西曲杂考》,收入《乐府诗述论》上编,《王运熙文集》第一卷,上海:上海古籍出版社,2012年,第76页。

天我们有时还说"小家碧玉",就出于此曲。《乐府诗集》载歌辞共六首(其中一首系唐代李暇的拟作),其题解引《乐苑》的话道:"《碧玉歌》者,宋汝南王所作也。碧玉,汝南王妾名,以宠爱之甚,所以歌之。"①而其中的两首,载于《玉台新咏》,却说是东晋文人孙绰所作。以往研究者们虽注意到二者的不一致,但未作深究。《玉台新咏》编集时代较早,因此孙绰所作之说常为人所信,而汝南王与碧玉的关系,有的学者便轻易地否定了。如罗根泽先生的《乐府文学史》,是第一部乐府专史,自然颇有价值,但在讨论《碧玉歌》时,说:"乐府歌辞每附以有趣味之故事,非皆为事实。汝南王未必有名碧玉之妾,即有之,亦未必不为巧合,由是好事者遂附会此歌耳。"意思是说"好事者"将孙绰做的歌辞,附会到汝南王身上。萧涤非先生的《汉魏六朝乐府文学史》则比较慎重,说:"宋并无汝南王,《乐苑》之说,自属无稽。"又说如果真是孙绰所作,则孙是东晋人,更证明《乐苑》之误。但萧先生又根据梁陈人如梁元帝、庾信的诗歌,指出碧玉嫁汝南王之事,多见于吟咏。因此他取存疑的态度,而记录清初吴景旭的话:"碧玉,晋汝南王妾名,孙绰为作《碧玉歌》。"是录以备参的意思。王先生则作了进一步的考证。首先,他追根溯源,指出《乐苑》的话当本之于唐代杜佑的《通典》。《通典》明言:"《碧玉歌》者,晋汝南王妾名,宠好,故作歌之。"《乐苑》的作者把"晋"字误作"宋"字了。那么东晋的孙绰为本朝汝南王的爱妾作歌,是可能的。不仅如此,王先生发现《太平广记》所载刘宋戴祚的《甄异传》里,有"金吾司马义"宠爱碧玉的故事,而根据《晋书》,正有一位汝南王名叫司马义,其卒年恰与《甄异传》所述"金吾司马义"的卒年相合。《甄异传》说碧玉颜色不美,因歌唱动人而备受宠爱,也与《碧玉歌》"惭无倾人色"但受宠相一致。如此巧合,那么《碧玉歌》的主人就是《甄异传》的碧玉,也就是《晋书》的汝南王司马义的爱妾,乃是非常可能的事。又据《晋书》,孙绰去世那年,司马义继承父亲司马亮为汝南王已经十六年了,因此孙绰为司马义爱妾作歌,从时间上说也没有问题。到这里,可以

---

① 郭茂倩:《乐府诗集》,北京:人民文学出版社,2010年,第975页。

说《碧玉歌》的著作和本事问题,得到了相当完满的解决。

从上举两个例子看,王先生的乐府研究,十分注意发掘史料。对于那些关于乐府诗歌本事的记载,不因为与现存歌辞不一致或存在某些混乱而轻易否定。此种重视文史结合的态度,贯穿他全部的乐府研究。比如吴声、西曲中大量使用谐音双关语,是一个十分引人注目的现象,前人已有不少论述。王先生在讨论这一问题时,一方面观察六朝民间谣谚,一方面从史籍中发现了许多当时上层阶级在谈吐间运用谐音双关的例子,从而证明吴声、西曲此类双关语的大量使用,乃是六朝社会普遍风气的反映。又如王先生考察吴声、西曲歌辞中的地名,连一些很细小的地名都与史书中的记载相印证,从而发现一个现象:产生于长江中游荆、郢、樊、邓一带的西曲,其歌辞中却有长江下游建康、浙东的地名。王先生解释说,那是因为一部分西曲,后来盛行于京畿建康一带,歌辞也有出于居住京畿者之手的,而那又与西曲中多商人之歌、商人多往建康一带经商有关。"要之,说西曲产生于西部地区,是就它的开头而言;后起的作品,与吴声的区别,主要显然在于'声节送和'上面了。"能从小小的地名之微,引申出这样概括性、规律性的结论,就是重视诗史互证的益处。本书下编有一篇《吴声、西曲中的扬州》,不但征引史料说明东晋以来所谓扬州是指京城建康,纠正了治文学史者以为吴声、西曲里的扬州就是隋唐以来的扬州(即今扬州)的错误,而且诗史互证,对吴声、西曲中某些细节、名物加以说明。如西曲《襄阳乐》有一首道:"扬州蒲锻环,百钱两三丛。不能买将还,空手揽抱侬。"说一个生活在长江中游某地的女子,抱怨她的情人(当是一位商人)从建康归来,却没有买蒲锻环作为礼品赠送给她。王先生就引了山谦之《丹阳记》等史料,说明南朝建康一带冶金业十分发达,因而所产的蒲锻环为西部妇女所艳羡。这样一来,那首《襄阳歌》在读者心目中马上就具有了更生动具体的历史内容,也就更加耐人寻味了。

研究古典文学必须充分重视、利用史籍,这是前辈学者获取成功的一条重要经验。陈寅恪先生的《元白诗笺证稿》等,就是诗史互证的典范之作。在乐府研究领域,萧涤非先生的《汉魏六朝乐府文学史》也具有经典性的意义。例如论曹魏左延年的《秦女休行》,萧先生举出《后汉书》的桓谭、崔瑗、何顒、苏不韦、韩暨诸传,说明后汉复仇风气之盛行;论张华的《轻薄篇》,举《宋书·五行志》等所载贵游子弟放浪恣睢状况为佐证;论《神弦歌》,举《晋书·夏统传》说明民间对于祭祀的态度,又举《宋书·礼志》《宋书·刘劭传》以及六朝小说、沈约《赛蒋山庙文》等说明"清溪小姑"的身份。萧先生列举史料,不但从大的方面说明乐歌的背景,而且深入细节和语汇。如论《陌上桑》的"鬖鬖颇有须"和"盈盈公府步",举《汉书·霍光传》《后汉书·光武纪》和《马援传》,说明汉人颇重须髯之美,又引《马援传》和《梁冀传》,说明汉代男女各有步法。释吴声《欢闻歌》"持底报郎恩? 俱期游梵天",乃举《南史·徐妃传》徐妃与僧人私通、与情人相会于佛寺的事实,说明"梵天"即佛寺,当时佛寺竟有同于北里。释《折杨柳歌》"不解汉儿歌",则引《北史·齐神武纪》《祖珽传》,说明当时北人称"汉儿"含轻蔑之意。王先生对萧先生此书,评价很高,说它在 1949 年以前出版的乐府研究著作中,"最有深度",和刘师培《中国中古文学史》、鲁迅《中国小说史略》、王国维《宋元戏曲史》一样,"属于能够传之久远之列的著作"①,而诗史互证,正是萧著的重要优点之一。王先生继武前贤,在吴声、西曲研究中,大大发展了这方面的优点。

援引史事以论述诗歌或其他作品,古已有之。但是往往轻率立论,沦于牵强附会。远的如汉儒之解说《诗经》,较近的如清人陈沆的《诗比兴笺》之类,往往如此。那是应该防止的。王先生的乐府研究,则与一些优秀著作一样,十分严谨,具有很强的科学性。

王先生重视史料,对于某些乍一看来难以信从的记载不轻易否定,这体现了一种"释古"的态度。王先生自述,他大学学习期间,了解到"五四"以后文史研究中有信古、疑古、释古等派别。他曾饶有兴趣地阅读"疑古"的著作《崔东壁遗书》《古史辨》,但后来更倾心于释古,觉得它更为客观合理。所谓释古,就是既不盲目地信从古人和古

---

① 见《乐府诗述论》下编《读〈汉魏六朝乐府文学史〉》,《王运熙文集》第一卷,第 474 页。

书上的话，又不稍有怀疑、觉得费解便轻率地加以否定、批判，而是虚心体察、认真研究古代资料本来的意义，探讨其产生的背景，探讨古人之所以那样说、那样记载的缘由。即使是错误的记载，也该探讨其致误之由。王先生多次说，他服膺《礼记·中庸》"博学、审问、慎思、明辨"和司马迁"好学深思，心知其意"的话，将它们作为治学的座右铭。先生对六朝乐府的研究，尤其是对于"本事"的研究，就是此种"释古"态度的鲜明体现。

二、重视总结乐府诗的体例

王先生在《研究乐府诗的一些情况与体会》里说："要理解乐府诗，必须懂得乐府诗的体例。"[①]这真是经验之谈。先生作《略谈乐府诗的曲名本事与思想内容的关系》一篇，全面地总结歌辞内容与曲名、本事或相符或不相符的种种情况，谈的就是体例问题。现在依据先生所说概述如下。

关于歌辞与本事不一致的情况，如《丁督护歌》，据本事，系产生于刘宋会稽公主哀哭其夫战死的事件，但今传歌辞内容歌唱女子送情人出征，与本事全不是一回事，那是由于歌辞只是利用会稽公主的哀声演为歌曲，所谓"因其声，广其曲"，而并不叙述本事里所述事件，也就是说，是因其声而作辞。还有一种情况，是因其声而改用它辞。比如《相和曲》内有一首《陌上桑》，据晋人崔豹《古今注》，歌唱的是邯郸女子秦罗敷的故事。罗敷之夫为赵王家令。她采桑于陌上，为赵王所见，赵王欲强夺之，罗敷乃弹筝作《陌上桑》之歌，予以拒绝。而我们今日所见《陌上桑》，虽然也写名叫秦罗敷的女子采桑并拒绝男子的调戏，但那男子并非赵王，而是一位"使君"（太守），罗敷之夫也不是什么"家令"，而是担任过侍中郎的职位颇高的官员。如何看待这矛盾的情况呢？王先生依据《乐府诗集》所引《古今乐录》，认为崔豹说的那首歌辞久已不传，今日所见歌辞原来并不叫《陌上桑》，而是名为《罗敷》，也不是用《相和曲》的调子演唱，而是用《瑟调》中的《艳歌》曲调演唱。后来因《陌上桑》歌辞失传，遂取《罗敷》的歌辞，

---

① 见《乐府诗述论》附录，《王运熙文集》第一卷，第498页。

而改用《陌上桑》的调子演唱,《罗敷》歌辞也就被称为《陌上桑》了。这与《丁督护歌》歌辞与本事不合的情况类似,都是因演唱歌辞仅仅利用某曲调、而不必遵循本事的内容所造成。不过《丁督护歌》的歌辞是创作的,而《陌上桑》的歌辞是借用的而已。总之,本事说的是某一曲调的缘起,而利用该曲调所作的歌辞,尤其是后起的歌辞,可以与那事由并不相关。这种情况并不罕见,是乐府体例的很值得注意的一点。

还有曲名与歌辞的关系问题。大量歌曲并无"本事"记载,但总有一个曲名。其歌辞与曲名也呈现复杂的关系。有时歌辞与曲名不相一致。刚才说的《陌上桑》,后世以《罗敷》代替崔豹所说的本辞进行演唱,虽然二者内容有异,但还都是与曲名相关的,而曹操所作《陌上桑》写游仙,曹丕所作写行军之艰苦,就与曲名毫不相干了。又如《秋胡行》,本辞说的是秋胡游宦归家路见妻子却不相识而进行调戏的故事(其辞已佚),可是曹操所作两首写求仙,曹丕三首写求贤和思念佳人,都与曲名不符,只是利用曲调来歌唱而已。又如《薤露》《蒿里》,原来是丧歌,说人命短促如露水,死后魂魄聚敛于蒿里之地。但曹操所作却描写汉末动乱混战的残破之状,与露水、蒿里不相干,不过写社会丧乱,意思上与原作有些联系而已。《雁门太守行》,今存最早的歌辞歌颂后汉洛阳令王涣,与曲名不相符。想来该曲产生时原是歌唱雁门太守的,但歌辞早就失传了。这些是曲名、歌辞不一致的例子。至于二者相符的情况,是大量存在的,但是同一曲名之下,其歌辞的题材、主题往往并不相同。仍以《丁督护歌》为例:南朝人所作是女子送别情人(他的身份是督护,也可能是督护率领的战士),而唐代李白同题之作却写纤夫生活艰辛,"一唱都(督)护歌,心摧泪如雨"。又如《燕歌行》,原是依据燕地俗乐制成的曲调,"燕歌"之"燕"是指曲调的地方性而言,与歌曲的内容无关。曹丕和魏晋作者所作,都写女子思念远客他乡的丈夫,歌词中并无"燕"字样。梁代萧绎、王褒、庾信等人所作进一步说到边塞征戍之事。萧绎写少妇所在为燕赵、辽东,王、庾则写征夫远戍燕蓟。他们所作已经不配乐歌唱,题目中的"燕"不再是指音乐的地方性,而变得与诗歌的内容相关了。而唐代高适的《燕歌行》,更有很大的变化,诗人借此题抒写对东北战事的感慨,诗中虽也有男女相思的内容,但主要篇幅是写战场上战士的辛苦。以高适所作与萧绎等人所作相比较,就可以看到其歌词虽都与题目相关、相符,但内容又有变化发展。总之,曲名与歌辞内容的关系,也是乐府诗体例中十分重要的一点。还应补充一下:同一曲调之下的许多歌辞里后来的作品,往往已经不再歌唱,其曲调已经不传,作者们只不过沿袭旧题,而不能说是利用旧有的曲调,与曲调、音乐已经没有什么关系。在这种情况下,纯是文字意义上的拟作,倒常常与曲名相关了。李白的《丁督护歌》,萧绎等人和高适的《燕歌行》,就是此类情况。

　　歌辞与本事、曲名不符的现象,前人已经有注意到的,但是正如王先生所说,一般读者,甚至研究者,还是注意不够,甚至引起误会。且举对《雁门太守行》的理解为例。《雁门太守行》古辞歌咏洛阳令王涣,渊博如郑樵,其《通志·乐略》如此解释:"涣尝为安定太守,有安边恤民之功,百姓歌之。然此则雁门太守。若非其事偶相合,则是作诗者误以安定为雁门。"①此纯属臆测,而且曾任安定太守的是王涣之父王顺,不是王涣,郑樵误记。清人朱乾《乐府正义》说得对:"按古辞咏雁门太守者不传,此以乐府旧题《雁门太守行》咏洛阳令也,与用《秦女休行》咏庞烈妇者同。……凡拟乐府有与古题全不对者,类用此例,但当以类相从,不须切泥其事。"王先生肯定朱乾之说"很中肯,能从乐府体制上说明问题"。并进一步指出,借用《雁门太守行》的题目,其实也就是"借用《雁门太守行》的曲调"②。郑樵于此例就不明白。他在论及《陌上桑》时,说大约罗敷的丈夫初为赵王家令,后来任侍中郎,也是毫无根据的臆测。朱乾说到的《秦女休行》,系曹魏时左延年所作,咏秦氏女名休者报仇杀人之事,曹植的《精微篇》里也曾提到过此事。后来西晋时傅玄也作《秦女休行》,写的却

---

① 郑樵撰,王树民点校:《通志二十略》,北京:中华书局,2009年第二次印刷,第898页。
② 见《乐府诗述论》下编《略谈乐府诗的曲名本事与思想内容的关系》,《王运熙文集》第一卷,第330、329页。

是庞氏妇报父仇杀人的事。《乐府诗集》已经明确地说傅玄之作"与古辞义同而事异",也就是说都写报仇,但所咏不是同一件事。上举朱乾《乐府正义》也说明了这一点,萧涤非先生也明说:"此亦借古题以咏古事之类。"傅玄借《秦女休行》这个旧题歌咏汉末史实,因此是"借古题以咏古事"。这些都是符合乐府体例的正确的意见。可是有的研究者还是不明白。胡适的《白话文学史》就说左、傅所咏是流传于民间的同一件事,是同一"母题",只是在流传过程中发生了改变而已。20世纪80年代末,又有学者重提此事,也说两首是歌唱同一件故事,那故事应以傅玄所咏庞烈妇为准,左延年、曹植都搞错了,还说"秦女休"是"秦地女子被赦免"之意,而不是秦氏女名休。此文一出,就遭到批评,如俞绍初先生即撰文商榷,指出该文不明乐府体例。可见正如王先生所说,懂得乐府体例是多么重要。

　　王先生评朱乾《乐府正义》道:"朱氏于乐府体例,时有妙悟。"①而又说:"但有时仍未免失之拘泥。其最突出者,如论汉魏相和歌辞拟乐府旧题,内容虽多通变,'但须不离其宗'。"所谓"不离其宗",是说后人拟作,应在题材、主题或某些细节、用语等方面与旧题或多或少保持某种联系,如上文所说李白《丁督护歌》、高适《燕歌行》那样。如果这是对后人创作的一种要求,那是可以的,但以此观察、分析作品,便可能拘泥牵强。如王先生所指出的:曹操《陌上桑》写游仙,被朱乾解释成以神仙为伴侣,故罗敷虽美,非我所存;曹丕《陌上桑》写万里从军,伴侣凋零,也与罗敷全不相涉,大约因其有"离室宅"之句,遂被朱乾牵强地说成是"言外见意,不离其宗"。王先生说:"汉魏乐府用乐府旧题,仅用其声而不袭其义者,比比皆是;必欲以'不离其宗'释之,鲜有不扞格难通者。"②总之,前人于乐府体例,已有一些值得注意的见解,但往往尚未达一间,王先生则在这方面加以全面深入的观察,所论怡然理顺,令人称快。

① 见《乐府诗述论》中编《汉魏六朝乐府诗研究书目提要》,《王运熙文集》第一卷,第284页。
② 同上书,第285页。

关于乐府诗歌曲调的问题，王先生观察史志和《古今乐录》等资料关于和声、送声（和声在句末，送声在全曲之末）的记载，提出：吴声、西曲的曲调，应该是利用和声或送声形成的。比如上述《宋书·乐志》关于《丁督护歌》本事的记载，说会稽公主哀叹"丁督护"之声哀切，"后人因其声广其曲焉"，所谓"因其声广其曲"，很可能就是用"丁督护"三字作为和声而演为歌曲。又如据记载，东晋穆帝时民间歌唱结束时就呼叫"欢闻不""阿子汝闻不"，后来演变为歌曲《欢闻歌》和《阿子歌》，其送声就是"欢闻不""阿子汝闻不"。王先生说，和送声使歌辞辞句繁复参差，又使得音调强烈，显得非常突出，构成了曲调里的主要部分，曲调的名称，也大多是根据和送声而来。在同一曲调系统里的好多首歌辞，内容相关不相关都可以，但是其和送声是相同的，作者袭用某一曲调作歌，主要就是袭用原来的和送声。这一见解，也是王先生的独创，我们觉得是颇合乎事实的。

三、厘清历代音乐机构的建置沿革、汉魏六朝清乐的类别和发展变化

《乐府诗述论》内有好几篇都是这方面的内容。即中编的《汉魏两晋南北朝乐府官署沿革考略》《汉武始立乐府说》《清乐考略》《说黄门鼓吹乐》《汉代鼓吹曲考》《杂舞曲辞杂考》以及下编的《相和歌、清商三调、清商曲》《梁鼓角横吹曲杂谈》等篇。

所谓清乐，又称清商乐。王先生梳理了它的发展过程，指出：先秦已有"清商"一语，系泛指清越哀伤的乐曲（主要是就俗乐而言）；经过漫长的发展过程，至北魏、隋唐时用"清商乐""清乐"包举由南方获得的先朝旧乐，亦即汉魏西晋的相和歌和东晋南朝的吴声、西曲。王先生清晰地叙述了这一历史过程里两大俗乐系统（相和歌与吴声、西曲）各自的组成以及它们的产生、兴盛、雅化和衰落。王先生努力澄清某些模糊、错误的看法，解决一些久悬未解的问题。这里举出两篇略作介绍。

一篇是中编的《说黄门鼓吹乐》，发表于1954年。此篇考证与汉代俗乐有关的一个问题，即探明蔡邕《礼乐志》所谓汉乐四品中的第三品黄门鼓吹乐是什么性质的音乐。《礼乐志》全文早已亡佚，只能

从典籍中看到一点片断，解释很不具体，仅说黄门鼓吹乐用于天子宴乐群臣。郭茂倩《乐府诗集·燕射歌辞》所载都是元日朝会等典礼上所用的雅乐歌辞，包括上食时演奏的"食举乐"，而在题解里引用《隋书·音乐志》"黄门鼓吹天子宴群臣之所用"的话（其实出自蔡邕），这就使人以为黄门鼓吹乐是雅乐。明人徐师曾《文体明辨》卷八就说，黄门鼓吹"即今所传汉殿中御饭食举七曲及太乐食举十三曲是也"。其实这是错误的。王先生通过《汉书》及《文选注》中有关资料，得知西汉已有黄门倡乐，性质与乐府所掌相近，属于俗乐。乐府远在上林苑，征调乐人不够便利，故武帝于宫禁设置黄门乐人，以便娱乐。到了东汉，黄门鼓吹由承华令掌管，而承华令的职守、性质正与西汉的乐府相当，是掌管俗乐的。也就是说，东汉的黄门鼓吹就相当于西汉的乐府。王先生又举出应璩的《百一诗注》和曹植的《鞞舞歌序》，说明黄门鼓吹演奏的俗乐，就是相和歌和杂舞曲。这一研究勾稽片断的史料，辨明一个有关东汉俗乐和王朝音乐机构建置的问题，于乐府研究大有裨益，当年余冠英先生便颇为赞赏，并推荐发表。

还有一篇是下编里的《相和歌、清商三调、清商曲》。此篇主要是辨明所谓清商三调乃是相和歌中的一类，而不是与相和歌并列的一个音乐类别。"清商三调"见于《宋书·乐志》。《乐志》在著录"相和"十三曲《气出倡》至《陌上桑》的歌辞之后，另起一行，曰："清商三调歌诗　荀勖撰旧词施用者。"①下面即分平调、清调、瑟调著录歌辞，其中颇多曹操、曹丕、曹叡所作。《乐志》又载宋顺帝昇明二年（478）尚书令王僧虔上表"并论三调歌"，有云："今之清商，实由铜雀，魏氏三祖，风流可怀。"②这所谓"清商三调"诸曲的歌辞，在郭茂倩《乐府诗集》里载录于《相和歌辞》内，《乐府诗集·清商曲辞》的解题里还有"相和三调"之称。《乐府诗集》的《相和歌辞》分"相和曲"等九类著录歌辞，平调、清调、瑟调各为一类，《宋书·乐志》以"相和"之称著录的《气出倡》至《陌上桑》十三曲，则属于"相和曲"。郑

---

① 《宋书》，第608页。
② 同上书，第553页。

樵《通志·乐略》也将三调诸曲作为相和歌著录。梁启超首先提出异议,他说郑樵等搞错了,按照《宋书·乐志》的记载,清商三调应与相和歌是并列关系,不是从属关系。此后学者们或赞同梁说,或不赞同梁说,一直未能取得一致意见。比如黄节先生即驳诘梁说,黄先生弟子朱自清先生则比较赞同梁说。双方都没有做过详细论证。1982年,逯钦立先生的遗著《相和歌曲调考》长文发表,试图从音乐演奏方式的角度加以探索,结论是否定梁启超之说的。而此前一年,曹道衡先生曾发表《相和歌与清商三调》,详细地列举理由,赞同梁说。王先生的文章发表较晚,在1992年。文章肯定曹先生的某些局部的看法,但结论与曹先生相反,是否定梁说的。王先生认为,三调的俗乐性质、所使用的乐器,都与相和歌一致。郭茂倩所引用的资料主要是陈代释智匠的《古今乐录》,而智匠则大量引用刘宋张永的《元嘉正声技录》、王僧虔的《大明三年宴乐技录》。依据郭茂倩的两处说明,可以推断:《乐府诗集》所载相和歌各乐曲及其次序、相和歌各小类的次序,大致上是依据张永《技录》著录。因此,清商三调属于相和歌,乃是张永、王僧虔原本如此,并非郭茂倩、郑樵杜撰。而《宋书·乐志》另起一行叙述清商三调,也并不能就证明它与相和歌并列。张永、王僧虔与编著《宋书》的沈约是同时代人,他们的看法并无不同。还有,唐初吴兢这位于乐府诗研究有素的学者,其《乐府古题要解》,也是明明白白将三调诸曲归入相和歌的。因此,我们实没有理由推翻南朝唐宋以来对于清商三调归属的旧案。

以上粗略介绍了王运熙先生《乐府诗述论》的一些重要的方面,主要是偏于考证方面的内容,希望有助于读者的阅读研究。但这并不是本书内容的全部。书中还有不少篇章,论及乐府名篇如《孔雀东南飞》、蔡琰《胡笳十八拍》、柳恽《江南曲》、《西洲曲》等,都值得细细品读。《汉魏六朝乐府诗研究书目提要》一篇,不仅介绍古今有关书目,而且凝聚王先生研读这些著述的体会,评价也十分恰当。王先生谈论治学心得时曾说,认真读目录学著作十分重要,说《四库提要》对自己启发帮助尤大,感到"从它那里得到的教益,比学校中任何一位老师还多","读了《四库提要》等目录书后,在自己从事研究的范围内,应当系统地阅读哪些书籍,重点放在哪里。仿佛找到了一个最好的向导"①。王先生这篇书目提要,对于了解和研究乐府,也正是这样一位最好的向导。

(作者:复旦大学中文系教授、博士生导师)

---

① 见《乐府诗述论》附录《研究乐府诗的一些情况和体会》,《王运熙文集》,第496页。

传字辈昆曲表演艺术家的学习精神和创新精神

江巨荣

一、苏州昆曲传习所办学的新模式

昆曲数百年，曾经经历了明代晚期、清代前期两百多年的兴盛繁荣。到清末民初，由于政治的黑暗，战乱的频繁，民生的凋敝，昆曲"音沉曲绝"，已经到了九死一生的境地。这种状况可以清末大雅、大章和全福、鸿福四大昆班的报散为标志。最典型的例子是最后散伙的文全福的全福，因为穷途末路，吊死在梨园公所。武鸿福的林鸣善，因为贫病交迫，困死在苏州老郎庙。这不是几个班社和几个艺人的命运，而是整个昆曲悲惨命运的写照。在这种情况下，1921年，由穆藕初、徐凌云、张紫东、贝晋眉等人创办的苏州昆曲传习所就历史地承担了继承昆曲、振兴昆曲的使命，承担了昆曲现代史上兴亡继绝的工作，意义非同寻常。

传习所的兴办处在封建王朝已经覆灭，"五四"新思想已开始传播的年代，办学方式也就与旧科班不同。它不是师徒制，而是聘请一批演艺精湛、有高度责任心的专业艺人做教师。收的学徒不单是梨园子弟，而是向社会开放。学校提供食宿，每月可以放三天假。它公开废除了旧科班的打骂、体罚制度。除学习昆曲外，还学文化课、体育课，性质已不同于以前那种令人生畏的旧科班，因此民间称之为昆曲学堂。

旧的科班，各专一行，收徒极少。师徒相授，不管学生知与不知，硬性灌输，常见打骂体罚，甚至摧残人身。新的昆曲学堂，教师数人，学生各行齐全，一收就是五六十人，课程性质与内容也大为扩大。这种办学方式和风气的转变，极大地增强了教师教学的责任感，提高了学生学习自觉性。就是说，如果没有强烈的责任感，教师既无法管理好这些十来岁的学生，也无法全面传授他们的表演艺术；学生如果没有强烈的自觉性，在这个条件相对于当时社会、家庭比较宽松优越的环境里，也不能学到真本领，真艺术。这种办学模式对于昆曲人才培养教与学两方面来说都是新的考验。

传习所的教师非常出色。

主要教师如沈月泉，原是全福班的顶梁柱，以小生全才闻名，生行的文武小生、大冠生、小冠生、巾生、翎子生、鞋皮生无不擅长，而且生旦净末丑又几乎全能。人称大先生、"昆曲宗师"。

沈斌泉，月泉之弟，光绪间名丑姜善珍弟子，工丑，尤擅副丑。

许彩金、尤彩云，工旦，名旦丁兰荪弟子，正旦、五旦、六旦都很擅长。

吴义生，本行老外，老生、副末、老旦皆其所长。

另外还有擅长拍曲、吹笛的高步云、蔡菊生，体能、武功教师邢福海，国文老师傅子衡等先生。可谓师资齐全，集一时之选。

这些教师，尤其是昆曲教师，一生热爱昆曲，忠于昆曲。这时他们大都人到中年，经历了班社解散、昆曲衰亡的痛苦，满身才艺无处可用。现在有了发挥才能、培育人才的机会，无不全力以赴。古人说，"爱之能勿劳乎？忠焉能勿诲乎"（见《论语》），就是说，你既然热爱这个事业，能不为之辛劳付出吗？你忠于这个事业，你能不辛辛苦苦去教诲别人吗？所以当时这些老师的教学工作，用学生的话来说，就是"拼命教"。常见早上天不亮就叫学生起来练功，吊嗓，早饭后上国术课（体能和武功课），然后拍曲、走脚步。所有学员几百遍几千遍地拍，拍到嘴干舌僵；学吹笛，吹到背诵自如，还要吹（笛）、弹（弦）、打（锣、鼓）全能；学武功，学会十八般武艺，文武双全。从清早到下午五点，课程安排得满满的。晚上还要自己复习。古人把教学生使之开窍称为"攻坚木"(见《礼记·学记》),就是说木头再硬,也要攻下来让他成器。传习所老师,则把教这些孩子学昆曲,称为"凿石头",意为即便是坚硬、滴水不进的石头,也要让你开窍,锤炼成才。想到这些老师的教学精神,我们今天也不能不肃然起敬。

二、传字辈学生的苦学精神

传习所招的学生,大的十三四岁,小的八九岁,一般在十岁左右,全是男生。他们出身贫寒,衣食难图,从小失学。入学时许多人完全不知道昆曲为何物。少数乐户、茶担、堂名子弟,听到过昆曲,但因为从事这类职业的人,从来被称作戏子、叫花子,在社会上低人一等,生活也形同乞丐,被人歧视。这些子弟只有到谋生无计,走投无路时才学唱戏。他们离昆曲之路也十分遥远。总之,这些学生年龄既小,全无基础,进学堂只为减少家庭衣食困难,完全不明白学昆曲的目的是什么。因此他们在昆曲学习上就是一群聪明、单纯、未经开凿的石头。

但是他们入学后,在老师的教导、督促下,学习非常努力,拍曲、走脚步、练武功都非常用功,按周传瑛的说法,在学三年,"我们真是拼命地学戏,也拼命地唱戏"①。老师"拼命教",学生"拼命学"。这"拼命学"三个字,深刻揭示了这些传字辈学生的学习精神和他们日后成才之路。

拼命学的精神体现在基础课上。基础课中拍曲是第一步。传习所学生坐在桌台边,头顶笔直,直腰挺胸,随老师一边听一边看。一边唱,一边拍节奏,拍板眼。反反复复,把那些篇幅很长、当时几乎是不知所云的词要背得烂熟。拍板要准确分明,十个手指头要拍得声音斩齐,不夹一点杂音。要达到这些要求,他们要一百遍、一百遍地连续拍,数百遍地练。一天下来,要拍到头晕眼花,舌头都不听使唤。三年下来,拍曲拍到几张桌子有几十个好几公分深的小手印。就是

---

① 周传瑛口述,洛地整理《昆剧生涯六十年》,上海:上海文艺出版社,1988年,第36页。

这样反复学、反复练,不计时间,不嫌枯燥,拍曲做到众口一响,众口一音。练到上笛,一开口就合笛音,一开口就满宫满调,达到先生定下的、也是昆曲拍曲的高标准。

曲子烂熟之后开始摆戏、踏戏。这一阶段,其先不分行当,要求每个人都要熟悉基本剧目中的每个人物,而且都要学会这些剧目的文戏、武戏、硬功戏、软功戏。不单只会一个家门的戏,而要"工一家,通十门"。"踏戏"练到哪些脚步踏在哪些字上,哪些身段落在哪些音上,每一板做哪几个动作,每句词在场上走到什么位置,做到"众脚一步,众手一指",整齐划一,毫无差错。练到天井里的石板、房间里的地板都不知道磨去了多少。① 甚至有人学武功有练到跌得不省人事。

任务重,要求高,教师严格训练,学生跟着千遍百遍地把脚步踏得烂熟,熟到几十年后,无论在什么场合、演什么剧目、扮什么角色,凡是传字辈的师兄弟都可以互相配戏,而且可以配得天衣无缝,不差分毫。

桌上手印,石板磨损,以及苦练武功不计后果的状况,印证了传字辈学童勤学苦练的精神。正是这种精神,他们学好了基本功,凿开了石头,然后他们才开始进了昆曲之门。

有基本功做基础后,学员开始学戏。教师依据学生天然条件和特长分配学习行当。先生为学生一个一个说戏,一个一个踏戏,学生则利用各种机会、各种形式学习。如对旦角着重练头形,让他们手捧茶碗在下巴上下左右画圈,以保持颈部灵活。对男角,为了突出人物的精神,就全力苦练人物的眼功,让眼珠左甩右甩,要练得到位,就让人用冷水泼眼睛,而一眼不眨。这些虽是小节,关系舞台形象甚大。

刻苦学戏还体现在善于学习上。如周传瑛,当年人小体弱,嗓音条件又不理想,教师安排他去打小锣,言下之意,差不多要退学了。他心里憋屈,时常流泪。当时传习所规定打小锣要跟着踏戏,周传瑛知道昆曲打小锣需要熟悉每一出戏的曲白和场面节奏,其实非常重要。他尽管落泪,还是利用这项不起眼的任务一边打锣,一边看戏,

---

① 周传瑛口述,洛地整理《昆剧生涯六十年》,上海:上海文艺出版社,1988年,第26页。

更不忘记在角落里跟着先生学唱、学白、学身段,反倒学了不少戏。①由于那时候条件有限,没有练功房,也没有大镜子,周传瑛为了学好角色,想出在有月亮的晚上,借着月光,在天井里的地上或照壁上的影子察看动作,练习身段。可谓学得挖空心思,见缝插针。

正是出于教师严格教学,学生拼命学习,做到学一行像一行,达到装龙像龙,装虎像虎的地步。所以满师后于1929年以"新乐府"名义到上海演出,已经是一堂家门齐全、阵营齐整的新昆班,规模已超过享誉沪上的"文全福"。一时声誉鹊起,热心人为他们起了"传"字辈的艺名。在学三年及在新乐府、仙霓社的十多年间,40多名学员学会了400多个折子戏,还演出过30种全本戏(情节比较完整的折子戏),10来种小本戏(中等长度剧目)。顾传玠、周传瑛、朱传茗、沈传芷、郑传鉴、姚传芗、华传浩、王传淞等人逐渐崭露头角。

传习所学员不单跟学堂老师学戏,一有机会都主动向名家学习,如出科后向名师陆寿卿、施桂林学戏,在上海向徐凌云、贝晋眉、蒋砚香、丁兰荪学戏。传字辈的一些名段,如《连环计·梳妆掷戟》《玉簪记·茶叙》《贩马记》等,都得到这些名家的传授,演艺更为精湛。学习中他们养成了好学好问的习惯。比如王传淞跟陆寿卿学戏,就有一股缠劲,不管先生忙不忙,生气不生气,不懂的地方都要一问到底,不问清楚不罢休。竟逼得先生给他加班教戏。有时到开锣前几分钟也要先生教一段。有了这股韧劲,他从陆先生那里也就学得最多。②

新乐府、仙霓社在上海演出时,虽然演出繁忙,学员们仍然挤出时间,以投师访友名义向京剧老先生林树森、林树棠等人学习武功戏。

学员们在上海认识了张宗祥先生,这位著名学者喜欢昆曲,又喜欢这些少年演员,主动提出为他们补习文化课。这些年轻演员喜出望外,传淞、传浩、传芗、传芳、传蘅等人就每天步行40分钟,到张先

---

① 周传瑛口述,洛地整理《昆剧生涯六十年》,第30页。
② 王传淞口述,沈祖安、王德良整理《丑中美——王传淞谈艺录》,上海:上海文艺出版社,1987年,第31页。

生家里学习古文和古典知识,听先生讲剧情、说曲文,解曲意,学完课再赶日场演出。① 这样的学习使他们提高了文化,增加了知识,开了眼界。不仅不会像老艺人那样唱到"范山阳"(案,指"范张鸡黍"故事中的山阳人范式),过去会伸出三个指头,"泗州城"(案,地名)用四个指头表示,他们再不会这样不知所云、望文生义了。学了几个月,一些人不仅在演戏上心领神会,而且对他以后编戏、排戏、说戏方面都很有帮助。可以说,他们抓住机会向学问家学习,恰为传字辈学员、此后的昆曲表演者提高艺术修养补上了很重要的一课。

三、传字辈的艺术创新精神

传字辈学员成名很早,由于多种因素的影响,坚持昆曲舞台表演的到后来只有20多人。他们舞台生活多达五六十年,既经历了北洋军阀时期、南京国民政府时期至中华人民共和国成立的巨大历史转变,又经历了从被社会歧视的戏子到广受尊重的表演艺术家的身份转变。随着社会变化、历史变化,1949年以后,他们的思想和艺术理念也随着这种历史巨变和身份巨变而发生变化,成为著名的昆曲表演艺术家。

昆曲有深厚的传统,有丰富的剧目和精湛的表演艺术,传字辈从传统中、也从他们的老师那里继承了优秀的文学遗产和深厚的艺术遗产。但到了新社会,仍然面临着改革和提高的任务,面临着以什么样的面貌为更广大的人民群众服务的问题。就是说,昆曲艺术的内容和表演都需要作改革和创新。

昆曲与许多剧种不同,在数百年的历史中,它已成了古老的民族戏曲的代表,在演唱和表演上形成了被广泛认同的"昆曲典型"和"姑苏风范",难以轻易改动,更无法以创新名义另起炉灶,损害它的特性。数十年间,在党和政府文化部门的领导下,活跃在昆曲舞台上

---

① 周传瑛口述,洛地整理《昆剧生涯六十年》,第56页。

的传字辈以对昆曲历史负责的精神,采取了十分谨慎的态度。他们为保存昆曲,延续昆曲生命,让昆曲跟上时代进步,提升昆曲品位,在新时代发挥艺术使命做了艰苦努力。

这种努力首先是去芜存精,汲取精华,剔除糟粕。昆曲有五六百年历史,数百年来积累了大量剧目和深厚的艺术表演经验。无论剧目,无论表演艺术,总体是优秀的,美的,是中华民族宝贵的文化遗产。但与古代多种文化遗产一样,昆曲中也有不少封建,落后,甚至低俗的东西。从政治和意识形态的层面上,一些剧目已随着戏改的推进退出舞台;有的剧目内容可取,但表演中夹杂着一些低俗、甚至丑陋的趣味、技巧,需要重新审视,需要取其精华,去其糟粕,这正是从旧社会、从旧的演出环境中过来的传字辈表演艺术家面临的问题。传字辈依据新时代的政治标准和艺术标准认真而自觉地做出了努力。

如昆曲《六月雪》,是根据关汉卿《窦娥冤》改编的剧目,它反映下层民众生活的苦难,官府贪赃枉法,社会暗无天日,内容很有思想价值,表演也独具技巧。如其中《羊肚》一出演到张驴儿母亲在吃了有毒的羊肚汤后,表演她肚疼难当,全身抽搐,手足颤抖,头颈僵直,头乱摇,在地上连滚带翻,还要伸长头颈,用两肘、两足跐地,头部和身子腾空,像蛇一样在地面上弯弯曲曲地游动。这是著名的"五毒戏"中的蛇形戏。功夫深,技巧难度很高。旧时代演到张妈妈中毒气绝时,要龇牙咧嘴,演员用鼻烟强烈刺激,让鼻涕流到尺把长,到死还挂在那里,名为"玉筯双垂",形象不美。① 在新的社会环境下,从艺术美的要求来说,这种舞台形象属于糟粕,1949 年后传字辈都废止不演了。类似这类情况,如《玉簪记·琴挑》,旧社会舞台上艺人在潘必正身上加了一些粗俗的表情、动作,演成调情戏。1949 年后他们不仅摈弃了旧戏中的低级趣味,而且反复研读剧本,琢磨剧情,在充分理解环境和人物的内心感情的基础上把潘必正和陈妙常之间相互倾慕所经历的表白、试探、反复,细腻地展现出来。伴随着精妙的文词,悠扬的琴声,他们创造性地采用了许多优美的身段,塑造出风流

---

① 王传淞口述,沈祖安、王德良整理《丑中美——王传淞谈艺录》,第 48 页。

俊美的少年书生与敢于冲破清规追求爱情幸福的仙姑的人物形象，使其成为充满诗情画意的爱情剧。总之，旧剧舞台上一些不雅、粗俗的文字和表演，传字辈都加以废除。以此扫除了许多污泥浊水，澄清了舞台环境，使新旧昆曲有了不同面貌。这些是适应新时代、新观众必不可少的除旧布新的第一步。

昆曲创新的本义不单是去除旧的负面的内容与形式，而要创造新的健康有益的美。新的社会环境下，传字辈对昆曲表演艺术的创新主要体现在对传统剧目中的曲词、人物形象、舞台表演的加工和提高上。这需要新思想和新理论。过去昆曲的舞台表演虽有潘之恒、张岱、李渔等人的指导和总结，有若干精辟的见解和一定的理论色彩。但毋庸讳言，古代戏曲理论往往是经验性、具体性的，缺乏观念更新，缺乏整体理论关照，学童学戏也只按照师父的老戏路，言传身教，师父带徒弟，照搬照演。从五四新文化运动以后，新鲜而具系统性的文学与艺术理论通过当时的学者开始介绍进中国。1949年以后，俄国和苏联的现实主义文学论、美学理论、戏剧表演理论进一步通过教学、文学艺术刊物及专家学者的著作深入我们的理论、学术、艺术乃至生活当中，人们的思想、理论有了一个重大的转变。传字辈欣逢一个文学思想、艺术思想大提高的年代，他们不是理论家，也不是剧作家，他们不致力于理论创新和新剧创作，但他们通过不同途径，接受了这些新的文学和艺术思想，并抱着强烈的热情在艺术表演中体现这些思想。他们认识到，昆曲同所有的文学艺术一样要为大众服务，为社会服务。昆曲表演不是炫耀技巧、追求噱头，而是要表现进步的思想理念，反映社会生活，要塑造人物形象。因此他们中的一些人开始利用这种思想要求和理论精神用心钻研剧本，深入人物，分析人物在具体情境中的心理和感情。有了新的体会后，才用最合适的感情唱腔和体现人物性格的舞台动作把人物形象展现出来。于是在舞台上，许多传统剧目的人物形象都有了一些新的面貌和内涵，有了许多表演创新和艺术经验创新。

如华传浩演《盗甲》，1949年后他重点关心的不是"五毒戏"中如何模仿"蝎子"的形象和技巧，而是从人物身份分析入手，认识到时迁是梁山好汉,他奉宋江之命往徐宁家盗取雁翎宝甲破呼延灼连环甲马阵,是一项急切重要的任务。当年死练闷练,练出了蝎子功,虽已被视为轻功了得。但这时他认识到光有技巧,没有人物性格,仍旧不能称为表演艺术。正如他所言:"只有用准确的形体动作,来展示人物的内心世界,才称得上表演艺术。"因此他在舞台上一改以往"獐头鼠目、鬼鬼祟祟"的形象,从"内嗽"时的高声长念,到亮相的矫健轻飘,已看出是位英雄。到唱[园林好]/[尹令]/[品令]二更、三更时分,他在徐宅听漏推门、飞檐走壁、悬梁开锁,都以练就的轻功,演出梁山好汉鼓上蚤大胆机智、幽默警觉的性格特性,演出了新面貌。他借着心理分析,为表演记录了详尽而富于人物个性的"身段谱"。创造了当代《盗甲》昆曲表演的新经验。①

《惊鸿记·李白醉写》是一出传统戏,剧本和表演都有很好的基础。周传瑛从沈月泉先生那里也学到很多独到的演技。但后来周传瑛随着对李白才学和人格的理解,经过六十年的舞台实践,总结出三态、三醉、三咏、三呼、三辱、三笑的舞台经验。所谓三态,是李白一出场便要给观众一个狂傲的酒仙诗才的印象,头重颈松,神含气蕴。身、步、眼的外在形象要在醉态中表现李白孤标傲世的性格。三醉表现由宿醒未醒的初醉、深醉到酩酊大醉的过程,演得层次分明,跌宕起伏。用各具形态的动作表情演出清狂的"酒中仙"的本色。然后重点表演带醉挥写【清平调】三章,第一咏一挥而就,速度轻快。第二咏从容落笔,由花及人,睁眼斜视杨玉环,写到"云雨巫山""可怜飞燕"时,不由为这些美中带刺的笔墨得意狂笑起来。第三章再深入一层,眼看"名花倾国",朝政腐败,清平盛世,不堪设想,演来反倒沉重、抑郁,脸上再无笑意,无奈地摇起头来。接着,通过"三呼""三辱""三笑"一系列独到的具象化表演更把高力士的气焰扫地以尽。如此之类,周传瑛从出场、醉写、吟诗、脱靴,把自己对剧情和人物性格的理解,把表演中的形象动作做了深入精彩的分析,这些分析和体验全都

---

① 华传浩演述,陆兼之记录整理《我演昆丑》,上海:上海文艺出版社,1961年,第96—107页。

体现在理性地对时代、人物和场景的理解中。他的感受写得有情有理，演得有血有肉，把大诗人的才华和诗人对权势的蔑视表现得淋漓尽致。师父当年传授过周传瑛一些演技，但没有传授理解认识人物及其时代的钥匙，周传瑛经过数十年的摸索，更重要的是接受了新的艺术理论的熏陶，有了更深刻的感悟，才能在舞台上演出一个光彩的人物形象。他也在《昆剧生涯六十年》中以自觉的艺术论总结出舞台经验，为后世表演者提供了成功的表演范式。

被称作《孽海记》中的《下山》，也是传字辈艺术家在1949年后改编提高而成的昆曲舞台上的杰作。这出戏演出历史很久，因为过去小和尚在造型上有许多匍匐动作，成了昆曲舞台"五毒戏"中蛤蟆形象的代表作。戏中唱白重，身段多，技巧也高。但受旧时代社会风气、舞台风气的影响，掺杂了许多糟粕文字和丑陋黄色的表演，常被视作"淫戏"加以禁演。如小和尚的勾脸、化妆，旧时舞台都画成络腮胡，脸上、鼻梁上有一些不美观的勾画。念白和动作中还杂有一些丑陋文字和下流的表演，以致在学戏时，华传浩、王传淞等人都羞于演出。1949年后，他们通过研究剧作的时代背景和穷苦人民的遭遇，重新认识到小和尚是为生活所迫被父母舍入空门，受清规戒律的束缚，在庙里过着寂寞凄苦的生活。到了十六七岁，他早已厌倦佛门，对佛门修行的结果也产生怀疑，对外面的世界充满好奇，开始向往俗世自由幸福的生活。他再也不愿在佛门的清规束缚下断送青春，于是趁师傅、师兄不在山的时候逃下山去。可见，他本来就是一个天真活泼、善良朴实的年轻人，有健康的年轻人具有的渴望做正常人的心理。戏也是一出反封建、反禁欲主义的好戏。所以传字辈在演出时，做了较大的改造。一面保持丑行脸谱的若干特征，一面废弃了以前不合年龄、不合身份刻意丑扮的勾脸模式；一面删除了从前舞台上庸俗、淫秽的词句和动作，一面保留传统蛤蟆功中那些有助于反映小和尚当初受尽压抑，逃出山门后变得天真活泼轻松快乐的词句和动作。华传浩、王传淞都擅演这出戏。两位表演艺术家依据对人物性格和心理活动的理解，对剧中的每个场面、每句文辞，都做了全新的阐释，也都为表达这些新意设定了一套富有创意的"手眼身法步"表演方式,把人物刻画得纯真可爱,把情感演得层次分明,把内心的矛盾刻画得无微不至。和尚挂的念珠时而象征着佛门的枷锁,时而飞动起来表现出得到幸福时的快乐。优尼手上的云帚也是时而腼腆娇羞、时而饱含深情的道具。它们既打着人物的感情烙印,也是表演者美学认识的投射。

经过新的思想理论的学习和长期的艺术磨炼,传字辈表演艺术家的演出多是有思想、有表演理论的演出。因此他们留下的谈艺录有许多精彩的表述。如周传瑛说到:

> 演员装扮上场,不单要向观众表明"我"是哪一种人,而且更重要的是要使观众看懂"我"是哪一个人。这就涉及到表演上的一个最根本的问题——如何刻画人物。换句话说,演员通过指事和化身,其最终目的还是为了出情;要演出自己所装扮的"这一个"人物的个性来,尤须演出此人的处处不同,处处显示其性格特点。[①]

这概况了传字辈表演艺术的精髓,也是他们追求的境界。

这种理念,体现在舞台形象的方方面面,包括许多细节的精准、精心的表演。如他演《连环记·小宴》中的吕布,出场时有如下阐述:

> 昆曲在开唱之前,必先击两下鼓或一下板,这里用的是"笃笃"两下击鼓。演员在台上应当时时有戏,处处出戏。所以,在击第一记"笃"时,吕布应右手伸出食、中二指,手和头一起自左至右耍翎子;击第二记"笃"时,那二指向紫荆冠上一搭。做这两个小动作时,两眼要有力地把上眼皮一抬一爆,表现出一股剽劲。这些恰恰显示了他不可一世的傲气。[②]

再如王传淞演小和尚下山,有几进几退的动作,为此他写了一段阐释的文字,说:

[①] 周传瑛口述,洛地整理《昆剧生涯六十年》,第140页。
[②] 同上书,第161页。

> 这一段动作表示下山。生活里下山只有向下,绝没有走着走着又退上来的。殊不知舞台动作要合乎舞台要求。要作艺术夸张。这段路似乎很长,而从台左角到下场门这一段距离却很短,自然表现不了。进进退退,是为了把这段距离拉长些,……艺术这东西,有时宜简,有时宜繁,怎样搭配才好,首先要根据剧情发展,其次也应该适应观众的需要。有些特殊身段,应该重复一下才能满足观众欣赏的要求,这不能叫做为技术而技术。但重复不能太多,多则叫人生厌,反而不好。后退时要让人不觉得你在退,好像依然在前进。①

这些体验反映了艺术表演的辩证法。

又如华传浩演《红梨记·醉皂》,其初并无传授,整出戏的身段动作、神气表情都靠自己设计。这时他是如何考虑的呢?他说:开始时强调一个"醉"字,深入一步,想到昆曲中醉汉不少,也多以丑角应工。但不同身份人物应有不同表演手法,它们只能参考,不能搬用。即便是皂隶,也有区别。经过反复琢磨,反复实践,他说:

> 要把一个角色演好,必须抓住他的性格。醉皂是处在非正常的状态之中,但是可以从他醉中的表现,来寻找他正常时的性格。抓住了它,再回过来表演他非正常状态中的思想和行动。②

经过这样深入的思考,华传浩终于把这个衙门皂隶演得既醉态朦胧又诚朴风趣。把一个公差"老大"的醉态演得惟妙惟肖、淋漓尽致。这折戏也打造成副角表演的精彩典范。

这样的心得,饱含了丰富的艺术经验,更鲜明地反映了新时代艺术家的理论修养。这是旧时代的艺人无法表达也无法达到的理论高度。几位表演艺术家还把他们的表演经验具体化为详尽的、既有程式规范又有理论内涵的"身段谱",把昆曲"身段谱"的谱系撰写提高到新水平。这些文字化的"身段谱",成为昆曲表演中有垂范意义的

---

① 王传淞口述,沈祖安、王德良整理《丑中美——王传淞谈艺录》,第77页。
② 华传浩演述,陆兼之记录整理《我演昆丑》,第111页。

宝贵遗产。

多年以来,"昆曲创新"已成为热门话题,不同人士都做过许多努力。这些努力,有些取得了一些成功,有些还在成功的路上。从传字辈表演艺术经验来看,他们不追求轰轰烈烈,不追求外在的五彩缤纷。数十年来,始终以深厚的功底为基础,在新时代条件下,汲取新的有益的思想理论成果,对剧作、对人物反复研究、深入琢磨,从唱腔、身段、语言、脸谱各方面不断地精雕细刻、千锤百炼,努力演出新面貌、新水平,总结出新经验、新规律。在新的审美需求中,遵循程式而不拘泥于已有程式,依据人物和剧情,合理地、创造性地演绎出新的程式,以完善曲唱和表演,更好地塑造人物,深刻反映时代精神。这是传字辈表演艺术创新的真谛。他们也实现了从旧艺人到昆曲表演艺术家的时代转型。他们与俞振飞先生一起,成了新中国现代昆曲发展的开创者与奠基人。

(作者:复旦大学中文系教授)

试析谢肇淛诗论的调和特征*

郑利华

谢肇淛,字在杭,号武林,长乐(今属福建)人。万历二十年(1592)举进士,除湖州推官,调东昌。历官南京刑、兵二部主事,转工部郎中,擢云南左参政,仕至广西左布政使。生平喜博览,"自六经子史至象胥、稗虞、方言、地志、农圃、医卜之书,无所不蓄,亦无所不漱其芳润,淹通融贯"①。一生著述繁富,多达数十种。② 又为闽诗重要代表人物之一,钱谦益曾评有明闽中诗,以为:"国初林子羽、高廷礼,以声律圆稳为宗;厥后风气沿袭,遂成闽派。大抵诗必今体,今体必七言,磨砻娑荡,如出一手。在杭,近日闽派之眉目也。"③事实上,谢肇淛不仅是晚明闽派诗人的代表人物,而且他的论诗主张也在晚明诗学领域占有一席之地。迄今为止,综观围绕谢肇淛诗论所展开的讨论,其中也有令人值得重视的意见,如已有研究者指出,谢氏诗论的主要理论来源是闽地的诗学传统和文化传统,这使得他的相关论说在总体上具有鲜明的地域特征。④ 不过,笔者认为,地域性还只是

---

* 本文系教育部人文社科重点研究基地重大项目"明代诗学思想史"阶段性成果。
① 徐㷍《中奉大夫广西左布政使武林谢公行状》,谢肇淛《小草斋文集》附录,《四库全书存目丛书》影印明天启刻本,集部第176册,济南:齐鲁书社,1997年版。
② 参见陈庆元《谢肇淛著述考》,《广西师范大学学报》(哲学社会科学版)2005年第1期;廖虹虹《谢肇淛诗文集版本考》,《郑州师范教育》2012年第3期。
③ 《列朝诗集小传》丁集下《谢布政肇淛》,下册,第648页,上海:上海古籍出版社,1983年版。
④ 参见孙文秀《谢肇淛诗论与地域关系浅析》,《闽江学院学报》2010年第1期。

谢肇淛诗论的一个侧面,谢氏生平和后七子文学集团中的王世懋,公安派中的袁氏兄弟、江盈科,竟陵派中的钟惺等人都有交往,①如果一定要对他的论诗主张作出一个基本的判断,那么其特别面对盛行文坛的七子、公安、竟陵诸派之说,审视穿梭其间,既有所发掘汲取,又有所汰除补葺,以发抒一家之心得,总体上,折衷其说的调和特征相对突出。

  探察谢肇淛的诗论主张,可以发现一个基本的事实,这也就是,反对"师心"而为,讲究入门路径,重视渊源流变,为其呈现的明显倾向。他曾指示"诗有七厄",其中之一厄,即"门径未得,宗旨茫然,既无指引切磋之功,又无广咨虚受之益,如瞽无相,师心妄行,故或堕于恶道而迷谬不返,或安于坐井而域外未窥"②。又以为"诗之难于制义,什百不啻也","独奈何师心自用,卤莽灭裂,不由师傅之传授,不识渊源之脉络,不穷诸家之变态,不用顷刻之苦心,而隔靴搔痒、掩耳盗铃"③。在他看来,"师心"而为,乃至不得门径、不识源流,终究会偏离正道,困于迷途。以上表述同时也在证明一个问题,就是师法古人及辨认门径的必要性。有关于此,谢肇淛在《重与李本宁论诗书》中提出:"《三百篇》以降,便属汉魏,建安之后,便至三唐,若六朝之俳谐,宋人之肤浅,虽曰一道,终非正印。"④这当中理出的《诗经》以下汉魏、三唐诗歌一线,显然被他视为"正印",当作重要的习学目标。其中特别是以"三唐"为标的,最值得留意,相较于七子派的复古立场,其共同之处,乃以唐诗相宗尚;其不同之处,则并未专注于盛唐诗歌。

  可以进一步来观察谢氏的主张,他又在概括唐、宋、元、明诗歌之

---

① 参见孙文秀《谢肇淛诗论与地域关系浅析》,《闽江学院学报》2010年第1期;沈维藩《袁宏道年谱》,《中国文学研究(辑刊)》1999年第1期;陈广宏《钟惺年谱》,上海:复旦大学出版社,1993年版。
② 《小草斋诗话》卷一《内篇》,周维德集校《全明诗话》,第4册,第3499页,济南:齐鲁书社,2005年版。
③ 《小草斋诗话》卷一《内篇》,《全明诗话》,第4册,第3504页。
④ 《小草斋文集》卷二十一,《四库全书存目丛书》,集部第176册。

各自特点时表示:"唐以诗为诗,宋以理学为诗,元以词曲为诗,本朝好以议论、时政为诗。"所评虽不免流于草率和绝对,但从中能够看出,他比较历代诗歌,认定唐诗"以诗为诗"最为正宗,由此置其于价值序列中的优越地位。他还声称:"明诗所以知宗夫唐者,高廷礼之功也。"①对于明初高棅推尊唐诗的劳绩力予褒许,以激发有明一代宗唐风气的先导者目之。不过细察之下,他与同为闽人的高棅的宗唐立场显然存在差异,如其曰:

> 高棅曰:"今试以数十百篇之诗,隐其姓名,以示学者,须要识得何者为初唐,何者为盛唐,何者为中唐、为晚唐,又何者为王、杨、卢、骆,又何者为沈、宋,又何者为陈拾遗,又何为李、杜,又何为孟,为储,为二王,为高、岑,为常、刘、韦、柳,为韩、李、张、王,为元、白、郊、岛之制,辨尽诸家,剖析毫芒,方是作者。"此英雄大言欺人尔。鸿运升降,虽天不能齐。声气变趋,虽圣不能挽。醇醨巧拙,得世道之关,浓淡偏全,定人品之概足矣。倘索瘢于垢,虽神手岂无旁落之倪。若披沙求金,即末代亦有掩古之笔。安能锱量寸较,以纸上陈言,遽欲定三百年之人物哉?试以此语还质之棅,棅亦未必遽了了也。②

所引高棅以上这段解说出自《唐诗品汇总叙》,看起来,其俨然划出有唐一代诗歌初、盛、中、晚四个变化阶段,用以描述唐诗"兴于始,成于中,流于变,而陊之于终"的演变轨迹。与此同时,《唐诗品汇》列出"正始""正宗""大家""名家""羽翼""接武"等各类品目,结合四变分期,使对唐诗的价值判断由划分的时序显示演化的历程。也因为如此,初、盛、中、晚的分期更多被赋予实在的价值涵义,而不仅仅是时期的标识。③ 而如此的判别,总体上昭彰了高棅以盛唐诗歌为中心的宗尚立场,亦即如王偁《唐诗品汇叙》载录高棅之所论:"诗自《三

---

① 《小草斋诗话》卷二《外篇上》,《全明诗话》,第4册,第3512页。
② 《小草斋诗话》卷二《外篇上》,《全明诗话》,第4册,第3509页。
③ 参见陈国球《明代复古派唐诗论研究》,第200页至201页,北京:北京大学出版社,2007年版。

百篇》以降,汉魏质过于文,六朝华浮于实,得二者之中,备风人之体,惟唐诗为然。然以世次不同,故其所作亦异,初唐声律未纯,晚唐气习卑下,卓卓乎其可尚者,又惟盛唐为然。"①谢肇淛认为,高棅所谓"辨尽诸家,剖析毫芒"的说法不免绝对,实际上有唐一代不同阶段的诗歌,无法通过"锱量寸较"辨别其品格之优劣高下,个中的道理在于,"神手"或有"旁落之倪","末代"不无"掩古之笔"。谢氏的这一表态,无异于变相为中晚唐诗作价值辩护,这也能印证他的如下之见:"盛唐诗不济以中晚,犹堂皇无亭榭,觉欠变幻风景。"②故他指示诸体之习学径路:

> 五言古,学汉魏足矣,即降而为陈拾遗、韦苏州,不失淡而远也。七言古,学李、杜足矣,即降而为长吉、飞卿,不失奇而俊也。五言律,学王、孟足矣,即降而为幼公、承吉,不失警而则也。五七言绝,学太白、少伯足矣,即降而为牧之、国钧,不失为婉而逸言也。惟七言律,未可专主必也,以摩诘、李颀为正宗,而辅之以钱、刘之警炼,高、岑之悲壮,进之少陵以大其规,参之中晚以尽其变,如跨骏马,放神鹰,虽极翩翩游飏,而羁绁在乎?到底不肯放松一着,然后驰骋上下,无不如意,方是作手。③

按照此说,包括中晚唐诸家及诗歌被纳入了习学取法之列。这又足以表明,谢肇淛对中晚唐诗歌的宗尚价值独有自我判断。以特定体式而言,他较欣赏中晚唐绝句,指出"中晚绝句往往有绝唱者,虽觉词气稍伤纤靡,要终不失为风人之遗响也";以具体诗人而言,他较看重中唐元、白等人,认为其诗"格虽卑下","然语意却有透骨痛快处,乍读之,亦自可喜","乃其声价遂能远播鸡林,当由明白易晓、时时搔着痒处故邪?使拾遗、苏州未必便尔"④。这一态度,也

---

① 高棅编选《唐诗品汇》卷首,上册,第4页,影印明汪宗尼校订本,上海:上海古籍出版社,1982年版。
② 《小草斋诗话》卷二《外篇上》,《全明诗话》,第4册,第3511页。
③ 《小草斋诗话》卷一《内篇》,《全明诗话》,第4册,第3506页。
④ 《小草斋诗话》卷二《外篇上》,《全明诗话》,第4册,第3510页。

见于他对于明初林鸿、高启诗作的推重,他曾指出,"本朝诗,林鸿、高启尚矣",二人相比起来,"鸿一意盛唐,而启杂出元、白、长吉,此其异也"①。体会其意,林、高二人虽取法唐诗的径路迥然相异,或力法盛唐,或出入中唐,却是同能成就所业,意味着各自面向的宗尚目标在价值层次上并不构成必然的差异。简言之,谢肇淛诗重"三唐",尤其是关注中晚唐诗歌,留意它们独特的价值之所在,突破了以盛唐诗歌为中心的宗尚界域。倘若以此比较公安派袁氏兄弟、江盈科,竟陵派钟惺、谭元春等人的宗尚思路,则可以发现彼此相通的一面。如袁中道主张"诗以三唐为的,舍唐人而别学诗,皆外道也"②,还得出了"李杜、元白,各有其神,非慧眼不能见,非慧心不能写"③的品鉴结论。而袁宏道的诗则被中道揭出"得唐人之神"④的习唐之特点,以为其主要体现在"新奇似中唐,溪刻处似晚唐"⑤。江盈科则指出,七子派中的李梦阳、李攀龙"固有复古之力,亦有泥古之病",除了"文非秦汉不读"之外,"诗非汉魏、六朝、盛唐不看",认为如此"何其所见之隘而过于泥古也耶"?并进而表示,"故吾以为善作诗者,自汉魏、盛唐之外,必遍究中晚,然后可以穷诗之变"⑥;且又声言,"中晚之诗,穷工极变,自非后世可及"⑦。显然,扩展唐诗宗尚范围而涉猎中晚唐之作,被江氏视为有效破除"泥古"而"穷诗之变"的一种针对性方法。至于钟惺、谭元春,乃可谓对于中晚唐诗歌的价值作了相对系统的重新评估,其编选的《唐诗归》既重盛唐又兼取中晚唐诗,不能不说凸显了与七子派"大

---

① 《小草斋诗话》卷二《外篇上》,《全明诗话》,第4册,第3512页。
② 《蔡不瑕诗序》,钱伯城点校《珂雪斋集》卷十,上册,第458页,上海:上海古籍出版社,1989年版。
③ 《四牡歌序》,《珂雪斋集》卷九,上册,第452页。
④ 《吴表海先生诗序》,《珂雪斋集》卷十,上册,第465页。
⑤ 《蔡不瑕诗序》,《珂雪斋集》卷十,上册,第458页。
⑥ 黄仁生辑校《江盈科集·雪涛诗评·用今》,下册,第797至798页,长沙:岳麓书社,1997年版。
⑦ 《江盈科集·雪涛诗评·诗文才别》,下册,第805页。

历以后弗论"①的宗尚理路相区隔的自觉意识。根据钟、谭二人在该书中所评,在他们眼中,中晚唐并不缺乏具有特色而且并不逊于初盛唐的作品,其有意抬高中晚唐诗歌价值的企图显而易见。究其所以,他们更加在意唐诗演变进程的多元存在,在意诗歌变化历史的完整构成,在此基础上,审视中晚唐诗歌在扩张唐诗出路及弥补审美缺失上的特殊意义。② 凡此,多少可以看出特别是在对于中晚唐诗歌的价值评估上,谢肇淛和公安、竟陵派诸士之间存在的相对接近的意见。

除此,还可注意的是谢肇淛对待宋诗的态度。尽管他将宋诗排除在"正印"之外,又对其多有批评,如谓"自唐入宋,渐着头巾","宋人诗远不及唐,而必自以为唐者杜撰之也",又说"作诗第一对病是道学",以为"宋时道学诸公诗无一佳者"③,这也符合其"宋以理学为诗"的判断,但若和七子派极力排击宋诗的偏激立场比较起来,他的态度则显得相对理性,也相对温和。如其表示:"宋诗虽堕恶道,然其意亦欲自立门户,不肯学唐人口吻耳,此等见解非本朝人可到。"这还应该是基于一种同情和包容的立场,去解释宋人有意"自立门户"而别于唐人的动机。如此,倒是比较接近公安派袁中道谓宋元诗"承三唐之后","宁各出手眼,各为机局,以达其意所欲言,终不肯雷同剿袭,拾他人残唾,死前人语下"④的评价。另外一点,谢肇淛以为,宋人中间其实也有"能诗者"以及"得意合作之语",不可一概无视之:"如林和靖、寇忠愍、杨大年、梅圣俞、王元之、苏子美、蔡君谟、贺方回、张文潜辈,其得意合作之语未必遽逊于唐,而一时未必遽推服之也。"⑤他在《小草斋诗话·外篇》中即列入评论宋诗数条,除了指点

---

① 王廷相《刘梅国诗集序》,《王氏家藏集》卷二十二,《四库全书存目丛书》影印明嘉靖刻清顺治十二年(1655)修补本,集部第 53 册。
② 关于钟、谭二人在《唐诗归》中涉及中晚唐诗的具体评点,参见拙文《晚明诗学于复古系统的因应脉络与重构路径》,《文学遗产》2019 年第 3 期。
③ 《小草斋诗话》卷二《外篇上》,《全明诗话》,第 4 册,第 3511 页。
④ 《宋元诗序》,《珂雪斋集》卷十一,中册,第 497 页。
⑤ 《小草斋诗话》卷二《外篇上》,《全明诗话》,第 4 册,第 3511 页。

其中的疵病,也不乏称赏宋人之篇句者。① 这些颇能说明,他对于宋人的创作动机怀有理解的态度,也十分注意区分宋诗的品级高下。

谢肇淛诗论探讨的另一个重要问题,则是涉及诗歌本质的定义。

---

① 比如:"宋初王元之诗,极精深得意之语,往往凌驾钱、刘,如'家山隔江远,风雨过船多','年侵晓色尽,入枕夜涛眠','莫辞终夕看,动是隔年期','趁朝鸡唤起,残梦马驮行','北堂侍膳侵晨起,南亩催耕冒雨归','幽鹭静翘春草碧,病僧闲说夜涛寒','风疏远磬秋开讲,水响寒车夜救田','病来芳草生渔艇,睡起残花落酒瓢','春园领鹤寻芳草,小阁留僧画远山','留守开筵亲举白,故人垂泪看焚黄','绿杨系马寻芳径,春草随人上古城',置之唐集,不可识别。""寇莱公五言律诗,委婉俊逸,钱、刘之亚也。七言律诗虽强弩末势,亦复时有佳句。如'深秋寒气侵灯影,半夜疏林起雨声','沙平古岸春潮急,门掩残阳暮草深','人思故国迷残照,鸟隔深花语断烟','静闻风雨眠渔艇,闲趁林泉挂道衣','吟过竹院僧留住,钓罢烟江鹤伴归','寒磬中宵鸣竹院,虚愁尽日对秋山','一声江笛巴云暝,半夜山风楚馆秋','倚枕夜风喧薜荔,闭门春雨长莓苔',矫矫劲翩,足以颉颃小畜。""宋初诗,如王元之、杨大年皆守唐人法度,然黄州新奇,时有出入,武夷篇篇,浑雄稳重。如《南源院》云:'路入藤萝十里余,松窗潇洒竹房虚。燕巢新旧金人殿,虫网纵横贝叶书。当昼风雷生洞穴,欲斋猿鸟下庭除。昔年曾此题诗住,细拂流尘认鲁鱼。'《送栾司农知洪州》:'司农搜粟汉名卿,千里江西拥旆旌。腰下金龟三品绶,手中铜虎八州兵。属鞬牧伯趋庭见,骑竹儿童塞路迎。洪井主人今重上,肯教悬榻有尘生。'他皆类此,难以句摘。""张文潜五言古诗,如:'朝日照高檐,夜霜犹在瓦。纤纤墙边柳,春色已可把。'又:'槐稀庭日多,鸟下人语静。幽花破寒色,过雁惊秋听。'又:'出郭心已清,青山忽相对。避人傍流水,俯仰秀色内。'又:'江城寒食近,风雨作轻寒。'又:'千里积雪消,布谷催春耕。人家远不见,柳色烟中明。'虽语非魏晋,而力敌陶、韦。""方秋涯岳诗,绝句多佳,如《立春九宫坛》诗:'辇路春融雪未干,鸡人初唱五更寒。琼幡第一番花信,吹上东皇太乙坛。'《清明次吴门》诗:'蓬窗恰受夕阳明,杨柳梨花半月程。老去不知寒食近,一篙烟水载春行。'《次韵别友》诗:'长汀草色恨连天,一片飞红涨绿川。寒入湘帘君又去,只随燕子过年年。'《杨柳枝诗》:'绿阴深护碧阑干,拂拂春愁不忍看。燕子未归花落尽,一帘香雪晚风寒。'此岂复有宋人口吻哉?""贺方回以诗为戏,全有类山谷者,其五言律却谨严有法。""梁溪李忠定公纲忠义勋业,照耀千古,人但知传其奏疏耳,至其所为诗,气格浑雄,才情宛至。如《和东坡四时词》云:'美人半醉软玉肌,不语凭栏知恨谁。''莫把春愁自销损,且唱尊前金缕衣。'又云:'绿院沉沉清昼永,画屏玉枕冰肌冷。辘轳惊起宝钗横,香篆浮烟帘幕静。翠眉不为捧心颦,鬓乱妆残约略匀。情似杨花无定处,可怜金谷坠楼人。'其风流酝藉,不亚眉山。吾又爱其《春意》诗云:'春鸟窥绿窗,踏落庭前花。美人为之笑,鬓脚风中斜。不惜花踏残,只悲鸟惊去。咤哑背人飞,林深无觅处。'"(以上见《小草斋诗话》卷三《外篇下》,《全明诗话》,第4册,第3520页至3525页。)

其《刘云五诗序》即曰:"夫诗者,人之心而感于声者也。"①《小草斋诗话·内篇》也有类似的表述,但作了展开说明:

> 诗者,人心之感于物而成声者也。风拂树则天籁鸣,水激石则飞湍咽。夫以天地无心,木石无情,一遇感触,犹有自然之音响节奏,而况于人乎! 故感于聚会眺赏,美景良晨,则有喜声;感于羁旅幽愤,边塞杀伐,则有怒声;感于流离丧乱,悼亡吊古,则有哀声;感于名就功成,祝颂燕飨,则有乐声。此四者,正声也。其感之也无心,其遇之也不期而至,其发于情而出诸口也,不知其所以然而然。②

据此,作者从诗歌感物成声的发生原理,来定义它"发于情而出诸口"的抒情的本质特征。此处所谓"物"的概念,并不是单纯指自然景象,更是重点指诗人所遭遇的各类人生境况。③ 诗人有感于不同的自然景象和人生境况,形成与之对应的喜怒哀乐四者之"正声"。与此同时,这一感物成声的发生原理,又被谢肇淛描述为"其感之也无心,其遇之也不期而至",强调的是主体感触客体的自然而非人为的发生过程,其注重的是诗歌抒情"不知其所以然而然"的真实自然之性质。从谢肇淛以上所论的学理背景来看,其主要因循了古典诗学中的"因物兴感"说,而此说也涉及"兴"的概念,即所谓:"兴者,情也,谓外感于物,内动于情,情不可遏,故曰兴。"④它要在申明主体受到客体的触动,引起情感的自然兴发。再观谢氏之论,其因此也突出了"兴"这一概念,如曰:"《诗》有六义,兴居其首。四始之音,风为之冠。诚能深于物感之旨,远追风人之致,倏然寄兴,由形入神,其于诗道,无余蕴矣。"⑤又说:

---

① 《小草斋文集》卷四,《四库全书存目丛书》,集部第 175 册。
② 《小草斋诗话》卷一,《全明诗话》,第 4 册,第 3500 页。
③ 参见胡建次《谢肇淛〈小草斋诗话〉理论批评观念探论》,《深圳大学学报》(人文社会科学版)2018 年第 3 期。
④ 旧题贾岛撰《二南秘旨》"论六义",张伯伟《全唐五代诗格汇考》,第 372 页,南京:凤凰出版社,2002 年版。
⑤ 《小草斋诗话》卷一《内篇》,《全明诗话》,第 4 册,第 3501 页。

"诗以兴为首义,故作诗何常？惟要情境皆合,神骨俱清。"[①]这显然和他的感物成声之论互相联系在一起。鉴于谢肇淛对诗歌发生原理的解析主要沿袭传统"因物兴感说"而来,并以此来定义诗歌抒情的本质特征,因此,孤立地去看他的这一论调,也许未必有特别引人注意的地方。但如果放眼整个晚明诗坛,尤其是公安和竟陵二派分别为标榜"真诗"和"古人精神",推重"性情"或"性灵"的发抒,并使之成为诗学的中心话语,诗歌真实自然抒情的情感特征由此受到特别的关怀,那么,谢氏以上从诗歌的发生原理定义其抒情的本质特征的观点,不失为我们透视晚明诗学思想形态的一扇具体观察的窗口。事实上,他也一再作过重视诗歌真实自然抒情的表态,如其《方司理闽中草序》又云:"盖诗神物也。人之耳目手足无关于神明者也,至于诗则耳目之所闻见,手足之所探历,皆足为发舒性灵而模写天真之具,而人心之所为跃然以喜、恝然以遗,有出于景界色象之外者,独能一泄之而无余。"[②]即视诗为"发舒性灵而模写天真"的载体。假如将其和晚明诗坛尤其为公安、竟陵二派构筑起来的"性情"或"性灵"之中心话语联系起来,则似乎可以见出二者之间的某种合调。

不过进一步来看,谢肇淛在这个问题并未仅止于此,虽然他强调诗歌"发于情而出诸口"的抒情本质,但同时也并不赞同"径情矢口",如他又指出:"古人诗虽任天真,不废追琢,'秉彝'之训与'苤苢'并陈,'于穆'之章与'鲦鲨'杂奏。汉唐以来法度逾密,自长庆作俑,眉山滥觞,脱缚为适,人人较易,上士惮于苦思,下驷藉以藏拙,反古师心,径情矢口,是或一道。谓得艺林正印,不佞未敢云尔。"[③]以谢肇淛的解释,汉唐以来诗歌严于法度的情势,自中唐元、白等人开始有所消损,至宋人苏轼那里,诗法松弛更趋明显,在他眼里,二者都成为诗歌史上"反古师心,径情矢口"的典型例子,都可谓未得艺苑之"正印"。上述的指论说明,在重视诗歌抒情本质的同时,又须讲究一

---

① 《小草斋诗话》卷一《内篇》,《全明诗话》,第4册,第3504页。
② 《小草斋文集》卷五,《四库全书存目丛书》,集部第175册。
③ 《小草斋诗话》卷一《内篇》,《全明诗话》,第4册,第3502页。

定的法度,也就是谢氏所说的"虽任天真,不废追琢"。推察起来,谢肇淛提出这个问题也是针对"今之为诗者",可以说是有的放矢。他在《王澹翁墙东集序》中就表示:"夫诗之道,法度与才情参焉者也。而今之为诗者,率喜率易而惮精深,任靡薄而寡锤炼,托于香山老妪之言,而故作钉铰打油之语。譬之适国者,薄宫阙都会为寻常,而即之榛莽丘墟沾沾自喜,以为未始有也。无论才情,即古人法度亦卤莽灭裂,以至于尽。此其病一人倡之,千万人和之,转相渐染,而莫可救药。"所谓"率易"与"靡薄",又被谢氏视为"耻于师古而快于逞臆"①的一种结果,其实正是和"径情矢口"不无关系。在他看来,这是"今之为诗者"的明显弊端,也是其弃置"古人法度"的具体表现,而且形成"转相渐染"的风气,浸润已深,不可逆转。尽管以上并未明言"今之为诗者"的具体对象,然而,尤其是公安派代表人物袁宏道大力声张"任性而发"②以至"信心而出,信口而谈"③,其诗则多率易俚俗之作,乃至于钱谦益斥其影响所及为"狂瞽交扇,鄙俚公行,雅故灭裂,风华扫地"④,所以容易使人与之相挂钩。不管如何,至少谢肇淛指责"今之为诗者"流于"率易"与"靡薄"的表态,已和袁宏道"任性而发"以至"信心而出,信口而谈"之论不尽合调。其中最值得注意的,还是他对于法度的强调。

事实上,有关法度的问题,又是谢肇淛诗论涉及的一个重要方面,这个问题也为他反复陈述。他对此声称:"诗以法度为主,入门不差,此是第一义。而曰气、曰骨、曰神、曰情、曰理、曰趣、曰色、曰调,皆不可阙者。"并论学诗之要义,其中即强调"律度当严","步趋无法,则仓卒易败也"。可见法度在他心目中所占据的重要位置。又他批评今人所为:"今人借口于悟,动举古人法度而屑越之,不知诗犹学也,圣人生知亦须好古敏求,问礼问官,步步循规矩,况智不逮古人,

---

① 《小草斋文集》卷五,《四库全书存目丛书》,集部第175册。
② 《叙小修诗》,袁宏道著,钱伯城笺校《袁宏道集笺校》,上册,第118页,上海:上海古籍出版社,1981年版。
③ 《张幼于》,《袁宏道集笺校》卷十一,上册,第501页。
④ 《列朝诗集小传》丁集中《袁稽勋宏道》,下册,第567页。

而欲以意见独创,并废绳墨,此必无之事也。"①认为圣人尚且"好古敏求",依循规矩,而今人轻弃"古人法度",实非明智之举。这一观点,也正印合了他在《王澹翁墙东集序》中所言,很显然,乃是将讲究法度与重视学古联系起来。就此来看,这又不能不说是他向七子派注重学古习法的立场的某种倾斜,而有意识地和公安、竟陵二派专注于"性情"或"性灵"的基本取向有所区别。正是从这一立场出发,谢肇淛追溯至诗歌的原始经典《诗经》,强调"《三百篇》尚矣"②,极力推尚这部经典文本在学古习法方面的开源作用和独特价值。他说:"《三百篇》中,庄语、理语、绮语、情语、悲壮语、诘屈语、穷愁语、富贵语无不具。二言、三言、五言、六言、七言、八言、九言、长短言无不具。骚体、赋体、《选》体、柏梁体无不具。字法、句法、章法、起法、对法、结法无不具。"其中关于字、句、章、起、对、结等法,他又一一拈出如下:

"琴瑟友之","日月其除",字法也;"鸡栖于埘,日之夕矣,羊牛下来",句法也;《关雎》一头两比,《葛覃》两比一结,《淇澳》、"江沱"之类,三比未必微异,章法也;"七月流火","秩秩斯干",起法也;"昔我往矣,杨柳依依,今我来思,雨雪霏霏",对法也;"騋牝三千","仲山甫永怀,以慰其心",结法也。

所有这一切,都被谢肇淛视为作诗的重要入门路径:"熟读神会,久当自见。似疏极密,似易极难,断非经圣人之手不至此,此作诗之大门户也。"③当然,从法度的角度标举《诗经》这部原始经典的示范意义,也是七子派一些文士追本溯源而提倡学古习法的一项策略,如王世贞曾于《诗经》"摘其章语,以见法之所自",并且声明如《鹿鸣》《甫田》《七月》等等大量《风》《雅》之篇,"无一字不可法,当全读之,不复载"④。胡应麟也认为"《诗》三百五篇,有一字不文者乎?有一字

---

① 《小草斋诗话》卷一《内篇》,《全明诗话》,第 4 册,第 3502 页。
② 《小草斋诗话》卷一《内篇》,《全明诗话》,第 4 册,第 3499 页。
③ 《小草斋诗话》卷一《内篇》,《全明诗话》,第 4 册,第 3501—3502 页。
④ 《艺苑卮言二》,《弇州山人四部稿》卷一百四十五,明万历刻本。

无法者乎"①？联系起来看，特别是谢肇淛从《诗经》篇章中拈出诸法，归之于"作诗之大门户"，与其说是标新立异，独具眼识，不如说是主要响应前人尤其是七子派诸士以《诗经》为"法之所自"的主张更为恰切。不过，如果因此认定他对于七子派亦步亦趋，那也完全不符合实际情形。事实上，谢肇淛于前后七子诚有取舍，褒贬相间，秉持一定的原则立场。一方面，有限度地肯定诸子倡导复古之业绩，如谓"自北地、信阳兴，而吾闽有郑继之应之，一洗铅华，力追大雅，盛矣"②，"近时诸公以六朝易七子，声格愈下，何者？彼尚为诗之雄，此直为诗之麈耳"。具体到后七子之李攀龙，又说其"一时制作，便使天下后世从风而靡，即拔山盖世不雄于此矣"，"此老苦心至矣，其用力亦深矣"③。另一方面，则又对他们多有指摘，如谓"自绘事胜而情性远，七子兴而大雅衰"④，而相较起来，其对后七子批评尤烈，谓"降而中原七子，以夸诩为宗，绘事为工，虽然中兴，实一厄矣"⑤，又称李攀龙"然其滥觞也，务气格而寡性情，刻声调而乏神理，顿令本来面目无复觅处"⑥，所为"铙歌、乐府，掇拾汉人唾余"⑦。也正因为如此，他说自己为诗"上不敢沿六朝，而下不敢宗七子"⑧。这主要是认为诸子虽注重学古习法，然未免流于刻画摹拟，远离真情实感，也如他所说："本朝仅数名家力追上古，然刻画模拟已不胜其费力矣。"⑨

综上，比照七子、公安、竟陵诸派之说，谢肇淛的诗学立场与之既相合调，又相违异，可以说是处在或即或离之间。与此同时，他从宋人严羽那里吸取了能够用以调和诸派之说的一个重要观点，

---

① 胡应麟撰《诗薮·内编》卷一《古体上·杂言》，第 3 页，北京：中华书局，1958 年版。
② 《小草斋诗话》卷三《外篇下》，《全明诗话》，第 4 册，第 3530 页。
③ 以上见《小草斋诗话》卷二《外篇上》，《全明诗话》，第 4 册，第 3512 至 3513 页。
④ 《郑继之诗序》，《小草斋文集》卷四，《四库全书存目丛书》，集部第 175 册。
⑤ 《周所谐诗序》，《小草斋文集》卷四，《四库全书存目丛书》，集部第 175 册。
⑥ 《刘五云诗序》，《小草斋文集》卷四，《四库全书存目丛书》，集部第 175 册。
⑦ 《小草斋诗话》卷二《外篇上》，《全明诗话》，第 4 册，第 3509 页。
⑧ 《重与李本宁论诗书》，《小草斋文集》卷二十一，《四库全书存目丛书》，集部第 176 册。
⑨ 《小草斋诗话》卷二《外篇上》，《全明诗话》，第 4 册，第 3512 页。

也就是"悟"。如他指出,"夫诗之道与禅最近,严仪卿之言诗也,盖取诸悟云"①,"悟之一字诚诗家三昧"。又认为,"诗之难言也","盖高于才者为才所使,往往骛外而枵中","富于学者为学所累,往往跋前而疐后","要之,仪卿所谓悟者近是"。笔者以为,谢肇淛有意识地借鉴严羽的见解,论诗以"悟"为尚,其中很重要的一点,乃在于他勉力寻找一条折中平衡七子、公安、竟陵诸派立场的合适途径,而这从他对"悟"的具体解析中可以体会得到。他说:

> 悟之一字从何着手?从何置念?顿悟不可得矣。即渐悟者,穷精殚神,上下古今,发愤苦思,不寝不食,一旦豁然贯通,一彻百彻,虽渐而亦顿也。譬如盲子终日合眼,不见天地,一旦开目,从眼前直至天边,一总得见,非今日见一寸,明日见一尺。若不思不学而坐以待悟,终无悟日矣。②

> 严仪卿以悟言诗,此诚格言。然悟之云者,须积学力久,酝酿橐钥,而后一日豁然贯通,如曾子之唯一贯是也。必若如岭南獦獠,不识文字,声下顿悟,此天纵之圣,千万年中容有几人?而世之寡学尠见者,往往托焉,何谈之容易乎?③

不难看出,谢肇淛所偏重的"悟",乃是通过积学与苦思所达到的"渐悟",而非一时直接的"顿悟",所谓"一旦豁然贯通","虽渐亦顿也",其根本前提还在于"积学力久,酝酿橐钥",实为自"渐"至"顿",并非越"渐"入"顿"。至于"声下顿悟",世所稀见,一般人士难以做到,自然也就不能作为他们回避"学"与"思"的理由。他将积学与苦思视为"悟"的基础,应该说颇有针对性,这主要是鉴于"今人借口于悟,动举古人法度而屑越之",按照他的看法,忽视"古人法度",本身就是回避"学"与"思"的表现,那样的话,容易导致或"惮于苦思",或"藉以藏拙",也容易滑向"反古师心,径情矢口"④。从这个意义上

---

① 《丘文举诗序》,《小草斋文集》卷五,《四库全书存目丛书》,集部第175册。
② 以上见《小草斋诗话》卷一《内篇》,《全明诗话》,第4册,第3502至3503页。
③ 《重与李本宁论诗书》,《小草斋文集》卷二十一,《四库全书存目丛书》,集部第176册。
④ 《小草斋诗话》卷一《内篇》,《全明诗话》,第4册,第3502页。

说,由"学"与"思"而臻于"悟",也是对"古人法度"的一种坚守。但在另外一面,作为创作主体的自觉活动,"悟"又不能单纯通过循守法度得以实现。他说:

> 今之古禘苏、李,而律宗王、孟,虚实之间,开阖之势,操觚者类能参言之,至于形不蔽神,矩不鰲意,丰不掩妍,约不损度,奇正互出,浓淡以时,若离若合,若远若近,若方若圆,若无若有,神而明之,存乎其人,法之所不载也。善夫仪卿先生之言曰:禅道在悟,诗道亦在妙悟。至于悟而诗之变尽矣。①

上面所说的"形不蔽神,矩不鰲意"云云,实际上乃被谢肇淛视为臻于"悟"之境界的具体表现,也就是所谓"虚实相参,浓淡间出,骨肉匀称,离合适宜"②,从中体现的则是诗歌作为特定文体的审美特征,展露的是诗人善于经营的艺术悟性,它们无法完全与相对固定而刚性的法度一一对应,而是需要藉助创作主体基于审美体验的独特的自我感悟,所以要说,"存乎其人,法之所不载也"。反之,"诗无悟性,即步步依唐人口吻,千似万似,只是做得神秀地位,较之猰獠尚隔数尘在"③。假如联系谢氏批评前后七子"绘事为工"、"刻画模拟"之论,那么他的这些表述,又未尝不可以看作是有意识地针对诸子而作出的。他曾经评价自己的诗作,以为"初循彀率之中,而渐求筌蹄之外,庶几于严氏之所谓悟者"④,其实,也是对他本人所理解的"悟"之内涵的最好概括。

(作者:复旦大学古籍所教授、博士生导师,兼任复旦大学中国古代文学研究中心教授、副主任)

---

① 《余仪古诗序》,《小草斋文集》卷五,《四库全书存目丛书》,集部第 175 册。
② 《小草斋诗话》卷二《外篇上》,《全明诗话》,第 4 册,第 3509 页。
③ 《小草斋诗话》卷一《内篇》,《全明诗话》,第 4 册,第 3503 页。
④ 《重与李本宁论诗书》,《小草斋文集》卷二十一,《四库全书存目丛书》,集部第 176 册。

《明人别集丛编》总序与总例

郑利华　陈广宏　钱振民

总　　序

　　中国的古籍文献浩如烟海,这是先人留给我们的宝贵的文化资源和精神财富。明代是中国历史发展演变的一个重要时期,成为中国社会处于近世而具标志性意义的一个时代。明代的文化不仅积累丰厚,重视与历史传统相对接,同时又善于创新立异,呈现时代异动的一系列特征。而作为这种文化积累与变异相交织的具体表征之一,它也突出地反映在明代的著述领域。总体来看,明人撰作浩繁,论说纷出,由此构成一笔蔚为可观的文化思想之资产。与前代相比,其不但反映在文献种类上的扩充,而且出现了一批卷帙庞大的著作,以后者而言,最为典型的莫过于明代中后期文坛巨擘王世贞,他生平笔耕不辍,著述极为繁富,仅其诗文别集《弇州山人四部稿》《弇州山人续稿》及《读书后》,加起来就将近四百卷,《四库》馆臣曾称:"考自古文集之富,未有过于世贞者。"(《四库全书总目》卷一百七十二集部《弇州山人四部稿》《续稿》提要)尽管个人著述数量庞大的情况在有明一代不能说很普遍,但也并非绝无仅有。可以说,凡此自是明代学术和文化趋于繁盛的一个明显标志,而这一时期汗牛充栋的各类著述,也成为后人研究明人思想形态和创作实践的重要资源。

　　鉴于有明一代文人的著述数量繁夥,其中不乏富有文献和研究之价值者,尤其是它们作为中国近世文献典籍的重要组成部分而流传至今,这也受到学术界和出版界的关注和重视,相应的文献整理和出版工作为之展开,并有一批成果问世。首先是明人文集的影印。这其中始自上世纪90年代的《四库》系列影印丛书的编纂出版,如《四库全书存目丛书》(齐鲁书社)、《续修四库全书》(上海古籍出版社)、《四库禁毁书丛刊》(北京出版社)、《四库未收书辑刊》(北京出版社),就包括了相当数量的明集。除此之外,尚有明人文集的专题影印丛书,如《明人文集丛刊》(台湾文海出版社)、《明代论著丛刊》(台湾伟文图书出版社)、《四库明人文集丛刊》(上海古籍出版社)、《明别集丛刊》(黄山书社)、《明人别集稿抄本丛刊》(国家图书馆出版社)、《明代诗文集珍本丛刊》(国家图书馆出版社)等。这些影印丛书特别是明人文集专题影印丛书的相继问世,为明代文学、史学、哲学等不同领域研究工作的开展,提供了一批重要的文献资源。其次是明人文集的点校。除了一些零散的点校本之外,丛书系列较有代表性的,如《中国古典文学丛书》(上海古籍出版社)、《中国古典文学基本丛书》(中华书局)、《明清别集丛刊》(人民文学出版社),包括了若干种类的明集;又具地方文献性质的如《苏州文献丛书》(上海古籍出版社)、《浙江文丛》(浙江古籍出版社)、《湖湘文库》(岳麓书社)、《陕西古代文献集成》(陕西人民出版社)等等,各自也收入了数种明集。这自然也为学人的阅读和研究提供了一定的便利。

众所周知,作为古籍整理的两种重要形式,影印和点校具有彼此不同的功能和作用,如果说前者主要在于呈现文本的原始形态,这也是传统保存和传递文献资源所采取的一项有效措施,那么后者则属于针对文献所进行的一种深度整理,其功能和作用并非影印所能代替。按照传统的工序,点校整理需要经过底本的遴选、文本的标点,以及利用不同版本和相关文献进行校勘及辑佚等过程,原则上要求形成相对完善和便于利用的新的版本,如此,当然也相应增加了此项工作的难度和强度。从这个意义上来说,开展明人文集的整理工作,借助影印的便捷手段,为保存和利用古籍文献创造条件,固然十分必要,而与此同时,通过点校这种深度整理的方式,为学人提供较为完善的文集版本，也是不可或缺的。从明人文集影印整理的情况来看，迄今为止，特别是随着若干大型明集影印丛书的出版，种类数量上已形成一定的规模。比较而言，明集的点校整理则相对滞后，尤其表现在文集覆盖的范围有限。一些零散的点校本，大多选择整理的是明代若干代表人物之文集。即使是数部规格较大的点校整理丛书，或限于丛书的通代体例，或限于选录范围的要求，其中明代部分所收录的，主要为活跃在当时文坛的数位重要人物之文集。至于一些地方性的文献整理丛书，自然要以人物的地域身份作为选录的主要标准，所以选目的覆盖面相当有限。这样的情形，实与明人文集大量留传的存书格局和学人阅读及研究的广泛需求形成某种反差。以明集点校整理的质量而言，其中在标点、校勘、辑佚等方面，固然不乏质量上乘者，但在另一层面，受制于整理者自身的学术资质、工作态度以及各种客观条件，整理质量有待于进一步提升者，亦并非偶见。应当说，有关明人文集的点校整理，既有扩大整理范围的必要，又有提升质量的空间，需要做的工作还有很多。

　　有鉴于此，经过充分的酝酿和准备，我们现着手编纂这套大型文献整理丛书《明人别集丛编》，以期能对学人的相关阅读和研究发挥重要的裨助作用。该整理项目得到了复旦大学出版社的大力支持，从而也使得这套丛书的编纂和出版工作有了切实有力的保障。根据所制定的编纂体例和所确立的编纂宗旨，本编主要选取有明一代不同时期特别在文学乃至历史和哲学等领域较有代表性，尤其在上述领域有着独特业绩或显著影响而鲜少受到学人充分关注或重视的文人之诗文别集，通过精选底本和校本、精严标点和校勘，为学界提供一套较为完善的明人诗文别集整理本。具体来说，一是选目要求具有较为广泛的覆盖面，以体现文献整理种类较强的系统性，并重点选取一批前人未曾点校整理的明人诗文别集，而这些别集作者又大多在明代不同时期文坛表现相对突出或较有影响，我们的目的是力图通过对这些作者别集的整理，弥补明集整理上存在的空阙，凸显本编的原创性之编纂特色。二是针对若干种已有整理本问世的明人诗文别集进行重新整理，因为前人整理本的情况比较复杂，有的整理质量相对较高,也有的则仍存在很大的修正和补阙的空间。特别是有些早期的整理本,除了受制于整理者的主观因素,也或多或少为其时文献查阅和检索等条件不如现今便利的客观因素所限制,出现这样或那样的问题在所难免。故而从纠补阙失、后出转精的角度来说,有选择性地开展重新整理工作又是非常必要的。但重新整理并不意味着重复整理,它的价值意义更多指向优于前人整理成果的弥补性和超越性,当然也要求整理者为之付出更多的心力。三是在标点和校勘上尽力做到谨慎细致、精益求精。底本方面,原则上要求选择刊印较早、较全或经名家精校的善本;校本方面,原则上要求在充分厘清版本源流的基础上,重点选择具有代表性及校勘价值的版本作为主要校本。通过精校,存真复原,形成接近作者原本的新善本。四是在文本的辑佚上尽可能利用相关的资源拾遗补阙,即要求通过对作者诗文集各版本的细致查阅和对相关文集、史志等各类文献资料的广泛搜罗,补录本集未收的诗文,同时为避免误收,要求对所辑篇翰严格加以辨察。

作为古籍整理的一个大型学术工程,本编选录的明人别集数量和卷帙繁富,整理工作面临的难度和强度不言而喻,特别是为了充分保证整理的质量,需要我们秉持格外严谨的态度和付出十分艰巨的劳动,唯有全力以赴,一丝不苟,毫不懈怠,才能实现理想的目标。衷心期望这套大型文献整理丛书的编纂和出版,能为明代文献的整理和研究尽一份绵薄之力。

总　　例

一、宗旨

《明人别集丛编》系选编整理有明一代文人诗文集的大型丛书、古籍整理研究的一大工程。该丛书主要选择明代不同时期特别在文学乃至史学、哲学等领域较有代表性,尤其在上述领域具有独特业绩或显著影响而鲜少受人充分关注或重视的文人之诗文别集,通过精选底本、校本,精审标点、校勘,为学界提供一套相对完善的明人诗文别集整理本。

二、版本

(一)底本,原则上以刊印较早、较全或经名家精校的善本作为底本。

(二)校本,原则上在理清版本源流的基础上,对于有多种版本系统者,选择具有代表性的版本作为主要校本,并参校他本及各类相关文献资料。

各集采用的底本、校本及参校的相关文献资料,均须在整理"前言"中加以说明。

三、校勘

通过精校,存真复原,即综合运用对校、他校、本校、理校等方法进行校勘,提供接近作者原本的新善本。

四、标点

本编各集以国家新近颁布的《标点符号用法》为依据,同时参照国务院古籍整理规划小组制定的古籍点校通例进行标点整理,并按原书文意析分段落。

五、体例

(一)本编所收各集,其编排体例原则上不作改动,以存其原貌。

(二)依照原书正文篇名重新编制全集目录。

(三)文集前后序跋、传记、轶事等文字,作为附录置于全集之后。

(四)作者撰写的已经单独刊行并且前人未曾编入其诗文集中的学术类文字,一般不收入新整理本中。

(五)在完成点校整理的基础上,各集整理者分别撰写前言一篇,简介作者生平、文集构成,说明版本概况、点校体例等。

六、辑佚

(一)通过作者诗文集各版本及有关文集、史志等文献资料,搜罗集中未收之诗文,但为避免误收,补入时须注意对所辑佚文的作者归属或真伪情况加以仔细辨察。

(二)佚文不多者,直接补于相应体裁或文集正文之后;数量较多者,按体裁编为若干卷,列于文集之正文各卷之后。佚文来源均须加以注明。

各集整理者根据本编上述总例之要求,分别制订文集点校具体之体例。

中西校勘学比较刍论：
从胡适谈起①

苏 杰

校勘是要弄清楚作者究竟写了什么，这是文献研究的核心内容。中西各有其文本校勘传统。1933年胡适为陈垣《元典章校补释例》所撰序言（后以《校勘学方法论》为名单独发表），通过比较中西校勘学，论证陈垣校勘工作的科学性，开中西校勘学比较之先河。惜乎几十年无人继其后。2006年余英时号召开展"文本考证学的中西比较"，认为"这一方面的比较似乎更能凸显中西文化主要异同之所在"。② 为此，我们编、译《西方校勘学论著选》一书，勉力为比较研究提供一个初步的资料基础。这里我们进一步拓展视野，在对西方校勘学传统更为广泛的学习和了解的基础上，从胡适《校勘学方法论》出发，对中西校勘学比较研究中的焦点问题"对校"和"理校"略作讨论。

一

"名不正，则言不顺"。中西校勘学的比较，首先要对两个校勘学传统的基本概念进行勘同辨异。

---

① 本文为教育部人文社科立项课题"西方校勘学理论与方法研究"的阶段成果。
② 余英时：《"回归历史"与"面对现实"——序刘笑敢〈老子古今〉》，刘笑敢《老子古今：五种对勘与析评引论》，北京：中国社会科学出版社，2006年。

先看陈垣"校法四例"中的"对校"和"理校"。

陈垣《校勘学释例》是专书校勘实践的概括总结。1930 年陈垣用故宫新发现的《元典章》元刻本对校通行的沈家本刻本,后又用众本互校,共校得沈刻本谬误一万二千余条,写成《沈刻元典章校补》,刊行于世。后来又从这些误例中挑出一千余条,加以分类,写成《元典章校补释例》六卷。前五卷为"误例",共归纳致误之由四十二条。第六卷为"校例",共归纳校勘方法、异文处理原则等共八条。"校例"的第一条是所谓"校法四例",首次将校勘方法总结为"对校法""本校法""他校法"和"理校法"。后来这个"校法四例"成为中国校勘学论著中关于校勘方法的核心内容。

"校法四例"在陈书中只是短短一节,其中关于四种校法的基本概念的表述,颇多展开。其中"对校法""理校法"表述如下:

> 一为对校法。即以同书之祖本或别本对读,遇不同之处,则注于其旁。刘向《别录》所谓"一人持本,一人读书,若怨家相对者",即此法也。此法最简便,最稳当,纯属机械法。其主旨在校异同,不校是非,故其短处在不负责任,虽祖本或别本有讹,亦照式录之;而其长处则在不参己见,得此校本,可知祖本或别本之本来面目。故凡校一书,必须先用对校法,然后再用其他校法。[①]
>
> 四为理校法。段玉裁曰:"校书之难,非照本改字不讹不漏之难,定其是非之难。"所谓理校法也。遇无古本可据,或数本互异,而无所适从之时,则须用此法。此法须通识为之,否则卤莽灭裂,以不误为误,而纠纷愈甚矣。故最高妙者此法,最危险者亦此法。[②]

陈垣引用刘向和段玉裁的话,借以说明什么是"对校法"和"理校法",虽于学术史有所映照,但却未免稍欠分明。尤其是段玉裁"定其是非之难"的话,并不是专就理校而言,用来界定"理校法",显然并

---

① 陈垣《校勘学释例》,上海:上海书店出版社,1997 年,第 118 页。
② 同上书,第 121 页。

不十分妥当。

后来陈垣在《通鉴胡注表微·校勘篇第三》中表述为：

> 吾昔撰《元典章校补释例》，曾借《元典章》言校勘学，综举校勘之法有四：曰对校，以祖本相对校也；曰本校，以本书前后互校也；曰他校，以他书校本书也；曰理校，不凭本而凭理也。①

这相比于《释例》就要简明得多，其中将"理校法"表述为"不凭本而凭理"，也更加准确一些。

后来各家校勘学论著，对"校法四例"有进一步分析和表述。

钱玄《校勘学》："对校法是用同书别本互校的校勘方法"，"本校法是以本书校本书的校勘方法"，"他校法是以他书校本书的校勘方法"，"理校法……也称为推理校勘法"②。

倪其心《校勘学大纲》："对校法""实则是比较异同"，是在"有可供比较的不同版本"的条件下，"比较异同，列出异文，为进一步分析判断提供材料，属于校勘的一个必须的步骤"。"本校法"和"理校法""一样是一种合理的逻辑类推"。"他校法""实则是考证"，其条件是掌握他书引用本书的资料；"完全无误地引用原文，固然可以作为一种校勘依据。但更多的是化用原文或节用原文，因而都不是直接的原始的，仅可供参考或旁证"。"理校法""实则也是分析和考证。其条件除了必须对本书进行全面深入的了解和研究外，还必须对有关本书疑难的某一知识领域有深厚的根柢和功力"③。

正如倪氏所论，"本校法"和"理校法"都是"逻辑类推"。"他校法"中所涉及的"引用异文"，西方校勘学称之为"间接传承"（indirect tradition）④，在一定程度上类同于"对校法"，也是"凭本"的校勘。

陈垣所举四种校法，举大以赅小，可以约减为"对校"和"理校"

---

① 陈垣《通鉴胡注表微》，北京：商务印书馆，2011年，第34页。
② 钱玄《校勘学》，南京：江苏古籍出版社，1988年，第99—113页。
③ 倪其心《校勘学大纲》，北京：北京大学出版社，2004年，第103—105页。
④ L.D.雷诺兹、N.G.威尔逊《抄工与学者：希腊、拉丁文献传播史》，苏杰译，北京：北京大学出版社，2015年，第224—226页。

两法。用陈垣《通鉴胡注表微》的措辞,可以表述为"凭本的校勘"和"凭理的校勘"。

接下来看西方校勘学中的"对校"与"理校"。

陈垣对校勘"凭本""凭理"的表述,与西方古典文献学对校勘的传统表述恰可相照:"根据本子和理性进行校正"(emendatio codicum et ingenii ope)①。

陈垣说,凭本的"对校",只校异同,不定是非,纯属机械法。倪其心说,"对校""为进一步分析判断提供材料,属于校勘的一个必须的步骤"。

近代西方校勘学将校勘分为两个步骤,第一步是 recension,第二步是 emendation。我把前者翻译为"对校",后者翻译为"修正"②。这个"修正"往往又被称为"推测性修正",也就是"不凭本而凭理"的"理校",因而西方校勘学的"对校"和"修正",大致也可以表述为"对校"和"理校"。

需要说明的是,西方校勘学的"对校"(recension)与陈垣所说的"校异同,不校是非"的"纯属机械"的"对校"有着非常重要的不同。西方校勘学"对校"的结果不只是一个简单的平面的异文列表,而是要考定异文孰先孰后,从而确定最为近古存真的版本异文。

"对校"(recension)如何考定本子孰先孰后?西方校勘学有所谓谱系法,其基本操作原理如下:从"相同的讹误显示出相同的来源"这一基本认识出发,通过"共同讹误"和"独特讹误"对某一作品的所有文献证据进行分组系联,建立谱系,最后得出根据现存证据所能回溯到的最早的传播中的文本面貌,这个文本面貌称作"原型"

---

① 肯尼(E.J.Kenney)《古典文本》(*The Classical Text: Aspects of Editing in the Age of the Printed Book*),伯克利:加利福尼亚大学出版社,1974 年,第 25 页。
② 保罗・马斯《校勘学》,苏杰编译《西方校勘学论著选》,上海:上海人民出版社,2009年,第 46—47 页。当然也有其他译法。日本学者池田龟鉴把 recension 译为"吟味"(意思是在几个选择项里推敲取舍),emendation 译为"改良"。见池田龟鉴《古典の批判的处置に関する研究》第二部《国文学に於ける文献批判の方法论》,东京:岩波书店,1941 年,第 25—26 页。

(archetype)。

"校异同,不校是非"的"纯属机械"的版本比对,英语中或称之为 collation,我译为"校对"。保罗·马斯曾说过,为了保证校对的客观性,校对者最好"关掉"自己的知识系统,纯粹通过视觉开展工作。[①] 比对异文没有多少技术含量,西方校勘家常常把这种工作委托给助手或者图书馆的工作人员。

在西方校勘学的术语体系里,"校对"(collation)和"对校"(recension)截然不同。"对校"要求校勘者运用其方法和知识对某一作品的所有文本证据、所有异文进行鉴别,判断各本子之间的关系。

"纯属机械"的版本比对为校勘工作提供了异文,当然很重要,但却并不是校勘的核心环节。西文"校勘"(textual criticism)语源义是"批判",强调鉴别判断。

国内有些学者把机械的异文比对比作采铜于山,对这部分工作的难度和价值有所夸大。有些学者则把校勘等同于机械的异文比对,对校勘的难度和价值过于贬低,甚至否定其作为一个学科领域的必要性。

西方校勘学中的"对校",不仅与中国校勘学理论表述中的"纯属机械"的版本比对有本质区别,而且与中国校勘实践中"择善而从"的异文取舍原则有根本不同。

比如中华书局 1959 年出版的《三国志》校点本采取以百衲本、武英殿本、金陵活字本和局本"四本互校,择善而从"的校勘原则,在四个本子的比对异文中由校勘者斟酌取舍,从西方校勘学的观点看,就不是客观的、科学的对校。

西方校勘学中的"对校",取舍标准是"唯古是从",其结果是所谓"原型",也就是在现存文本证据的基础上所能复原的最早的传播中的文本面貌。至于这个文本面貌是否就是作者的原文,或者说是否"正确",并不是"对校"所要回答的问题。那是下一个校勘步骤所要回答的问题。

谱系法通过建立版本(抄本)谱系来确定"原型"。作为对校结

[①] 保罗·马斯《校勘学》,《西方校勘学论著选》,第 69 页。

果的"谱系"或者说"家族树",显示出所有版本在文本传承过程中的世系关系。谱系法的名言是:"本子应当衡其轻重,而不是计其多寡。"①所谓"衡其轻重",就是看哪一个有更早的来源,或者说辈份更高。中国校勘实践中则有将所有本子放在一个平面上进行"三占从二"式的"择善而从"的倾向。

不管异文"辈份"的所谓"择善而从",不能保证对校的纯粹性。因为时代偏晚的本子里貌似"更可取"的异文,可能来自前人的理校。比如《三国志》武英殿本与宋本相异之处,往往为馆臣所改。这样就将西方校勘学着意区分的"对校"和"修正",或者说"对校"和"理校"混合在了一起。

二

胡适《校勘学方法论》对校勘工作的基本分析和对中西校勘学的概括论定是中西校勘学比较研究的历史起点,有必要展开讨论。

胡适将校勘分析为"三步工夫",这与西方关于校勘的基本分析并不一致。

胡适将校勘工作分析为"三个主要成分",又称为"三步工夫","一是发现错误,二是改正,三是证明所改不误"。认为这"三步工夫,是中国与西洋校勘学者共同遵守的方法,运用有精有疏,有巧有拙,校勘学的方法终不能跳出这三步工作的范围之外"②。

所谓"中西校勘学共同遵守"的"三步工夫",其实与西方校勘学的基本认识有所龃龉。

保罗·马斯《校勘学》将校勘过程分析为三个步骤,第一步是"对校"(recensio),第二步是"审查"(examinatio),第三步是"推测修

---

① 梅茨格(B.M.Metzger)等《新约文本》,2005 年,第 302 页。《西方校勘学论著选》,第 iv 页。
② 胡适《元典章校补释例序》,陈垣《校勘学释例》,第 6 页。

正"(divinatio)①。

最后一步是"修正"，前面两步都可以说是"发现错误"，或者说，发现文本传播中存在两种错误。这两种错误分别对应着"忠实"和"正确"，这是西方校勘学仔细区分的两个概念。

一百多年前，法国学者路易·阿韦(Louis Havet)在其《拉丁文本考证手册》中，区分了 vérité 和 authenticité 这样一对概念，将抄本与作者原本相一致的情形称作 vérité，将抄本与其所从出的父本相一致的情形称作 authenticité。十年后，德国学者赫尔曼·坎托罗维奇(Hermann Kantorowicz)在其《校勘学导论》一书中给出的德文对译是 Richtigkeit 和 Echtheit。又二十年后，日本学者池田龟鉴在其《古典の批判の処置に関する研究》(1941)一书中给出的日文对译是"正しさ"和"純粹さ"。"正确"和"忠实"，是我们为这一对概念拟定的中文译名。法文、德文、日文和中文术语对照如下：

vérité ＝ Richtigkeit ＝ 正しさ ＝ 正确
authenticité ＝ Echtheit ＝ 純粹さ ＝ 忠实。

我们曾撰小文，用综艺节目上常见的"拷贝不走样"游戏打比方来说明这一对概念②。游戏中的每一个人相当于一代抄本。对前代抄本惟妙惟肖的模仿，并不一定符合作者原本，因为前代抄本可能已经"走样"了。因而对前代抄本"拷贝不走样"，可以称"忠实"，但却不一定"正确"。

保罗·马斯的第一步"对校"，就是通过比对抄本，确定其有没有忠实地复制范本，从而在现存证据的基础上将文本恢复到最早的传承阶段，称作"原型"。但是在这一传承阶段上的文本面貌是否合乎作者的原本，也就是说是否正确，尚不得而知。于是第二步"审查"就是要确定"对校"所得出的"原型"是否"正确"，也就是说，是否就是作者的原本。如果是，则校勘工作完成；如果不是，则要进入第三步，推测性修正，也就是"理校"。

---

① 保罗·马斯《校勘学》，《西方校勘学论著选》，第69页。
② 苏杰《校勘学中的"正确"与"忠实"》，《南方周末》，2019年9月19日。

西方学者往往把校勘过程简化为两步,"对校"和"修正"。英国古典校勘学家 A.E.豪斯曼说,"校勘是一门科学,同时,由于包含了对校和修正,所以也是一门艺术。发现文本中的讹误是科学,校正讹误则是艺术"[①]。

胡适虽然将校勘工作分析为"发现错误、改正和证明所改不误""三步工夫",但却只强调本子的价值和校勘的科学性,认为"必须有善本互校方才可知谬误,必须依据善本方才可以改正谬误,必须有古本的依据方才可以证实所改的是非。凡没有古本的依据而仅仅推测某字与某字形似而误,某字涉上下文而误的,都是不科学的校勘"[②]。也就是说,胡适只强调属于科学范畴的"对校"的价值,对于西方学者认定属于艺术范畴的"理校"的必要性和价值,并没有予以肯定。

三

胡适对中国传统校勘学和陈垣新校勘学的概括论定,都存在偏颇之处。

胡适将西方校勘学概括论定为"对校",认为是科学的校勘学,将中国传统校勘学概括论定为"推理的校勘",认为"一千年来,够得上科学的校勘学者不过两三人而已"[③]。

王绍曾对此展开了讨论,总结说,"胡适的校勘学方法,用一句话来概括,就是对校法",认为胡适对"对校"的强调是有道理的,但过低地估计了我国历史上校勘学所取得的成就,胡适的《校勘论》如果作为陈垣校勘《元典章》经验的总结,也是不全面的。[④]

[①] 豪斯曼《用思考校勘》,《西方校勘学论著选》,第25页。
[②] 胡适《元典章校补释例序》,陈垣《校勘学释例》,第1、2、6页。
[③] 同上书,第6页。
[④] 王绍曾《胡适〈校勘学方法论〉的再评价》,《学术月刊》1981年第8期。

王绍曾从刘向《别录》对校雠的描写谈起,认为校雠的本义,就在于用本子互勘。中国历史上许多校勘家都继承了刘向用本子互勘的校雠传统。比如宋代岳珂校《九经三传》用了二十三个不同的本子,与明经老儒分卷校勘。又如明代毛晋用"计叶酬钱"的办法广求善本,校勘《十三经注疏》《十七史》《文选李善注》等。又如清代阮元校勘《十三经注疏》,从其《十三经校勘记》来看,其所据本子之多,冠绝一时。从清代卢文弨、黄丕烈、顾广圻到近代缪荃孙、傅增湘等,都极为重视对校,陈垣《校勘学释例》正是在继承这一校勘传统的基础上的承前启后之作。由此来看,胡适说中国一千年来够得上科学的校勘学者不过两三人,显然是不妥当的。

王绍曾指出,对校固然重要,但绝不是唯一的校勘方法。叶德辉《藏书十约》曾论及"死校""活校",其所谓"死校"就是"对校","死校""活校"的运用是不能截然分开的。陈垣"校法四例"指出"理校"之"高妙"和"危险",认为"遇无古本可据,或数本互异,而无所适从之时,则须用此法",其本人对"理校"的价值和必要性都做了充分肯定。胡适既然是在总结陈垣校勘《元典章》的经验,就不应从自己的看法出发任意去取。

四

胡适认为西方校勘学总体上强调对校而否定理校,这种认识也是片面的。

陈冬冬、周国林在梳理《西方校勘学论著选》关于"理校"问题的资料的基础上,对胡适介绍西方校勘学时在"理校"问题上的偏颇之处进行了很好的讨论。① 这里我们结合《西方校勘学论著选》以外的资料,做进一步的讨论。

---

① 陈冬冬、周国林《西方校勘学中的"理校"问题——兼评胡适介绍西方校勘学的得失》,《河南大学学报》(社会科学版)2013年第2期。

首先,从西方学术著作关于校勘的基本论述来看,向来主张对校和理校并重而不偏废,认为两者是一个过程的两个步骤。

如前文所说,西方对校勘工作的传统表述是"根据本子和理性进行修正",正好对应陈垣的术语"凭本"的"对校"和"凭理"的"理校";近代表述将校勘分为"对校"和"修正"两个环节,而"修正"是推测性的,也就是"理校"。"理校"一直是西方校勘学中极为重要的一部分。

其次,对于"理校",西方学术史上存在不同的观点。这涉及不同学者对古代文本基本要素的不同认识。

对古代语文的不同认识。两千年前对希腊古典文本进行校勘整理的亚历山大城的古典文法学家提出了"类推"(analogy)的概念,认为古代的语言有其常例可循,因而在总结出语法规律之后,对于古代文本中不合其所总结出来的语法的字句,推定其可能存在讹误,从而加以校正,被称作"类推主义校勘"。这属于激进一派的做法。几乎与之同时,帕伽马城的学者则提出"无常例"(anomaly)的概念,认为古代的语言千姿百态,不应假设存在整齐划一的规律,因而也就不能进行类推。这在校勘问题上属于保守的一派。

对古代传本的不同认识。丹麦学者马兹维认为:传本应当得到遵守,除非可以证明其存在错误,或者至少存在严重的怀疑。① 与之相反,荷兰学者科伯特发现,即使最好的抄本也充满讹误,因而认为:抄本都是不可靠的,除非能够证明其可靠。② 对于传本的不同认识,导致了学者们对于理校的不同态度。认为传本总体上不可靠,对于理校就会采取更加激进的立场。

第三,西方校勘学对"对校""理校"的认识,有一个发展演化的过程。

文艺复兴时期意大利学者波利提安认识到,抄本是文本的唯一信息来源。自此以后,校勘家们同意给予"依据本子"(codicum ope)

---

① 马兹维(J. N. Madvig)*Adversaria Critica I*,1871年,8。
② 科伯特(C. G. Cobet)*Novae Lectiones*,1858年,iii。

的校正以优先地位。波利提安已经认识到,"推测性修正必须在可恢复的最古老的传承阶段的基础上进行"①。所谓"可恢复的最古老的传承阶段",就是逆溯文本变异的过程,在所有异文中确定哪一个时代最早。如果所有本子中最早的异文仍然存在错误,为了企及作者的原文,就不得不进行修正。

胡适《校勘学方法论》梳理了中国校勘学的历史,从《吕氏春秋》所记三豕涉河故事里的校勘学成分到刘向、刘歆父子开校雠学风气,认为中国因为刻书太早,古写本保存太少,科学的校勘学,亦即"对校",自不易发达,所以一直到清代王念孙、段玉裁,尽管天才卓荦,却只能成就一种推理的校勘学。胡适并没有分析历史上对"凭本"的校勘和"凭理"的校勘的认识上的变化。王绍曾不同意胡适关于中国校勘学是"一种推理的校勘学"的论断,主要引用刘向《别录》,重申"校雠"的本义,说凭本的校勘是古来的传统,对凭本的校勘和凭理的校勘的认识上的变化,也没有涉及。

可以说,对凭本的校勘和凭理的校勘的认识上的变化,是西方校勘学走向现代,走向科学化的最为关键的一步。如果没有认识到这一点,对西方校勘学的了解就还不够深入。

第四,西方不仅很早就有自觉的理校,而且很早就对理校进行过理论总结。

意大利学者弗朗塞斯卡·罗伯泰罗 1557 年推出的《古籍异文理校法》(*De arte critica sive ratione corrigendi antiquorum libros disputatio*),是对文本校勘方法进行论列的第一次尝试②。书中对"单凭感觉"的推测和"可靠"的推测进行了区分,认为如果古代抄本不能提供正确答案,修正就只能是推测。书中将修正分为"增""删""乙"等八种情形③。荷兰学者威廉·坎特(Wilhelm Canter)1566 年出版《希腊作家结撰之理校》(*De ratione emendandi Graecos auctores syntagma*),按照

---

① 雷诺兹、威尔逊《抄工与学者:希腊、拉丁文献传播史》,第 144 页。
② 同上书,第 169 页。
③ 肯尼《古典文本》,第 34、35 页。

从字母到音节再到词的顺序,对校改理由进行分类汇集,其校正的依据是"一方面靠睿智的推测,另一方面靠比勘旧本"(*partim coniectura sagaci*, *partim veterum librorum collatione*)①。

第五,中西学术史对于"对校""理校"的态度和心理有可以相照的地方。

"凭本"的校勘相对可靠,却无足称道。"凭理"的校勘饶有理趣,却不那么可靠。这样的认识,中西之间,可以说"心理攸同"。"对校"和"理校"的各种微妙纠葛往往与这种心理相关。

胡适指出:"其实真正校书的人往往是先见古书的异文,然后定其是非。他们偏要倒果为因,先列己说,然后引古本异文为证,好像是先有了巧妙的猜测而忽得古本作印证似的。"②对于这些矫"对校"以为"理校"的"不忠实"的论述习惯,胡适加以痛斥,认为迷误后学。

在西方文本校勘实践中则有将理校冒充为对校的情况。肯尼《古典文本》有专门讨论:"因为'理校'(*emendation ingenii ope*)的可靠性比依据权威本子所进行的修正(*emendation ex codicum auctoritate*)差一个档次,又因为更为严格的校勘家,至少在理论上,完全摈弃把主观猜测作为修正文本的一个合法依据,所以对于那些希望自己的见解得到认真倾听的学者来说,常常存在一种强烈的诱惑,即把自己的见解说成是来源于一个并不存在的抄本。一个很有名的例子是迪布瓦(S. Dubois),他把自己对西塞罗书信的文本的很多推测都说成是来源于他自己捏造、并分别称之为 Crusellinus 本和 Decurtatus 本的两个抄本;他甚至塞进'讹误'来掩盖自己作伪的痕迹。"③

考证著述中先言其理后举其据在西方也不乏其例,为了取信于人伪造本子的例子中国学术史上也不少见。不过,就中国校勘家矫对校以为理校、西方校勘家将理校冒充为对校的情形来看,胡适说中国崇尚理校、西方崇尚对校,倒也不是完全没有根据。

---

① 肯尼《古典文本》,第36、37页。
② 胡适《元典章校补释例序》,陈垣《校勘学释例》,第11页。
③ 肯尼《古典文本》,第33页。

第六，胡适因为偏执于校勘的科学性，排斥理校，在西方亦有所宗，19世纪末20世纪初在西方的确有过类似的倾向。

肯尼《古典文本》指出："正是以科学和方法的名义，19世纪最后二十五年，几位学者开始犯下过于保守的错误，使他们与更为温和的校勘家如维拉莫维茨和克鲁尔一起，受到豪斯曼尖刻的嘲讽。"①豪斯曼主张，校勘既是科学，也是艺术，对校是科学，修正则是艺术。

第七，总的来说，西方学者主张应当在偏执对校的保守主义和拥抱理校的激进主义之间寻找到一种平衡，对理校有更为积极的态度。

肯尼《古典文本》："理性的校勘，如果不加节制，完全和最迟钝的保守主义一样荒谬无理。一个好的校勘家，如果他清楚自己的工作性质，将会努力培养自己合适的激进和保守两种思维习惯。"同时，对代表偏于激进的理校，豪斯曼是充分肯定的。他曾经说过："不能说所有保守的学者都是愚蠢的……但是说所有愚蠢的学者都是保守的，却庶几得之。"②

五

通过以上对中国校勘学传统和西方校勘学传统的初步比较，不难看出，胡适将陈垣用古本对校《元典章》的做法等同于西方校勘学的新方法，其实是有一些问题的。

胡适说："援庵先生对我说，他这部书是用土法的。我对他说，在校勘学上，土法和海外新法并没有多大的分别。"③当时校勘学的"海外新法"，从西方校勘学史以及同时期日本学者池田龟鉴对西方校勘学的介绍来看，最为引人注目的是所谓"谱系法"。陈垣的用《元典章》元刻本对校沈家本刻本，其实只是异文比对。当然，这样自觉的

---

① 肯尼《古典文本》，第127页。
② 豪斯曼校勘整理《卢坎作品集》(*Lucanus*)，1926年，xxvii。
③ 胡适《元典章校补释例序》，陈垣《校勘学释例》，第6页。

全面严格的异文比对是很重要的。不过,这与其说是科学的方法,不如说是科学态度,事实上并没有多少技术含量。相比之下,西方用于"对校"的谱系法,则是复杂成熟的科学方法。

西方学术史上,自觉的全面的版本异文比对也是相对晚近的事情。肯尼《古典文本》提到,文艺复兴时期的人文主义者在校勘问题上通常只在遇到难题的时候才从古抄本中寻找帮助,不愿意进行严格的、全面的对校[1]。全面系统的异文比对,是校勘走向科学的非常重要的一步。

中国也有学者强调陈垣的校勘与西方的不同。许冠三《新史学九十年》对陈垣校勘《元典章》评价:"是以土法治校勘学获得空前大成功,而岸然屹立于崇洋浪潮中的新史学家。"[2]这与胡适所论大相径庭。

无论是胡适的归同还是许冠三的判异,他们在方法论上对陈垣校勘的意义都未免有所拔高,在对西方校勘学的了解上也都有不同程度的隔膜。

六

作为向中国介绍西方校勘学的第一人,胡适本人的学术兴趣、个人经历与他对理校的态度之间的关系也值得一说。

胡适1915年进入美国哥伦比亚大学哲学系,师从实用主义哲学家约翰·杜威。"实用主义",胡适译为"实验主义",强调科学和事实。在这些学术训练的基础上,胡适提出历史考证的"大胆的假设,小心的求证"这一著名的口号。学术研究之外,胡适在公共事务方面也颇有事功,1938年至1942年曾任驻美国大使。

胡适有这样的学问和阅历,似乎更应该拥抱理校,而不是相反。

---

[1] 肯尼《古典文本》,第9页。
[2] 许冠三《新史学九十年》,长沙:岳麓书社,2003年,第118页。

德国校勘学家科隆谈到理校时说,提出一个推测是"天才之能事"(affaire de talent),而证明一个推测则是"科学之能事"(affaire de science)①。肯尼也说:"推测是假设的另外一个名字,而假设的形成和验证是一个严格的科学过程:校勘家的真正品质表现在他如何进行验证过程。"②这与胡适提出的"大胆的假设,小心的求证"如出一辙。文本考证说到底也是一种历史考证,而不纯粹是一个艺术的,或者审美的问题。也就是说,我们在取舍异文时,不是依准哪一个更好,而是哪一个更有可能是作者所写的,而这,毫无疑问是一个历史问题。

西方学术史上精于理校的大师除了法国的斯卡利杰、英国的本特利,还有荷兰的尼古劳斯·海因修斯。有学者说海因修斯理校的数量和水平可以比肩、甚至已经超越本特利。学者海因修斯后来成为外交家,有意思的是,这个身份被学术史家认为有助于其理校。桑兹说,"他公共生活的经验使他不致走向迂腐,促使他形成好的、冷静的判断,一种实践中的平衡感,以及一种表述清晰明白的倾向"③。曾经担任过外交家的胡适晚年从事《水经注》校勘研究工作,他在公共生活的经验对于他的校勘工作的影响究竟如何,也值得研究。

七

在谈及中西校勘学之不同时,胡适总结了三点:"西洋印书术起于十五世纪,比中国晚了六七百年,所以西洋古书的古写本保存的多,有古本可供校勘,是一长。欧洲名著往往译成各国文字,古译本也可供校勘,此二长。欧洲很早就有大学和图书馆,古本的保存比较容易,校书的人借用古本也比较容易,所以校勘之学比较普及……这

---

① 科隆(P. Collomp)《文本校勘学》(*La critique des textes*),1931年,第16页。
② 肯尼《古典文本》,第147页。
③ 桑兹(Sandys)《古典学术简史》(*A Short History of Classical Scholarship*),1915年,第247页。

是三长。"这个总结还是相当准确,富有启发意义的。尤其是第一点,从中西文献传播技术史的角度,点出了中西校勘学的最大的区别。

从古到今,文本传播大致有三种方式,经过了两次变革:一是抄写复制,每一个抄本都不相同;二是印刷复制,同一版的印本原则上是相同的;三是电子复制,所有的本子可以完全相同。文本复制的电子化是正在发生的变革,而从抄写到印刷,则是文献传播史上最重要的技术变革,对文本校勘的方法也有着革命性的影响。

《抄工与学者》曾提到印刷复制取代抄写复制时发生的情形:"印刷商对抄本往往缺乏爱惜珍重,一旦用过之后,抄本的终身就托付给了出版商,从此前途未卜。有许多不幸发生。"[①]同样的情形肯定也发生在中国用雕版印刷取代抄写复制之际,因而宋代刻本所依据的抄本,几乎都已不见踪影。西方因为时代晚近,抄本大都保存完好。

美国书志学家格雷格指出,印刷复制条件下的(称作"书志学语境",bibliographical context)的文本谱系是"一元"的,这与抄写语境(scribal context),亦即抄写复制条件下的文本谱系有重要区别。[②] 前者比后者要简单得多。

西方的谱系法理论主要用于重建相对复杂的抄写语境下的文本谱系。中国古代典籍可以考见的传承证据,是数量相对有限,关系已经比较明确的印刷版本,因而不大用得到西方的谱系法。胡适完全没有提及西方当时最负盛名的谱系法,却依据陈垣的记载,画出了《元典章》的"底本源流表"。这大概可以说明一些问题。

八

毫无疑问,西方校勘学的理论和方法,要比中国校勘学复杂、深刻、系统。胡适说中国古来的校勘学不如西洋,当然不无道理。我们

[①] 雷诺兹、威尔逊《抄工与学者:希腊、拉丁文献传播史》,第140页。
[②] 杰罗姆·麦根《现代校勘学批判》,《西方校勘学论著选》,第253页。

应当学习、借鉴西方校勘学的理论和方法,加强中国校勘学的理论建设。但是我们也不必妄自菲薄,低估中国古来的校勘实践。

理论来源于实践,又对实践有指导作用。这样的老生常谈当然是对的。但是具体到校勘理论和校勘实践,事情的确又有那么一点特殊。

在中国学术史上,校勘的理论大大落后于实践,甚至有学者说中国向来有校勘之事,无校勘之学。但是校勘理论的落后,不一定意味着校勘实践的低水平。胡适《校勘学方法论》中对中国古来校勘实践的评价有点过低了。

就像保罗·德曼在《回归语文学》指出的那样,语文学(或者说文献学)和理论是一对矛盾。语文学的终极任务是搞清楚古代文本作者究竟说了什么,这其实也是校勘学的终极宗旨。"校勘工作要求具体问题具体分析;校勘工作中碰到的任何问题都要看成可能是独一无二的"①,因而不能简单地从理论出发,执一以应万。豪斯曼模仿拉丁文格言"诗人是天生的,不是教会的",说"校勘家是天生的,不是教会的",把校勘比作写诗。熟读诗词格律作诗方法并不能培养出诗人,同样地,校勘学理论著作也培养不出高明的校勘家。

以前听吴金华先生谈起过,写古籍校释理论著作的,往往不是一流的校勘家。后来在阅读西方校勘学论著时,得到了来自另一种学术传统的印证。肯尼《古典文本》:"总的说来,理论家没有做过校勘或者校勘做得并不出色;最好的实践者不愿总结其方法,回避机械化。"②

西方学者对校勘理论在校勘实践中的作用有清醒的认识。他们认为,理论基础是必要的,但学生并不能因此而通行天下。韦斯特说,"一旦基本原则被掌握之后,接下来所需要的就是观察和练习,而不是进一步穷极理论的究竟"。校勘问题的解决,关键在校勘者要对古代作者所处时代的语言文字、典章制度、社会生活方方面面要有细致准确的认识和了解,要对作者所有作品烂熟于心,而这些,都不是

---

① 豪斯曼《用思考校勘》,《西方校勘学论著选》,第26页。
② E.J.肯尼《古典文本》,第143页。

简单的教条所能教会的。

关于校勘学的理论和方法,肯尼有一句话说得非常好,我们借用来结束这篇文章——

> 正如豪斯曼所说,校勘的方法和规则不过是常识的法则化罢了,而关于常识,没有哪个时代或者哪个国家有垄断权。①

（作者：复旦大学古籍所研究员、博士生导师）

---

① E.J.肯尼《古典文本》,第101—102页。

何景明年谱(中)

吕高升

弘治十五年壬戌 一五〇二 二十岁

二月,在京会试中式,位在一百一十六名。房师为翰林院检讨刘瑞。

吴宽《弘治十五年会试录》:"第一百十六名,何景明,河南信阳州人,监生,《书》。"

过庭训《本朝分省人物考》卷一〇七:"刘瑞,字德符,成都府内江县人。……壬戌,同考会试,所取多名士,杨杲、何景明其尤著者。"

按:《大复集》卷一七《得五清先生尚客澧州怅然有怀作诗》:"憔悴东都士,吾师更可嗟。"亦可证刘瑞乃其师。刘瑞,字德符,号五清,四川成都府内江县(今四川内江县)人。弘治九年(1496)进士,选为庶吉士,授翰林院检讨。遇事多所建白。刘瑾掌权,称病致仕。瑾诛,复丁父忧。正德七年起为山西按察副使,十年任浙江提学副使,十四年升为南京太仆寺少卿。详见明雷礼辑《国朝列卿记》卷四五《刘瑞传》及《明史》卷一八四《刘瑞传》。又,《弘治九年登科录》及《弘治十五年登科录》皆载其字为"德夫",《熊士选集》亦有《内翰刘德夫见过赠之》诗,则"德夫"亦为刘瑞字。

三月十五日,于奉天殿参加殿试。时大学士李东阳、刘健、谢迁等为读卷官。

《孝宗实录》:"丁亥,上御奉天殿策会试中式举人鲁铎等二百九十九人。"

天一阁藏《弘治十五年进士登科录》之《恩荣次第》:"弘治十五年三月十五日,诸贡士赴内府殿试,上御奉天殿亲试策问。"

  按:王九思时任翰林院检讨,是科为殿试掌卷官。又,付谱以大复《殿试宿礼部张子淳郎中署奉和马张二光禄乔直阁诸公》诗系于此时,实为失考。张子淳郎中指张继孟,他于弘治十八年中进士,此时尚未入仕。

三月十八日,金榜出,位在第三甲。

樊鹏《行状》:"未冠中弘治壬戌进士,授中书舍人。"孟洋《墓志铭》:"壬戌举进士。"乔世宁《何先生传》:"年十九登壬戌进士。"

  按:大复举进士年岁,其友人记载多有讹误者。如吕楠《泾野先生文集》卷二《送何仲升序》:"弘治壬戌,季子仲默年十七举进士……"吕楠之讹,殆袭自《登科录》。乔世宁《何先传》则云大复十九中进士,则是取周岁,非习惯之虚岁。何乔远《名山藏》亦因之,卷八六《臣林记》:"十五举乡试第三……十九与进士。"十九即弱冠中进士,是较多的一个说法。

天一阁藏《弘治十五年进士登科录》之《恩荣次第》:"三月十八日,文武百官朝服侍班。是日,锦衣卫设卤簿于丹陛丹墀内。上御奉天殿内,鸿胪寺官传制唱名。礼部官捧黄榜鼓乐导引出长安左门外,张挂毕,顺天府官用伞盖仪送状元归第。"又《恩荣次第》:"何景明,贯河南汝宁府信阳州民籍。国子生,治《书经》,字仲默,行四,年十七,八月初六日生。曾祖海,祖鉴(阴阳典术),父信(驿丞),前母卢氏,母李氏,具庆下。兄景韶(知县),景旸(贡士),景辉。聘张氏。河南乡试第三名,会试第一百十六名。"

  按:《弘治十五年登科录》所载大复家状,于大复年龄记载有误。是年大复依虚岁计当二十岁,依今日周岁计为十九岁,不当为十七岁。

三月十九日,赴礼部宴,并至鸿胪寺习仪。二十一日,受上赐宝钞。二十二日,至奉天殿上表谢恩。二十三日,谒先师孔子庙,行释菜礼。

天一阁藏《弘治十五年进士登科录》之《恩荣次第》:"三月十九日,赐宴于礼部,宴毕赴鸿胪寺习仪。三月二十一日,赐状元朝服冠带及进士宝钞。三月二十二日,状元率诸进士上表谢恩。三月二十三日,状元率诸进士诣先师孔子庙行释菜礼。"

以不喜私谒,未得一官。

《孝宗实录》卷一八五:"(三月)丙申,授第一甲进士康海为翰林修撰,孙清、李廷相为编修,第二甲胡煜等九十五人、第三甲卞思敏等一百二人分拨各衙门办事。"孟洋《墓志铭》:"进士例改庶吉士,何君独以不喜私谒,弗与。"

明王琼《双溪杂记》:"弘治间,内阁刘健河南人,李东阳湖广人,时仕宦显达者,河南则有马文升、许进、刘宇、焦芳、李燧,湖广则有刘大夏、王俨、熊翀等。健与文升等,虽同乡而不阿比。……刘健在内阁居首,河南信阳州人何景明年少能诗,人以为首相同乡,必选入翰林无疑。健曰:'此子福薄,能诗何用?'不取。后景明除中书舍人,官至提学副使,不寿卒。自来居内阁不党比故旧,仅见健一人耳。"

> 按:此事流传颇广,诸书如李贽《续焚书》、焦竑《熙朝名臣实录》、黄光升《昭代典则》、雷礼《国朝列卿记》、唐鹤征《皇明辅世编》、张萱《西园闻见录》、清查继佐《罪惟录》等均有记载,其中《续焚书》则直接引用王琼记载,故而后世故事源头无疑即王琼《双溪杂记》。王琼历仕成化、弘治、正德、嘉靖四朝,官至吏部尚书,见闻既广,所叙大抵可信。又,王琼于此事虽旨在称述刘健居内阁而不阿比同乡,然是科进士中与刘健为同乡者不止大复一人,何以独大复"福薄"不取,甚是可疑。

万斯同《明史稿》卷三八八《文苑传》:"(何景明)又三年第进士,乡人刘健方枋国,众谓景明必获馆选,而健雅恶浮文士,以故不与。"

旋归信阳,娶张氏。

孟洋《墓志铭》:"进士请归娶,娶张氏。"

萧文彧来访,请赐别号,赠以"古峰"之号。

  《大复集》卷三三《赠萧文彧号古峰序》:"萧文彧先生与余父兄游者数十载,与余游者六七年……余第进士,猥来见访至再。乃征余言,请为别号。余知文彧者,将安辞,遂号曰'古峰'。"

  按:萧文彧事迹史料甚少记载,仅知其名琥,河南信阳人。能绘画,大复有《古峰画梅歌》一首。正德间以贡士身份考得抚州府临川县训导。高鉴《诰封武德将军王公伯和墓表》(《重修信阳县志》,第652页)中载武德将军王悦之子王端与萧琥是庠友。又其从大复父兄游几数十年,则当与大复父何信、友高鉴年龄相仿。

十月十八日,门生乔世宁生。

  据孙应鳌《孙山甫督学文集》卷四《乔三石公墓志铭》。

  按:乔世宁,字景叔,一字敬叔,号三石。陕西耀州(今耀县)人。嘉靖十七年(1538)进士。历任湖广提学副使、河南参政、四川按察使等官。著有《丘隅集》。传详《孙山甫督学文集》卷四《乔三石公墓志铭》。

弘治十六年癸亥 一五〇三 二十一岁

约在是年返京师。在京中结识李梦阳、边贡等,乃相与论文结社,七子渐聚,倡导古文。

  按:刘海涵、付开沛二人之《何大复年谱》皆云是年大复返京师,未知何据。然考大复与李梦阳等人结交事,及所撰悼进士恽巍亡妻之事(恽巍妻于本年十二月病亡于京中),可证是年大复已由信阳返都。

  乔世宁《何先生传》:"是时北地李献吉、武功康德涵、鄠杜王敬夫、历下边廷实,皆好古文辞。先生与论文,语合,乃一意诵习古文,而与献吉又骏发齐名矣。"

  孟洋《墓志铭》:"当是时,关中君献吉、济南边君廷实以文章雄视都邑。何君往造,语合,三子乃变之古。自是操觚之士往往趋风秦汉矣。"

  王廷相《大复集序》:"及登第,与北郡李献吉为文社,交稽述往古,式昭远模,摈弃积俗,肇开贤蕴。一时修辞之士翕然宗之。称曰李何云。"

李梦阳《朝正倡和诗跋》:"诗倡和莫盛于弘治,盖其时古学渐兴,士彬彬乎盛矣,此一运会也。余时承乏郎署,所与倡和则扬州储静夫、赵叔鸣,无锡钱世恩、陈嘉言、秦国声,太原乔希大,宜兴杭氏兄弟,郴李贻教、何子元,慈溪杨名父,余姚王伯安,济南边庭实。其后又有丹阳殷文济,苏州都玄敬、徐昌谷,信阳何仲默。其在南都则顾华玉、朱升之其尤也。诸在翰林者,以人众不叙。"

按:李梦阳与大复相倡和在大复官中书舍人后即弘治十七年是无疑的,然二人最早结识时间,却众说纷纭,多有据大复《李大夫行》一诗中之"忆年二十当弱冠,结交四海皆豪彦。"以证二人结交在弘治十五年中进士后,甚至错判大复官中书舍人时间为弘治十五年者的,如郭平安《李梦阳研究》等。李梦阳于弘治十五年时以户部主事身份榷河西务,次年即赴宁夏饷军,《封宜人亡妻左氏墓志铭》:"壬戌,李子榷舟河西务,左氏从河西务。明年,李子饷军西夏,挈左氏还。"李梦阳饷军宁夏大约在暮夏初秋之时。杭淮《杭双溪先生诗集》有七绝《李献吉饷军宁夏以东坡乍合水上萍忽散风中云为韵十绝》一诗,其二有"远道青骢何蹴踏,高柳玄蝉苦嘈哑",其三有"触人秋暑何弥弥,游子驱车涉千里",可证李梦阳离京时尚属夏末,其在京师尚待有半年之久。而大复在弘治十五年中进士后不久即返乡,次年至京师。中进士后,李梦阳当在河西,次年于夏秋之际京师赴陕。梦阳或于弘治十六年上半年在京师,乃与大复相识唱和。又七子之中,王廷相、康海与大复同年,二人皆入翰林为官,是年在京(康海此年九月奉母还乡)。边贡、王九思皆为弘治九年进士,时皆任京官。惟徐祯卿于弘治十五年春闱不第即返乡,再入京时已是弘治十七年冬。故七子中六子在弘治十六年已于京师聚齐。李梦阳在《朝正倡和诗跋》中提到的扬州储巏、赵鹤,无锡的钱荣、陈策、秦金,太原乔宇,宜兴的杭淮、杭济，郴州李永敷、何孟春，慈溪杨子器，余姚王守仁，济南边贡，丹阳殷鏊，苏州都穆、徐祯卿，信阳何景明，南都顾璘、朱应登，实际上在弘正之际形成了以七子为中心的文学团体。

十一月十二日，同年恽巍妻病卒于京师，有悼亡之作，京中友人同题之作。

罗玘《圭峰集》卷一五《恽进士妻萧氏墓志铭》："弘治十六年十一月十二日，进士恽巍妻萧氏讳爱卒于京师之邸舍。"《大复集》卷三有《恽功甫悼亡二首》。

边贡《边华泉集》卷二《病妇行为恽功甫悼亡》。同年朱衮诗集《白房杂兴》卷三有《挽恽功甫内子》一首。

是冬，妻张氏卒。

樊鹏《墓志铭》："娶张氏，二年卒。"

《大复集》卷三《悼亡三首》其一云："冬夜一何长，展转难及晨。念彼重泉下，杳杳隔千春。"卷八《悼往》："行云不归山，逝水难重回。与子一为别，流光倏如推。"

按：刘海涵、傅开沛二谱及姚学贤《评传》皆以张氏卒于弘治十七年，饶龙隼在《何景明诗选》中亦称"弘治十七年冬，何景明夫人张氏卒于京邸。"（详《何景明诗选》，北京：人民文学出版社，2009年，第69页）。实皆未审《墓志铭》所云"二年卒"之义，此"二年"，指张氏归来二年，也即第二年。且下云甲子大复授中书舍人，显然张氏卒于弘治甲子年前。大复《悼亡》及《悼往》诗皆冬天时作，则可证张氏卒于本年冬。

弘治十七年甲子　一五〇四　二十二岁

三月寒食，与同年鲁铎送孙容赴信阳任知州。

《大复集》卷一三《五马行》："使君五马来月氏……去年来时楚江秋，长鞭驰过黄鹤楼。楚城骏马千万匹，解鞍坐视不敢侪。今年朝天入五凤，红缨宝玦连钱重。晓随鸾声撼玉珂，九陌风微尘不动。天子命下巡吾州，辉光重整金络头。……山亭草色细雨时，野馆梨花寒食节。"

鲁铎《鲁文恪公文集》卷二五《送孙懋仁守信阳》："申州每忆经行处,出守怜君近故乡。九曲春流绕阡陌,三关风气护城隍。耕桑只似巡南楚,甘旨何妨到北堂。亦有岘山堪勒石,路人休漫说襄阳。"

《(乾隆)信阳州志》卷六《官师志》:"孙荣,湖广华容人,弘治十七年守信阳。下车涤繁苛,躬化导滞……所拔郡茂异如戴学使冠、樊佥事鹏辈,皆登进士成显名。擢处州府同知。"

> 按:孙荣(1461—1529),字懋仁,人称沱西先生,湖广岳州府华容(今湖南岳阳市华容县)人。成化十九年中乡荐,屡试春闱不第,谒吏部选为直隶州赵州知州,后丁父忧归,服阕除信阳州知州。正德三年转处州府同知,刘瑾擅权,孙荣以与刘大夏为姻亲而遭罢。瑾败,致仕归华容,筑沱西别业,徜徉其中。嘉靖八年卒于家。事迹详见何洛文《何震川先生集》卷一七《浙江处州府同知兵部职方司郎中孙公暨配刘宜人墓志铭》。孙荣之妻为刘大夏之从女弟,刘大夏族弟刘仁安之女,大复正德二年辞官乡居时曾与孙荣有往来,孙荣之子孙继芳亦曾从大复学经。详见后谱。

原信阳知州张拱迁官南京户部员外郎,应州人请为其撰去思碑。

《大复集》卷三五《张公去思碑》:"吾州守张公以彰德府推官莅吾州,迁南京户部员外郎,适弘治甲子,为吾州凡七年。既去,州之大夫士越考翼驰状于京,谓余曰:'公政吾州,德我民,我民德之。子州人,且公所举,其知公,为我民文其实,碑之。'"

> 按:张拱,字朝仪,四川成都府内江县(今四川内江市)人。成化十年中举,二十三年(1487)中进士。初授彰德府推官,弘治十年迁为信阳州知州,十七年升南京户部员外郎,以户部郎中致仕。事迹详见《(光绪)内江县志》。刘春《东川刘文简公集》卷二二有《送张朝仪还信阳》一诗。大复碑文中所云的"子州人,且公所举",当指弘治十一年乡试前的初选,明代乡试生员例由知州送府应学政考试,大复即由张拱所举。

秋,送刘凤鸣及其侄刘夔返山西应乡试。

《何大复先生集》卷一〇《送刘笔峰暨从子黄岩赴省应试》:"年少刘家郎,绿鬓颜色鲜。大者气孤卓,小者骨奇权。……朝出长安门,夕至晋水边。晋水生秋风,桂叶吹香绵。迢迢月中楼,夜冷蟾兔眠。二子独先登,举头叩遥天。"

> 按:刘凤鸣,号笔峰,山西潞州府襄垣(今山西襄垣县)人。刘洁次子,刘凤仪弟。正德二年中举人,即任颍州知州。刘夔(1487—1543),字舜弼,号黄岩。刘凤仪次子,兵部尚书刘龙弟。正德五年中举,六年中进士。著有《黄岩集》《金陵稿》《恒阳录》等。事迹具见《国朝献徵录》卷六三费寀撰《都察院左佥都御史黄岩刘公夔墓志铭》。刘凤鸣正德二年秋始中举,是时大复已于春季辞官归乡。故此诗当作于正德二年前,当以弘治十七年应秋闱时为是。

九月十四日,赴监察御史冯颙宴,有《白菊赋》。

《大复集》卷二《白菊赋》序:"甲子九月十四日,冯侍御宴集。出菊咏赏,属予赋之。"

边贡《边华泉集》卷六有《冯有孚归琼州省觐兼拜扫先垄却赴江州监税》:"北风吹浪拥仙槎,行尽区寰到海涯。万里飞龙天上阙,五年归雁梦中家。琼枝翠结秋坟草,铁树香生夜宴花。回首浔阳旌节地,不同司马听琵琶。"

> 按:冯颙,字有孚,广东琼州府琼山县人,弘治九年(1496)进士。初授户部主事,升郎中。十五年转监察御史,巡按湖广。弘治十七年以户部主事监税江州。事迹参见《兰台法鉴录》卷一三(《北京国书馆古籍珍本丛刊》第16册,北京:书目文献出版社,1990年版,第320页。)《(嘉靖)九江府志》卷五:"国朝部使……冯颙,字有孚,广东琼山县人。进士,弘治十七年至。"

冬十月,与友人同送钱荣赴河西(在顺天府武津县,掌运河事,今在天津白河口岸)监税,赋前后《别思赋》以抒其怀。

《大复集》卷二《别思赋》云:"君何为兮,遵修途以长徂,俾予怀之弗怡……"卷二《后别思赋》:"伯川将之河西,予既为《别思赋》矣。及王舍人文熙馆为别,予以事不得往,益为之怏然。乃纾鄙怀为《后别思赋》。……送夫君以申佩,寄一感于兹游。……惩旧途之仆轨,济巨川而思舟。操吾道而冈屈,何令名之不修。倾风誉于咫尺,日结睇于河洲。"

杭淮《杭双溪先生诗集》卷四《王文熙席上见雪送别世恩》:"初冬白雪花,试向凤城斜。……欲别语还久,相看情转赊。"

李梦阳《空同先生集》卷二四《寄钱水部荣》:"雪时挥袂别,见雪即怀君。河馆冬难暮,沙洲晚更云。"

边贡《华泉集》卷二《车摇摇送钱伯川监税河西》:"一车两雕轮,宛转行不已。悠悠河西路,去去百余里。孟冬北风冽,河水寒不流。朝发城东门,暮至河水头。……君行西河上,几日河柳春。攀条采柔芳,愿寄同心人。"卷七《赠钱世恩》:"百里文星斗下,三年水部河西。"

按:钱荣(1457—1517),字世恩,号伯川,南直隶常州府无锡县(今江苏无锡市)人。弘治六年(1493)中进士,弘治十二年任礼部主客司员外郎,迁工部都水郎中,提督河西务等处河道。事迹具见王鏊《震泽先生集》卷三〇《钱世恩墓志铭》(嘉靖刻本此墓志铭缺半叶,明朱国桢编订,万历三槐堂刻本《王文恪公集》三十六卷于嘉靖刻本中所缺叶则径直删去)。钱荣何年监税河西务,史无明载,《后别思赋》提及"王舍人文熙",王文熙为王昇字,是年以荫授中书舍人,次年返乡丁忧(详弘治十八年谱)。故此可证钱荣往河西当在是年。钱荣与李梦阳、何孟春、杭济、马汴是同年,又是王鏊学生,与诸人往来甚多,亦在李东阳门下。李梦阳甚至在《与何子书中》说:"赤心朋友,唯世恩、德涵与仲默耳。"应该说钱荣与"前七子"的关系是亲近的。又,钱荣史料记载不多,因其曾官水部,当其同时,亦有常熟钱仁夫者,字士弘,号东湖,弘治十二年进士,亦曾官水部(官都水司主事),且于刘瑾擅权时致仕。是以多不有察者讹二人为一人,白润德《何景明丛才·人物考》即讹杭淮《送钱水部士弘致仕还十绝》、边贡《次韵东湖钱水部八十》所称钱水部为钱荣。又,钱荣从弟为太学生钱榡,字世乔,太学生。详见邵宝《荣春堂集》卷五《钱伯子墓志铭》。大复《大复集》卷二六有《衍庆堂为无锡钱世乔》作。疑钱世乔得识大复,盖由其从兄钱荣故也。

是年,授中书舍人。

孟洋《墓志铭》:"甲子,授中书舍人。"何乔远《名山藏》卷八六《臣林记》:"十九举进士。与李梦阳、边贡造语相合,共为古文,拟于秦汉。居二年,授中书舍人。"

按:大复授中书舍人一职,虽具体时间不知,大约在是年中秋节前无疑。弘治十八年,大复出使云南时,至查城驿,作《查城十五夜对月五首》,其四有"去年当此夜,坐对紫薇间"句,坐对紫薇,则是已任中书舍人直内阁。

李纪长子李汝佐约于是年至京从大复游,作《忆昔行》。

《大复集》卷一三《忆昔行》:"我年十一十二余,与子握手相允娱。……杳杳云鸿异乡县,十载长安见君面。昔别未冠今已婚,回忆少年空叹羡。一官碌碌经三春,二十光阴似飞电。"

按:自大复幼时于弘治七年随父至临洮,此后"十载长安"始见李汝佐,计其时间,恰在是年。又,所谓"一官碌碌经三春"者,当指中进士至授中书舍人,已历三年。

侄岳州是年生于巴陵县。

《大复集》卷三五《侄岳州圹志铭》:"侄岳州,东昌公第二子。……铭曰:岳州生,申州死,死丁卯,生甲子,魂安之,魄归此。"

弘治十八年乙丑　一五〇五　二十三岁

春正月,与京中同寅、文士雅集赋诗以送龙霓赴浙江任按察金事。其时与会者有罗玘、李梦阳、刘淮、王守仁、陈沂、陈钦、李熙、顾璘、刘麟、杭淮、范渊、边贡、谢承举、王韦等,计二十二人。拟浙之胜景二十二,分题赋诗。

据上海博物馆藏吴伟《词林雅集图》后罗玘所题《文会赠言叙》:

"金陵龙志仁,由刑部员外郎出佥于浙。……别其友以行。于是其友之雅与文会者,凡二十二人,人为一诗以赠;题必以浙之胜者,志志仁他日次第之所历也。……弘治十八年正月之吉,赐进士出身翰林院史馆编修文林郎兼经筵官南城罗玘序。"

大复雅集中所赋为《剡溪》:"溪之水兮幽幽,谁与子兮同舟。舟行暮入山阴道,月蒙蒙兮雪皜皜。千载重寻戴逵宅,溪堂无人夜归早。乘兴而来兴尽休,君不见王子猷。信阳何景明。"

按:此次雅集者有二十二人,有六人未能题诗。凡题诗诸人中,李梦阳、王守仁、边贡、顾璘、陈沂、杭淮、刘淮、范渊均与大复有交游。其余如罗玘、陈钦、李熙、刘麟、谢承举、王韦等,此次文会之外,鲜见文字记载与大复往来。在以上与大复交游诸人中,除王守仁外,在本年谱中均有较多涉及。王守仁因身份地位特殊,其与何大复等以诗文相交游之事,对研究王守仁而言颇有价值。然在此雅集之外,并无其他直接记载,在此予以考证。王守仁早年沉溺辞章之学,中进士后曾与京中文士如李梦阳、何景明、徐祯卿、王廷相、边贡、顾璘、崔铣、乔宇、方思道等往来倡和,研习辞章之学。黄绾在《阳明先生行状》记载:"己未登进士,观政工部。与太原乔宇,广信汪俊,河南李梦阳、何景明,姑苏顾璘、徐祯卿,山东边贡诸公以才名争驰骋,学古诗文。"(《王阳明全集》下,上海:上海古籍出版社,2015年出版,第1163页。)其后渐觉诗文空虚无用。邹守益在《王阳明先生图谱》中记载:"(弘治)壬戌,是夏,复命回部。时太原乔宇,广信江俊,河南李梦阳、何景明,姑苏顾璘、徐祯卿,山东边贡,泰州储瓘,俱以才名相知,为古诗文。先生一日嗟曰:'吾安能以有限精神为无用虚文。'遂告病归。"守仁后于弘治末识湛若水,遂弃词章而转理学。其在《朱子晚年定论序》中说:"守仁早岁业举,溺志词章之习,既乃稍知从事正学……"(见《王阳明全集》上,第112页),此是守仁思想之变化。正德初守仁遭贬贵州龙场驿,在龙场驿悟道。其后官京师时,以理学相倡。与京中艺文之士往来渐少，往来者多同道。然守仁弟子钱德洪在为师编文集时，将其早年属于辞章之作多略去不收，故使守仁文集中较少收其与京中文士往来之诗文。也缘于此，王守仁与文学之士的交往问题，受到学界特别关注。日本铃木虎雄曾在其所著《李梦阳年谱略》附有一文《王阳明との交涉及空同集に就て》，考证了王守仁与李梦阳的交往。后岛田虔次在《中国近代思维的挫折》中提到吉川幸次郎曾向他言及王守仁与李梦阳、何景明等古文辞派的交往是应该搞清楚的重要问题。并鼓励其研究，然而其力不足，未能完成研究（见甘万萍译《中国近代思维的挫折》）。今人钱明在《王阳明与明代文人的交谊》中亦考证了王守仁与徐祯卿、李梦阳、顾璘、郑善夫等文人的交往。然而王守仁与大复的交往，学界一直未能给予详细的发明，多据黄绾《行状》及钱德洪《王文成公年谱》展开分析。大复与王守仁的往来，当在其弘治十五年中进士至正德初年守仁留京其间。然守仁与大复知交如李梦阳、崔铣、王廷相、顾璘、徐祯卿等交往或多或少都可找到诗文为据。而与大复的交往，则在此《词林雅集图》之外，并未有其他直接证据和记载。因此，此《词林雅集图》倍见重要。大复与此画作者吴伟往来与否不可确知，《大复集》中有两首题吴伟画长歌，分别为《吴伟飞泉画图歌》《吴伟江山图歌》。《大复集》卷一四《吴伟江山图歌》中云："吴伟老死不可见，人间画史空嗟美。……忆昨弘治间，伟艺实绝伦。供奉曾逢万乘主，招邀数过诸侯门。京师豪贵竞迎致，失意往往遭呵嗔。由来能事负性气，辗轲贫贱终其身。呜呼吴生岂复作，身后丹青转零落。残山剩水片纸贵，百金购之不一得。此卷流传天地间，我即见汝真颜色。"据诗意，大复于弘治间与吴伟有交往亦未可知。此诗当作于吴伟去世后。

二月，同寅王昇以父忧还家守制，作诗以送别。

《大复集》卷九《赠王文熙》其四云："息马中林树，烟霭何氤氲。

迟迟仲春日，业薄华且芬。"

边贡《赠王文熙五首》其四："逝者为何人，寔惟子先公。往昔莅吾土，蔼蔼多仁风。土人至今思，譬若考与宗。"《再送文熙二首》其一："夜久河汉横，春堂别灯黯。风凄鸟初动，露重花犹敛。明发不在兹，重关为谁掩。"

李梦阳《空同先生集》卷九《赠王舍人昇二首》。

杭淮《杭双溪先生诗集》卷一《王文熙守制还家三首》其一："春入燕关道，草色情已齐。……别离亦已恶，矧子在哀迷。"其三云："丧易宁自戚，逾戚还伤神。君子有中道，愿保千金身。白发掩青镜，高堂有慈亲。重死复重生，之子良独辛。"

> 按：王昇，字文熙，南直隶常州府武进（今江苏常州市）人。南京吏部尚书王僡孙，都察院右副都御史王沂子。弘治十七年以荫授中书舍人。《孝宗实录》卷二一〇："（弘治十七年四月）癸卯……授南京吏部尚书王僡之孙昇为中书舍人，以习字三年已满也。"又卷二一八："（弘治十七年十一月）乙巳，都察院右副都御史王沂卒。沂字希曾，直隶武进县人，南京吏部尚书僡之子，成化十一年进士，授礼部主事……弘治十四年，升右副都御史，巡抚真定等府，兼提督紫荆三关。累疏乞休，不允，卒于官，年六十二。讣闻，赐葬祭，给驿归其葬。"尽管其父十七年十一月卒，王昇离京时间却在十八年仲春，即大复诗中"迟迟仲春日"也。

三月，李梦阳应诏上疏，以忤寿宁侯，被逮下诏狱，大复作诗勉励之。

陈建《皇明通纪法传全录》卷二六："（乙丑十八年）三月……户部主事汴梁李梦阳应诏上疏曰：'今天下之为病者二，为害者三，为渐者六。一曰……六曰贵戚骄恣之渐。'疏入，寿宁侯欲以讪母后论斩，而上命下之诏狱。……下户部主事李梦阳狱，既而释之。"

《大复集》卷九《答献吉二首》其一："我皇乘六龙，平明开九关。下有敢死士，批鳞犯其颜。……一朝启光耀，忠诚良可宣。"其二："吾君古尧舜，垂衣蓬莱宫。止辇受群善，小大必有容。……

至诚变金石,何惧不感通。"

五月七日,孝宗皇帝崩。

《明孝宗实录》卷二二四:"弘治十八年五月乙酉朔,上不视朝……己丑,上不视朝。端午节免宴。……庚寅,上大渐……辛卯,上召皇太子至前面谕……午刻……上崩。"

五月八日,颁哀诏于天下。十八日,武宗即位。九道使节各出,大复亦奉诏出使云南。李梦阳等京中友人有诗相送。

《武宗实录》卷一:"壬辰,以大行皇帝宾天告于奉先殿。颁遗诏于天下。……壬寅,上即皇帝位……遂颁诏大赦天下。"

樊鹏《行状》:"奉敬皇帝哀书南下"。

《大复集》附录《中州人物志》:"十八年五月,景明奉敬皇帝哀诏下云南。"

李梦阳《空同先生集》卷一八《送何舍人赍诏南纪诸镇》:"先皇乘龙去不返,悲风惨淡吹宸极。……我君谦让不可得,割哀践阼弘祖烈。日月重悬万国朝,雷雨赦过群方悦。越南海北霹雳动,蛮夷尽奉王正月。此时九道使臣出,舍人亦辍螭头笔。白马朝腾蓟北云,锦帆暮闪江沱日。……江沱秋交多烈风,洞庭云梦俱眼空。巴陵县令舍人兄,接诏会弟西楼中。童年题诗在高壁,六载不到纱为笼。……万里之行自此始,归来何以献天子。"

  按:诸书如付谱及《评传》均据《中州人物志》及《大复集》附录《皇明名臣言行录》《行状》等称大复于五月"奉敬皇帝哀诏出使云南",疑误。大复非为奉孝宗遗诏下云南,当为奉武宗登极诏出使云贵。据《孝宗实录》及《武宗实录》,孝宗遗诏中并无言及遣使出巡事,唯叙及葬仪、免边臣进香、纠冤狱、免逋税等仁政,武宗登极后,下诏改元,登极诏中凡遗诏所命尽皆遵行。李梦阳《赠何舍人赍诏南纪诸镇》诗中言及大复出使在武宗登极后,九道使臣出巡事。故而大复当是从武宗诏命,宣登极诏内容于西南边省。若为"奉哀诏使西南",则出使目的不明。而据《大复集》卷四《皇告》:"皇告颂开诏也。岁乙丑中夏,皇帝告万国:'朕祇命上帝,乃御至极。其与民更始,改元曰正德。尔万方钦哉!其宣播无匮。'"亦可证之为颁登极诏于四方而出使云、贵。

自京师出发,南下至湖广,沿江水西经汉口至汉阳,六月至武昌,于武昌闻边报。

《大复集》卷二四《舟次汉阳》:"使客舟从汉口来,武昌城对汉阳开。千年洲在空流水,百尺楼高锁旧台。太白未轻崔颢句,老瞒元妒祢生才。"《武昌闻边报》:"传闻虏骑近长安,北伐朝廷已遣官。……一时边将当关少,六月王师出塞难。"

《国榷》卷四五:"乙丑弘治十八年……(五月二十四日)戊申,虏大举寇宣府……庚戌,太监苗逵监军,保国公朱晖为征虏大将军、总兵官,右都御史史琳提督军务,太监张林理神枪炮铳……"

自武昌沿江而上,入岳州府境,走官道经蒲圻(今赤壁市),于初秋至临湘。由临湘向西南,七月至岳阳巴陵,访长兄景韶,与其共度七夕。

《大复集》卷一五《避雨山舍望见蒲圻县》:"向晚蒲圻道,遥闻鸡犬喧。斜光入深巷,疏雨过岁门。"卷二四《长安驿》:"暮雨萧萧云黯然,数家山下起炊烟。窗闻早雁秋多思,门对寒流夜不眠。远使正持三楚节,旧游曾上九江船。驿程南去无穷路,来往风尘阅岁年。"卷一五《云溪驿》:"云溪驿里经过处,六七年间两度行。风土不殊初到日,雨墙难认旧题名。异方见月思乡县,远客逢秋念友生。明日巴陵江上酒,弟兄相对不胜情。"《岳阳》:"楚水滇池万里游,使车重喜过巴丘。千家树色浮山郭,七月涛声入郡楼。寺里池亭多旧主,城中冠盖半同游。明朝又下章华路,江月湖烟绾别愁。"《七夕》:"闺中捣素思关塞,楼上穿针待女牛。"《乞巧行》:"鹊桥崔巍河宛转,织女牵牛夜相见。岳阳女儿迎七夕,乞巧楼高百尺。"

《(同治)临湘县志》卷八:"驿传……云溪驿:在县南三十里,明天顺五年置,由驿南六十里至巴陵县岳阳驿。由驿北六十里至长安驿。……长安驿:在县东五十里,明洪武十四年置,由驿南六十里至云溪驿,由驿北六十里至湖北蒲圻县港口。"

《(隆庆)岳州府志》卷七:"古迹……(临湘县)临湘县省堂……引路古松:云溪、长安二驿路皆有,相传岳武穆行军所植,今催伐半矣。何景明歌:'岳州地多古松树……'"卷十:"临湘县马驿二,曰长安、云溪。"

过君山寺有感旧游,作诗寄范渊。时李梦阳在京闻大复至湖南,赋诗寄情。

《大复集》卷二四《寄君山》:"尘踪西过巴陵地,尚欠君山寺里诗。十里无缘携客到,六年不见使人思。"

《空同先生集》卷二四《得何子过湖南消息》:"及遇荆门信,洞庭秋已凄。……向南冲瘴疠,药物去曾携。"《忆何子其兄时为巴陵知县》:"忆尔辞京日,余歌万里行。经秋无过雁,索处若为情。去已穷滇海,归应滞岳城。凤凰池上草,春到为谁生。"

按,范渊(1455—1512),字静之,号君山。湖广郴州府桂阳县(今湖南汝城)人。弘治二年中举,九年登进士第。初授刑部主事,弘治十四年任刑部员外郎,正德元年迁户部郎中。刘瑾擅权,渊遭贬至威州任知州。瑾败,迁为云南签事。六年升为云南按察司副使。正德八年卒于云南任上。著有《君山诗稿》《民训》等书。范渊事迹史料罕载,今人郝润华《明代诗人范渊研究三题》(载欧阳海波主编《理学思相与人文汝城》,长沙:湖南大学出版社,2013年版,第257—267页)有考证。范渊家桂阳,在洞庭湖西,距君山寺亦不远,其号亦当由此来。又,付谱于此讹称大复《立秋寄献吉》诗为此时之作,且称李梦阳收到此诗后方有《得何子过湖南消息》,实则此诗约为正德二年时所作,详见后谱。

由岳阳出发,向西北行,至华容县。经安乡县至澧州。由澧州向南进入常德府武陵县。

《大复集》卷二四《华容悼楚宫》:"别馆离宫纷绮罗,细腰争待楚王过。章华日晚春游尽,云梦天寒夜猎多。"《景港渡》:"秋临景港渡,澄波生绿苔。"《津市打鱼歌》:"大船峨峨系江岸,鲇鲂鳣鳡妆百万。……夜来水长没沙背,津市家家有鱼卖。"

《(隆庆)岳州府志》卷一:"华容县古云梦地,春秋楚子筑台其间,名曰章华。台在华容、江陵之间。"卷十:"安乡县桥五:……渡十,曰安流、……鼎江。县东北四十里,《岳阳风土记》:澧水会沅,然后入湖。今澧、沅虽相通,然澧水注于洞庭谓之澧口,沅水注于洞庭,谓之鼎江口,岁月之久,误呼'景港'云尔。……澧州桥二十六,曰……渡十三,曰将军、车渚、津市州东二十里,有官舟。"

按:付谱于大复至华容时,插入信阳郡守孙容之事,称:"信阳郡守孙容为湖南华容人。华容沱水(今华容河)西有孙荣别墅。"《评传》对此称:"这与历史事实大相径庭。事实上,信阳郡守孙荣古华容(湖北)人,而非今华容(湖南)人;古华容之沱水即今长江,而非今华容之华容河;孙荣之沱西别墅在湖北,而不在湖南。"又于文末称:"古文献《信阳州志》与《信阳县志》,也写着'孙荣,湖广华容人。'未明确其为湖南之华容,或湖北之华容,今特辨别之。"实则《评传》讹误,欲以谬纠正。《评传》不通地理,讹称郡守为古华容人,于史料无据,又引《辞海》证沱水为荆州沱水,古华容在湖北。一则今人江良发《隋前文献有关古华容地望析证》已证"古今华容一脉传承,同为一地,1999年版《辞海》关于古华容在潜江西南的注解是错误的"。二则,张廷玉等《明史》卷四十四《地理志》明载华容县同属湖广布政司岳州府下,"府西北东有东山,又有石门山,大江在北,又有华容河,自大江分流,南达洞庭湖"。孙荣为华容人,据何洛文《何霞川先生集》卷一七《浙江处州府同知兵部职方司郎中孙公暨配刘宜人墓志铭》所载,刘大夏与他为同邑,别号称为"东山",即取自华容县之东山。孙容幼时曾"读书邑东石门山",足证孙荣籍贯华容即《明史·地理志》所载之岳州府华容无误。清代至今,岳州即岳阳属湖南省,华容县依旧辖于岳阳,未改隶湖北。故而称孙荣、刘大夏为今湖南华容人无误。然付谱于此讹称孙荣子孙继芳陪同大复游华容,且称《沱西别业记》《石矶赋》为此时作,实为失考,《评传》已驳正之,然未明言此二诗文作于何时,详见后谱考证。

自武陵西经桃源县,多有游览。

《大复集》卷七有《武陵》《桃川宫四首》,卷二四有《秦人洞二首》,其一云:"桃川道士来相送,指点仙踪玉观西。"

《(嘉靖)常德府志》卷一《地理志》:"武陵县境东西八十里……西至桃源县……桃源县境东西百二十五里……东至武陵县……"卷五《建设志》:"桃川宫:县西南三十五里,即渔人入洞之所。后人即其地建宫,有羽流数人主之,往来官使皆于是午饭焉。"卷二《地理志》:"桃花洞,县南三十里桃源山下,一名秦人洞。洞前有石桥横跨两山,名遇仙桥。桥下有方竹,又有清风桥洞。北有桃花溪,故老相传,云晋大元中,武陵人捕鱼……"

经武陵向南,沿沅水进入辰州府境内。自沅陵县界亭驿、辰溪驿西至沅州怀化驿、沅水驿。

《大复集》卷七有《自武陵至沅陵道中杂诗十首》,其一云:"承明播宸涣,西适蛮夷州。艰哉武陵山,古道何悠悠。……徘徊迟吾马,中心怀懔忧。修程尚延亘,我行何时休。"其四:"暮投界亭驿,吏迎我前息。……"《怀化驿芭蕉》。卷一五有《辰溪驿》:"早发辰溪渡,清川喜泛舟。……蛮音渐闻异,迢递动乡愁。"《沅水驿四首》其一云:"小驿孤城外,阴森草树幽。……夜深归渡少,渔火照汀舟。"《沅州道中四首》。《(乾隆)沅州府志》卷三九载有一首大复五言律《渡沅水》:"滩浅声如泻,人行逐影流。歇鞍休病马,掬水戏浮鸥。古渡横西岸,江关截上游。莫言乡国远,襟带在扁舟。"

申时行《大明会典》卷一四五《兵部二十八》"驿传"条:"湖广……常德府……武陵县大龙马驿、府河驿,桃源县桃源驿、高都驿、新店驿、郑家驿,龙阳县河池,水马驿……辰州府……江口驿,沅陵县界亭驿、辰阳马驿、北溶驿……马底驿、怡容水驿,卢溪县船溪驿,辰溪县辰阳水驿,山塘马驿,沅州怀化驿、罗旧驿、铜安驿、盈口驿、卢黔驿、沅水驿、便水马驿、晃州马驿。"

由沅州出发,向西依次经平溪卫、清浪卫、镇远卫、偏桥卫而入贵州布政使司。在清浪卫所,赴卫所李参谋宴,并与其论兵事。时已届仲秋。

《大复集》卷一五有《平溪》:"徙倚平溪馆,天高秋气清。"及《清浪》《李参谋府二首》《镇远》《偏桥行》等诗。《李参谋府二首》其一云:"参谋开夕宴,邀我坐深更。暇日游观少,清时号令平。旌旗巡哨堡,鼓角启严城。莫笑书生腐,樽前解论兵。"《镇行三首》其三载:"殊俗终难近,蛮音久易知。踟蹰暮江上,又是仲秋时。"

《(弘治)贵州图经新志》卷四:"思州府……平溪卫,在府城东北五十里,洪武二十三年建,隶湖广都指挥使司。"卷五:"镇远府……镇远卫,在府治西南潕水西岸,洪武二十三年建。偏桥卫,在偏桥司南,洪武二十三年建。清浪卫,在府治东七十里,洪武二十三年建。已上三卫俱隶湖广都指挥使司。"

《(嘉靖)贵州通志》卷六"学校"条:"五边卫附:偏桥、镇远、清浪、平溪、五开五卫,俱隶湖广都司而去贵州稍近。惟偏桥卫旧有学校,平溪卫亦寄思州府学,后因生儒渐多,奏准设学校,镇远卫寄镇远府学,清浪卫寄思州府学,五开卫寄黎平府学,俱听贵州督学宪臣考试,而科举则仍于湖广。"

西行,至兴隆卫,游月潭寺,过大石关。向西南行,经清平卫、平越卫、新添卫至贵州宣慰司省治(即今贵阳),于省中公署参加公宴。

《大复集》卷二四有《月潭寺二首》,其二云:"旅怀寥落逢秋半,僧话淹留坐夜阑。惆怅尘踪又南去,朝来钟磬隔烟峦。"又有《出新添城》,云:"闻道征兵需北战,朔方应已困胡尘。"卷一一有《大石关行》,卷一五有《清平令》《平越》《新添》等诗作。卷一一《省中公宴》云:"今日何日公宴会,紫薇垣下填车盖。总戎太监争邀呼,御史中丞立相待。"

《(弘治)贵州图经新志》卷一三:"兴隆卫指挥司……地里:东至湖广偏桥卫界三十里,南至清平卫界三十五里,西至四川播州宣慰司界三十里……西南到清平卫界六十里。……寺观……月潭寺,在卫城东二十里东坡堡侧。正统八年指挥常智建,寺后山岩石乳玲珑如云朵,极其巧异,为东南清丽。景泰初,南蛮寇边,□□其寺僧广能誓死以守得,石毁。……关梁:大石关,在卫城北。"卷一二:"平越卫军民指挥使司……地里:南至新添卫界六十里,西至……西南到新添卫界七十里,东北到兴隆卫界一百二十里……清平军民都指挥使司:建置沿革……洪武十四年置清平堡,二十五年改置清平卫指挥使司,隶贵州都司,领清平、平定二长官司,二十四年迁卫治于清平堡之北。弘治七年改清平长官司为清平县,改平宛长官司属麻哈州,俱隶都匀府,今领十户、所五。地里:……南至平越卫界,俱六十里……西南到平越卫界六十里,东北到兴隆卫界六十里……"卷一一:"新添卫军民指挥司……地里:东至平越卫界八十里……北至平越卫界六十里,东南到平越卫界一百里,西南到龙里卫界一百一十里,东北到平越卫界九十里,西北至贵州宣慰司界八十里。"

自贵阳出发,向西南行,经平坝卫、普定卫、安庄卫,进入永宁州长官司。过关索岭,于八月十五,至永宁州西查城驿。大约此时有忆京中同寅及昔时同游好友。

《大复集》卷七有《平坝城南村三首》《普定》,卷一一有《关索岭》,卷二四有《安庄道中》。

《查城十五夜对月五首》其一:"中秋年月色,移席又前楹。河汉三更没,关山万里明。"其五有"驿舍东山下之句"。卷二四《忆中舍诸寅》:"忆昨共陪天北极,几回朝贺识龙颜。……只今远使违趋奉,清梦常依霄汉间。"《忆诸同游》:"冠佩长安多贵游,别来时复见新秋。……鸿雁不传长道字,江山应系远人忧。遥知宾馆常悬榻,经岁谁能为我留。"

> 按:付谱讹称《查城十五夜对月五首》为"弘治十一年中秋所写",又据诗中"去年当此夜,坐对紫薇间。"一句称是为大复去年中秋与张夫人赏月事。实则失考,"坐对紫薇间"紫薇指中书省,此句是说他去年中秋时,在中书舍人任上,入直内阁。并非是与张夫人对坐赏月。

《(弘治)贵州图经新志》卷九:"永宁州……地里:东至镇宁州界二十五里……东北到安庄卫界一百五十里,西北到安南卫界三百五十里。……关索岭:在顶营司治东,势极高峻,周四百余里,上有关索庙,因名。……馆驿……查城驿:在州西一百三十里,洪武十五年建,隶普定府,府废隶普定卫,正统三年改隶本州岛。"卷一四:"普定卫军民指挥使司……地里:东至平坝卫界六十里,西至安庄卫界四十五里。"

出查城驿向西南,渡盘江,进入安南卫,西行至普安州,宿新兴驿。普安此前经米鲁之乱,官军虽勘乱而民生凋敝,有诗记之。

《大复集》:卷七《城南妇行》:"城南有寡妇,见客泣数行。……前年弥鲁乱,腥秽入我堂。弟兄各单死,亲戚俱阵亡。……"卷一一有《盘江行》有云:"土人行泣向我云,此地前年曾败军。守臣只知需货利,将士欲苟图功勋。"卷二四《新兴》有云:"城为烧残廛市少,地从战后草莱稀。……却怪当年出师者,岂无寸策达戎机。"《普安》:"日下孤城生夕烟,相逢只说败师年。……寇至不知重岭隘,兵来能得几家全。居人尚想黔中将,统领三军独晏然。"

按:大复诗中所云"主将贪贿赂","守臣只知需货利,将士苟欲图功勋。"等俱有所指,《明史》卷三一六《贵州土司传》:"弘治十一年,普安州土判官隆畅妻米鲁反……官兵不能制,镇巡以闻,发十卫及诸土兵万三千人,分道进,责安民杀贼自赎,民乃攻斩阿保父子于查刺寨,米鲁亡走。焦俊等责安民献鲁,民阴资鲁兵五百袭杀。适乌及其二子据别寨杀掠,又自请袭为女土官。镇巡官皆受鲁赂,请宥鲁。严旨切责,必得鲁乃已。贵州副使刘福阴索赂于鲁,故缓师,贼益炽,官兵败于阿马坡。都指挥吴远被掳,普安几陷……"

《(弘治)贵州图经新志》卷九:"永宁州……盘江:在顶营司西四十里,源出乌撒蛮界,水性驶而浊,夏秋之交,水气上升成红绿色,行人触之即病瘴。《三国志》载诸葛亮南征至盘江,即此。……公署……顶营长官司:在州南一百五十里,元为顶营寨,洪武十九年置长官司,领寨三。"卷十:"普安州……地里:东至永宁州界一百九十里,南至云南曲靖军民府一百五十里,西至云南平夷卫界一百二十里。"卷一五:"安南指挥使司……地里:东至安庄卫界一百六十里,西至普安州界一百六十里……"

《(嘉靖)普安州志》卷八:"忠义……车辅本卫带官,新兴站百户,车升之子,……会普安土官隆之已出妻米鲁等作叛,弘治十一年三月一日,阿谷保令男鲊莫阿歹儿率众三千欲攻新兴站……弘治十四年十一月二十四日米鲁、福佑复攻新兴,聚贼三万人陈站后山,……辅四面受敌困……站堡人知辅死不支矣,遂奔匿,不死者十之一耳。是日昼晦,人皆谓辅死所致也。"《(咸丰)兴义府志》卷四四《大事志》:"弘治十一年,普安土判官隆畅妻米鲁反。……十二年,沐国公沐昆讨米鲁,破之。……是年,按察使刘福讨米鲁,败于安南之讨马坡。……十三年,命户部尚书王轼讨米鲁。……十六年,王轼讨米鲁,平之。"

自普安出发,向西南行一百五十里,约于八月下旬,至云南曲靖军民府,经平夷卫向西南行。

《大复集》卷七《平夷二首》其一云:"滇南八月中,绿林何萋萋。居人亦相轾,数里开鸣鸡。路转无诘曲,山行少攀跻。回瞻贵阳道,咫尺蹊壑迷。"卷二七有《平夷所老人》歌行一首。

《(正德)云南志》卷九:"曲靖军民府:东至普安州界一百七十里……北至四川乌撒军民府界二百九十里,东北到乌撒军民府三百七十里……自府治至布政司三百三十里。公署……平夷卫:在府治东北一百二十里,洪武二十三年建,内有经历司、领卫、镇抚一,左右千户所二,其千户所又领镇所镇抚一百户十,弘治十七年抚镇建议迁于多罗驿,而于曲靖卫移二所以实之。"

出平夷卫向西南行四百余里,约于九月至云南府,造访黔国公沐昆,游公府园林,并于园内过重阳。

> 按:大复自京师至云贵的途程,据其文集,可考者,在汉口至云南这段路程。其具体路线谱中已作详考。明代隆庆时商人黄汴编有《天下水陆路程》一书,其中有《北京至贵州

云南二省路》一篇,所载路线,与大复赴云南路线相合,录于此,以资验证。《天下水陆路程》卷一《北京至贵州云南二省路》:"北京至卫辉府。本府。四十五里新乡县。五十里渡黄河。荥泽县。五十里郑州。至汴城一百四十里,西南九十里新郑县。六十里石固让。九十里襄城县。六十里叶县。六十里保定驿。六十里裕州。水,由唐县入汉江,至湖广城。出马铃,七十里博望驿。六十里南阳城。六十里林水驿。七十里新野县。七十里吕堰驿。四十里襄阳府。六十里潼口驿。六十里宜城县。九十里丽阳驿。六十里石桥驿。并属荆门州。六十里建阳驿。一百里荆州府。渡大江。六十里公安县。六十里孙黄驿。两京至云贵陆路至此合。七十里顺林驿。(自此与大复路线相合)六十里澧州。渡兰江。七十里清化驿。七十里大龙驿。六十里常德府。八十里桃源县。避秦故迹。六十里郑家驿。六十里新店驿。防虎,并属桃源县。八十里界亭驿。六十里马底驿。并沅陵县,渡。六十里辰州府。七十五里船溪驿。卢溪县。渡。七十五里山塘驿。辰溪县,渡。七十里怀化驿。八十里沅州罗旧驿。八十里便水驿。浮桥。七十里晃州驿。六十里平溪卫。七十里清浪卫。浮桥。九十里镇远府。七十里偏桥卫。六十里兴隆卫。六十里清平卫。渡。六十里平越卫。渡。七十里新添卫。六十里龙里卫。五十里至贵州布政使司。六十里威清卫。六十里平坝卫。六十里普定卫。换马西六十瑞安庄驿。过关索岭,即关顶黄土巡司。共七十里查城驿。三十瑞安南卫。过土陂。三十尾洒驿。属普安州。过江。老雅关。七十里新兴驿。八十里普安州普安卫相满驿。七十里亦资孔驿。属贵州普安州。七十里平夷卫。属云南。四十里白水驿。十字路东西二路至此合。西六十里南宁驿。四十里马龙驿。七十里易龙驿。七十里杨林驿。百里至云南布政使司云南府滇阳驿。北京至云贵二省,镇远府必由之路,为云贵之东路,即此也。南京至云贵,或由大江水,至泸州、纳溪、永宁、乌撒而去,为二省之西路,详卷二十之四。至于南宁卫十字路,东西二路合,往云南。……自镇远至贵州,陡峻难行。贵州以西,渐渐宽平,直抵云南。"(黄汴著、杨正泰校注《天下水陆路程天下路程图引客商一鉴醒迷》)大复沿途所赋,可为诗文旁证,如前引文中称"自镇远至贵州,陡峻难行。贵州以西,渐渐宽平,直抵云南。"大复《平夷二首》其一:"滇南八月中,绿林何萋萋。居人亦相辏,数里开鸣鸡。路转无诘曲,山行少攀跻。回瞻贵阳道,咫尺蹊壑迷。"亦为旁证。又,付谱于此何景明出使路程,多为臆测,错讹甚多,《评传》亦有驳正,然《评传》亦以今例古,亦有错误,不甚可靠,兹不一一驳正。《大复集》卷一一有《栖凤亭为黔国赋》:"将军园中何所蓄,十尺亭千四面竹。亭中一榻千卷书,将军昼游夜还宿。……将军文采真凤凰,允树安能动高目。愿将音响入箫韶,奏我亭中栖凤曲。"卷二四《九日黔国后园二首》,其一云:"何处风烟消客愁,将军台榭枕山丘。一年又过重阳日,两鬓空悲万里秋。水国阴多寒已至,炎方霜后瘴初收。凭高欲送登临眼,更上池边百尺楼。"其二有:"浮云楼观滇城暮,落日山川僰道寒。忽忆登高去年客,慈恩湖阁共凭栏。"《何大复先生集》卷二八有《玉庵为黔国赋》《游黔国鱼池四首》。

按:"炎方霜后瘴初收","炎方"指炎方山,在云南府城东北,沾益州南,《(正德)云南志》:"炎方山,在沾益州南七十里,炎方驿前。高三十余丈,盘礴二十余里。""落日山川僰道寒","僰道"非如《评传》所称的为今四川宜宾县,乃指汉代唐蒙通西南夷,自四川宜宾南至云南曲靖、滇中开发的一条道路,因路经僰人部落,乃称之为僰道,后乃就其源头设县为僰道县。

《(正德)云南志》卷一:"云南等处承宣布政使司:按,云南之地,幅员几万里。东以曲靖为关,沾益为蔽,东北达于乌撒以通永宁,东南达于贵州而通湖广……公署……镇守府:在崇正门内,景泰二年建。黔国公府:在布政司北,洪武十五年建,黔国公世居之。"卷二:"栖凤亭:在黔府内。弘治十三年总兵官沐昆建。副使王臣为记。"

  按:沐昆(1482—1519),字符中,号玉冈,沐英五世孙,右参将沐诚子。弘治十年十月,黔国公沐琮卒,无嗣,沐昆以从子袭爵。沐昆娴文艺,多与文士游。亦通武事,弘治十二年曾率诸卫兵平米鲁乱。正德十四年以疾卒,享年三十八,子绍勋袭爵。事迹具见蒋冕《湘皋集》卷二六《明故镇守云南征南大将军太子太傅黔国公赠特进光禄大夫右柱国太师谥庄谥沐公墓志铭》。

出云南府城向东北而行,经沾益州乌撒后所,入贵州乌撒卫,过乌撒驿、黑张驿,经毕节卫界,入倒马关,前行入永宁宣抚司境,经阿永驿,渡赤水,经赤水驿向北,过雪山,经摩泥驿,北行约一百里,约孟冬十月始抵永宁驿,入永宁卫城。时宣抚司吏员无一人迎讶候问,都指挥使侯宇亦忽王命,前恭而后倨。其夜城中无宵柝,有盗贼破墙入室,窃其箱囊。

《大复集》卷三〇《与侯都阃书》:"……仆自贵州抵云南行陆四阅月。车怠马烦,欲图少逸,故来就永宁之舟耳。又闻沾益至永宁传舍,卫戍废散,人皆狡,不识上下,又寡厮隶之役。仆惧迟王命,不即饬行李。当时藩司诸公皆以足下当西路,能礼往来士大夫,为仆慰。由是仆之西行遂果。及历乌撒、黑张、阿容、摩尼之地,冒赤水之炎,犯雪山之寒,入倒马关。箐雾雨连旬不开,竟日无人行,废芜寒蔓,猿泣鬼啸,思之令人神竦。又罗羿出没,劫略于道前后继。诚非人所居者。仆始悔是行。然望永宁则如归,以其有足下在也。及抵界,殊自庆其出夷窟而至大境。目若开而明者。去城不数里,则寥然无一人出迎。仆以足下主是,亦必出郊,而城门咫尺之地,不能屈足下车马。及馆处至夜,愈益不通问。遂为盗所轻。仆意足下素称能礼士大夫者。岂以仆不足齿于士大夫之行欤?抑足下所礼者,皆要路显赫,而仆非其流欤?足下宜不如是之污也。仆不足言,所执者王命也,足下,王臣也。以王臣而恭王命,不当乎? 何乃坐视其困,而使之迟王命也? ……"

按:侯都阃者,当指侯宇。都阃为都指挥司与都指挥使的别称。考永宁卫都指挥使,弘治间侯姓者,止侯宇一人。侯宇史载不多,仅见两处记载,《(弘治)贵州图经新志》卷一〇:"(云南巡按御史)李士实平普安夷记……疏以闻,卜曰:'出师'。乃令曰:'安南、安庄、普定营长毛政、黄昱之众,尔都指挥刘英其将之……乌撒、毕节、赤水、永宁之众,尔都指挥李雄、吴远、侯宇其将之……"。《孝宗实录》卷一八九:"(弘治十五年七月)己丑……贵州贼妇米鲁及福佑等伏诛,太监杨友既见房贼分据各寨,势益猖獗,提督军务尚书王轼至,调集官军土兵分八道以进。轼督令都指挥李政等为中军,参将赵晟为左哨,自大盘江进,都指挥张泰、李堂为右哨,自小盘江进。都指挥崔铎、侯宇为中哨,入旧盘江……"《实录》所载,殆抄自王轼《平蛮录》,唯平蛮录通行本讹侯宇为"濮于"。《与侯都阃书》中,所提及自云南至永宁途程,付谱及姚学贤《评传》皆未曾详考,错讹甚多,如讹"黑张阿容摩尼"为"黑张阿""容摩尼",并强为之解释。实不知此为三个地名,"阿容"者,为"阿永"之音讹,一如前所提之"米鲁"讹作"弥鲁""摩泥"作"摩尼"等。又,"冒赤水之炎,犯雪山之寒",赤水为赤水河,并无炎热,殆与雪山对举尔。文中所谓的"西行遂果",就方位来看,实当为东北行,概大复来时之路,为东路,入四川走水路为西路也。

《大复集》卷三七《嗤盗文》:"予抵永宁,吏役无郊迎者,造馆供具不设,寂无与语。始入城门,视其不禁概,夜不闻铃柝之声。虞有盗,戒僮,僮曰:'未闻城隍而盗者。'然予犹饬门者坚封钥,举火周垣,烛之及其室奥处,命僮宿中室。夜半,僮忽大叫曰:'盗持扛去矣。'起视盗入处,见其壁皆编竹为者,饰以土灰,故盗得逾鄙墙,斩壁开门以入。予徐思囊中无他长物,惟所服衣并书六十余卷,书则予甚爱者。旦有来告者,曰北城之江有箱委于岸,空无物,独书册狼籍水浸其半。命收视之,乃予装。盖盗发之,尽取其衣服去,而留其书。幸而留吾书,盗亦仁哉!……。曰:孟冬始魄,永宁官署,爰有小丑……"

《(正德)云南志》卷九:"曲靖军民府……沾益州:在府城东北一百一十三里。……公署……乌撒卫后千户所:在沾益州治西北,原隶贵州乌撒卫,洪武十七年,调镇本州岛,领所镇抚一百户十。"

《(弘治)贵州图经新志》:卷一六:"乌撒卫都指挥使司……地里:东至毕节卫界一百五十四里,西至四川乌蒙府界二百里,南至云南曲靖军民府界二百三十七里……东北到毕节卫界二百九十里。……公署……黑张站:在卫城东一百里。"卷一七:"赤水卫都指挥使司……地里……东北到永宁卫界七十里,西北到四川永宁宣抚司界二十里。……山川……雪山:在卫城北二十里,高峻巉岩,亘数十里方名,积雪春尽始消,中通一道,上有关,以卒戍之。……倒马坎:在卫城西南一百一十里……馆驿……赤水驿:在卫城南关。阿永驿:在卫城南六十里。层台驿:在卫城西南一百二十里。摩泥驿:在卫城北四十五里。已上四驿俱隶四川永宁宣抚司。……永宁卫……地里:……北至四川纳溪县界八十里。"

《(万历)四川总志》:"永宁宣抚司……山川……雪山,赤水卫东二十里,冬积雪,春始消。……赤水河:源水芒部水脑涧,流经宣抚司东南,过赤水卫。"

> 按:云贵川三界,府卫错杂,隶属繁复,如乌撒一地,有乌撒军民府,属四川布政使司所管。而乌撒军民府下,又有乌撒卫,隶贵州都指挥使司辖。自乌撒卫向东北,依次有毕节卫、赤水卫、永宁卫等。而此三卫亦隶贵州都指挥使司。三卫所下有同名之摩泥卫千户所,摩尼站、阿永站、赤水站、永宁站等,皆属卫所管,唯四驿为四川永宁宣抚司辖,永宁宣抚司辖境又与永宁卫界相重合。文中叙述一律从卫所、驿站及其直接隶属。

十月初二,自永宁乘舟,沿永宁水,过江门驿,经纳溪水向北至纳溪驿,直下泸州。

《大复集》卷一《进舟赋并序》:"予使于滇行将万里,所越皆重山复岭,以舆以马,颠频驰跋,而不任其劳。至永宁乃谋舟以归,庶代陆走之勤。……因序其方为赋以自励:惟孟冬之既朔兮,霜凛凛而下威……倦行迈之靡靡兮,饬舟师于水湄。"《大复集》卷一五有《永宁舟中》:"乡园待归客,应已熟香醪。"又有《江门》诗。《(万历)四川总志》卷一三:"泸州:东西广一百六十里,南北袤二百六十里……南至纳溪县四十里……纳溪……泸江:东即汶江,源自岷山,流入合江界,州以此名。……纳溪水:纳溪治西,源自阿永蕃部,流至县西门,会泸江。……公署……纳溪水驿:治内……江门水驿:俱治东。"

按:大复出云南向北至长江途程路线,即大复诗文记载所经驿路,与方志中所载相合。《(万历)四川总志》卷二〇:"驿传……自泸州境纳溪驿、纳溪递运所、渠坝水驿、大洲水驿、峡口水驿入永宁宣抚司,为南水路。又由永宁永安驿、永宁驿、永宁递运所、普市驿、摩泥驿、赤水驿、阿永驿、乌撒府境层台驿、周泥驿、瓦甸驿、黑张驿、普德归驿抵贵州北界,为陆路。水陆驿递,昔设官、吏、夫、马、舡只、铺陈、馆、库等役,供应官使,合用廪米俱于官仓支给。"黄汴《天下水陆路程》卷二:"南京至贵州云南西路:南京由大江至泸州,详卷七之一之二。本州岛,七十里纳溪水驿。纳溪县。七十里渠霸驿。七十里大洲水驿。六十五里峡口水驿。三十里江门水驿。五十里永安水驿。五十里永宁卫。陆路五十里普市驿。九十里摩泥驿。五十里赤水卫。四十里白崖驿。六十里层台驿。七十里毕节卫。西去云南。"(第54—55页。)则泸州是连接长江和云贵的水陆中转点。

自泸州下大江,经重庆府涪州、丰都,向东至夔州府,十月十五至云阳县。过云阳向东经再万县至奉节白帝城。此后经瞿塘峡、巫峡,向东入湖广荆州府,经归州兵书峡、至夷陵州西陵峡。此后南下直至江陵。

《大复集》卷一《渡泸赋》："盖将济于泸水,榜人告予以理舟……顾中原而缅邈,久西域以滞留。感逆旅之长勤,怀古人而增忧。……"卷七有《涪万》："孟冬气始肃,叶落北风凉。……方舟下涪万,所历非一疆。崇朝越千里,川涂渺苍苍。……况多古人迹,览之心慨慷。登游岂不美,滞滛非我乡。"《泊云阳江头玩月》:"扁舟泊沙岸,皓月出翠岭。……纵横银汉回,三五玉绳耿。"卷一一有《黄陵庙》:"黄陵峡中滩水多,黄陵庙下难经过。"卷一五有《滟滪》:"霜落夔门树,寒江滟滪孤。"《峡中》云:"江穿巫峡隘,山凿鬼门深。夜猿啼不尽,凄断故乡心。"卷二四有《白帝城》《归州》《郢中》。《郢中》诗:"荆门南下接平畴,萧索风烟似晚秋。"卷二八有《兵书峡》《夷陵》,《夷陵》:"夷陵城边红水浑,无数轻帆落远津。万水云中三峡路,猿声愁杀渡江人。"

按:峡中即巫山县别称。郢中指楚国郢都,在江陵县北,"荆门南下接平畴",荆门指荆门山,在宜都县北五十里。

《(万历)四川总志》卷九:"重庆府:……东至万县界六百四十五里,西至隆昌县界二百六十七里……忠州:府治东千里……丰都县:州治西一百里……涪州,府城东四百五十里……"卷一四:"夔州府:东西广一千六十五里……东至湖广巴东县界二百一十里……巫山县,府治东一百三十里……云阳县:在府治西一百七十里……万县:府治西一百八十里。……瞿唐峡:府治东,旧名西陵峡,乃三峡之门。两崖对峙中,贯一江。滟滪当其口。……巫峡:巫山治东三十里,即巫山也,与西陵峡、归峡并称三峡,连山七百里。……滟滪堆:瞿唐峡口,江心突兀而出。水经云:白帝城西有大石,冬出水二十余丈,夏即没,秋时方出。谚云滟滪大如象,瞿唐不可上。滟滪大如马,瞿唐不可一峡。人以此为水候。……关梁……鬼门关:在府治东北三十里。"

《(弘治)夷陵州志》卷二:"疆界:本州岛……东至当阳县略土溪界一百九十里,西至归州界□□溪一百一十五里。……西陵峡,在州西北,峡长二十里,层崖万仞,三崖之一。"卷六:"黄陵庙:在州西北九十里黄牛峡,相传神尝佐禹治水有功,蜀汉诸葛武侯建祠兹土。一名黄牛庙,又名灵感庙。成化二十二年知州周肃修饰。"

《(万历)湖广总志》卷四《方舆三》:"江陵县:附,府治,东七十五里承天府潜江县界,西四十里松滋县界。……归州:在府治西,东二百里夷陵州界,西一百八十里四川夔州府巫山县界。……兵书峡,相传诸葛亮藏书处。"

约在仲冬返信阳。

按:大复至江陵后再无诗纪行,或当于十一月至家。

武宗正德元年丙寅　一五〇六　二十四岁

春,在信阳,继娶唐县王氏。

孟洋《墓志铭》:"还过里闬,再娶唐县王氏,是岁正德元年也。"

由信阳返京,约在五月初至京。李梦阳、马陟等过访。

《大复集》卷二〇《自滇蜀归李户部马舍人见访》,李梦阳《空同先生集》卷二四《何子至自滇》:"醉折荷花别,宁期花复开。川原一回首,云日共徘徊。知向百蛮去,云从三峡来。《进舟》虽一赋,胡弃楚阳台。"

按:马陟,字文明,南直隶合肥县(今安徽合肥)人。弘治六年进士,正德二年以中书舍人擢尚宝司丞,五年升光禄寺少卿,十一年转为南京光太仆寺少卿。其事迹罕见,仅《武宗实录》载有其迁转。马陟与李梦阳、钱荣等均为同年,且有往来。他又与大复为同寅,大复去年返途诗《怀中舍诸寅》,所怀念对象当有马陟。《国朝列卿记》卷一四七有载其事。

五月三日,许进七十寿辰。有祝寿之作。

《大复集》卷二三有《寿许司马》之作:"谢卧东山里,夷归北海滨。苍生悬望切,青琐荐书频。改革逢多难,仓皇忆旧臣。帝心虚简在,神武藉经纶。指顾三边静,吹嘘四表春。"

按:五月二十七日,许进继刘大夏任兵部尚书。

《成化二年进士登科录》:"许进……字季升,行三,年三十,五月初三日生。"

《武宗实录》卷三:"弘治十八年七月……戊子,改起用户部左侍郎许进为兵部左侍郎,同兵部尚书刘大夏提督团营操练。"卷一三:"正德元年五月……丙申……兵部尚书刘大夏上疏力辞,且曰,若复贪位恋恩,必至失己误国。上以其情词恳切,允之……丙午,升兵部左侍郎许进为本部尚书。"

按:王九思《渼陂集》卷四有《寿太宰许公四十韵》、边贡《华泉集》卷一有《寿许太宰》之作,当为正德二年许进七十一大寿时作,许进是年冬升吏部尚书。许进(1437—1510),字季升,号东崖,河南府陕州灵宝(今河南灵宝县)县人。成化二年(1466)进士。授监察御史,寻升山东按察使。弘治六年(1493)升右佥都御史。武宗即位,起为兵部左侍郎,寻转兵部尚书,再升为吏部尚书。事迹具见《国朝献徵录》卷二四景旸撰《赠太子太保许公进墓志铭》、李东阳《怀麓堂集》卷八一《赠太子太保许公神道碑铭》。

是月,户部左侍郎王俨致仕,六月二十三日离京,为其作《明山草堂赋》赠别。时京中士大夫皆有诗赋相送。

《武宗实录》卷一三:"正德元年五月……壬午,户部左侍郎王俨乞致仕。许之,仍进散官一阶,给驿而归。"

《康对山先生集》卷三四:"正德元年夏五月甲申,天子听政奉天门,百工庶官咸祗咸侍。户部左侍郎华容王公得告归。……越二十又六日庚午,公乃启行以归。朝之缙绅大夫伐公都门之外,执公之手不忍与别。其称述之士皆谓不可无述相公,乃又赋诗赠焉。"

《大复集》卷二《明山草堂赋》:"猗斯堂之伟构,奠章华之名区。明山萃其岩岩,下府旷而冯虚。揽七泽之斥莫,贯九江之紫纡。伊主人兮硕辅,跻司农之要衢。缅山局以迻瞩,嗟信美而弗居。于是委绶投圭,轻举长鹜,兴怀秋风,谢荣朝露。悟止足之几,达辱殆之故。讵吾驾之可回……"

按:大复当讹明山草亭为明山草堂。明山草亭为王俨读书处。《(隆庆)岳州府志》卷七:"明山草亭:县南百里,户部侍郎王俨创。"王俨上疏致仕归明山草亭,时京中友人多赋此以相送。李梦阳《空同先生集》卷三六有六言诗《明山草亭》,李东阳《怀麓堂集》卷五三有《明山草亭为王侍郎民望题时王致仕归》,费宏《费文宪公摘稿》卷四有《题明山草亭送户部侍郎王公民望致仕归华容和守溪韵》(守溪为王鏊号,王鏊和诗今集中不存),边贡《华泉集》卷一有《奉赠少司徒华容王公致仕》、罗玘《圭峰集》卷一八有《明山草亭铭为王少司徒作》,杭淮《双溪集》卷六有《明山草亭题赠王亚卿兼简东山司马》云:"东山有草堂,明山有草亭。柴门纡回閴相向,洞庭掩映秋冥冥。主人归来已白头,葛巾两两山花馨。"王俨(1437—1524),字民望,号畏斋,又号明山,湖广岳州府华容县(今湖南华容县)人。成化五年进士,授兵部职方司主事。历官刑部郎中、成都太守、陕西右布政使、副都御史等。弘治十三年(1500)迁户部右侍郎,十二年升左侍郎。正德元年致仕。(白润德《何景明丛考·人物考》讹其生卒年。)著有《明山草亭集》《畏斋小稿》等。事迹见《国朝献徵录》卷三〇无名氏撰《户部左侍郎明山王公俨传》。

戴冠是年于京师从大复问学,七月十五日,戴冠感秋思归,作诗慰留。

《大复集》卷二〇《戴生在吾语感秋思归诗以慰留之二首》,其一云:"到日中元节,淹留岁渐微。而翁在异县,知汝吾思归。旅馆空弹铗,秋风未授衣。敞床还可宿,暂住莫相违。"其二:"二十年方妙,昂藏见尔才。青云满霄汉,黄鹄尚徘徊。宝剑休轻试,家书莫屡开。百年深有望,吾道岂尘埃。"

按:戴冠是年恰当二十岁。

樊鹏《樊氏集》卷一〇《山东按察司提学副使戴君墓志铭》:"君幼斩然自出,谨礼客,未尝婆娑嬉游。长从吾师何子于京师。"

八月十七日,时已过中秋,与康海夜饮。

《大复集》卷九有《中秋十七夜留康德涵饮》。

八月二十四日，葬从女何处子于京师城南万安寺。

《戴氏集》卷一二《何处子墓志铭》："处子姓何氏，为河南信阳州人。从其父何景旸游宦于京，弘治十八年五月五日，病殇，年十有七。翼日厝于都城南圣安寺。明年正德初元之八月二十四日，其季父中书舍人何景明哀其久暴，求寺僧西园地葬之。"

秋，水部郎中钱荣妻卒于河西，寄诗以慰之。

《双雁篇》："钱水部世恩在宦失偶，日夕哀吟，其友何景明为作《双雁篇》以寄之。"卷一九《寄钱水部》："多情钱水部，别后有哀吟。万里秋风兴，孤舟日暮心。"

按：白润德《何景明丛考》于此处讹为送钱荣还无锡，实则不察，钱荣归无锡约在正德二年之后，刘瑾擅权时。详见王鏊《钱世恩墓志铭》。钱荣于弘治十七年冬监税河西务，正德二年迁户部郎中。大复《双雁篇》收于《京集》中，又云"钱水部在宦失偶"，故钱荣失偶事当在是年无疑。

十月，都穆赴南京任兵部主政司武库，与京中友人作诗相送。顾璘时为南京吏部主事，大复有诗寄之。

《大复集》卷一九《送都玄敬主事二首》其一："夫子风流士，才高耻受樊。长贫思故里，多病乞文园。落日空山暮，清霜十月繁。修程正迢递，努力为加餐。"《寄顾华玉》："词客金陵去，那期岁屡过。相思秋水隔，怅望暮云多。清庙朱弦瑟，华堂白纻歌。徽音久寂寞，高调近如何。"

杭淮《杭双溪先生诗集》卷八有《都玄敬乞养亲改官留都兵曹》。

按：都穆（1459—1525），字玄敬，号南濠，直隶苏州府吴县（今江苏苏州）人。弘治八年举人，十二年中进士。授工部都水司主事。历官南京兵部武库司主事、礼部主客郎中等。著有《南濠集》。事迹具见胡缵宗《鸟鼠山人小集》卷一五载《明中宪大夫太仆寺少卿致仕都公墓志铭》。顾璘（1476—1545），字华玉，号东桥，直隶应天府上元（今属江苏南京）。弘治九年进士，授广平知县。历官南京吏部主事、吏部郎中、开封知府、全州知州、台州知府、浙江布政使、南京刑部尚书等。传详见《国朝献徵录》卷四八载京学志撰《南京刑部尚书顾公璘传》。

本月,庭中白菊许久始盛开,有赋纪之。

《大复集》卷二《后白菊赋并序》:"菊有白色者超越他品,予当赋之矣。丙寅之秋,京师桃李皆花,予庭是种生意凄然,久而不敷。至十月始盛开,色益鲜厉,予感焉作赋,以继前声。"

是月,内阁诸大臣以刘瑾等"八虎"蛊惑帝心,上书请诛瑾等,事不报,诸人皆去位,仅大学士李东阳留。《咏怀十首》以刺时事。

《武宗实录》卷一八:"正德元年冬十月……戊午,少师兼太子太师吏部尚书华盖殿大学士刘健、少傅兼太子太傅礼部尚书武英殿大学士谢迁求去位,许之。先是,健、迁与少傅李东阳以内侍刘瑾、马永成、高凤、罗祥、魏彬、丘聚、谷大用、张永等蛊惑上心,连章请诛之,皆留中不出。……吏部尚书焦芳乃泄其谋于八人。明早,健及文等率九卿科道方伏阙,俄有旨宥瑾等。遂皆罢散。健等知事不可为,即日疏辞政柄。"

《大复集》卷九《咏怀》,其一有云:"熏犹不同器,清浍本殊源。"其九有云:"猥彼众多子,安知良士忧。覆不置平地,一散永不收。晁错忧汉室,翻为六国仇。祸机苟不测,谈笑生戈矛。留侯信人杰,逝从赤枝游。"其十云:"白玉本自白,苍蝇乱其真。逸言解胶漆,况匪平生亲。烈士死道傍,贪夫登要津。白古特有然,兹恨何当申。"是皆刺时事也。

是年冬至,甘露降于陵树,作《甘露颂》以纪之。

《大复集》卷三《甘露颂》:"皇嗣元载,仲月维冬,茂彼陵木,甘露以降。……昊天棐忱,冥冥罔常。于皇克德,受此嘉祥。"

> 按:大复此颂有讽刺意,刺武宗宠中官等,故言"于皇克德,受此嘉祥"。李梦阳《空同先生集》卷四亦有《甘露》八章,其序云:"《甘露》,纪异也。元年冬至,甘露降于陵树。"

约十一月,刘淮升任陕西按察使司副使,有送赠之作。时南京太仆寺卿储罐亦有次韵之作。

《大复集》卷一九《赠刘东之宪副》:"浮生能几见,孰谓别离轻。

远道惟长剑,寒宵共短檠。旌旗临汉水,雨雪度秦城。乡井衣冠少,分携益怆情。"

储罐《柴墟文集》卷二《别刘东之席上次韵》云:"我有连城璧,赠君良是轻。虚庭扳逸驾,芳宴列华檠。山水秦中地,关河岁暮程。休歌渭城柳,投老若为情。"

《武宗实录》卷一九:"正德元年,升广东道监察御史刘淮为陕西按察司副使,至汉中等处抚民。"

　　按:白润德《何景明丛考》定送刘淮赴任在次年早春,实讹。储罐诗题中,虽未写明为次大复之作,然其韵脚与大复相同,显然为次大复之作无疑。又,《柴墟文集》卷四有《别刘东之席上次韵》:"花宫饮别月平西,留宿先判占鹤栖。杯酒共怜身尚健,尘沙谁道眼都迷。云连蜀栈逢人少,雪尽秦川觉路低。回首长安春事近,美人千里费招携。"从诗中景物看,时序当在岁暮。储讙传详顾璘《息园存稿》卷六《通议大夫南京吏部左侍郎储公行状》。

约于是月上书吏部尚书许进,劝其守正不挠,抗权阉,以孚天下望。

《何大复先生集》卷三二《上冢宰许公书》:"中书舍人何某顿首上书冢宰许公下,执事某诚至愚,窃见明公自入吏部,所推进者皆崇饰名节,砥砺廉耻之士。清议攸与,群望景附。乡鄙未进,实亦私忭。乃者主上幼冲,权阉在内,天纪错易,举动大缪。究人事,考变异,未有甚于此时者也。然而上下之臣,未见有秉德明恤仗义伏节者,某虽寡昧,谅明公之所必忧也。某于明公素未伏谒,然慕义甚深,区区之怀,不敢不露。窃为明公画二策,惟明公之自择焉。一曰守正不挠,不客于权阉而去者,上策也;……今时匹夫女子咸知太息用以为慰者,以有明公在位。望明公深惟保重。某积怀甚久,不敢轻造门下。谨遣家人持书托阍者通焉,幸明公赐察,不即叱责。"

《武宗实录》卷一八:"正德元年十月……己亥(三十日),改兵部尚书许进为吏部尚书。"

孟洋《墓志铭》:"刘瑾时,君度大臣可与抗节,乃上书许尊贵,言宜自振立,挠瑾权。诸尊贵恧,顾嗛何君。"乔世宁《何先生传》:"先是,逆瑾挠吏部权,则移书许太宰,引正大义。"

> 按:大复次年春即引疾还家,许进十月升吏部尚书,故大复上书当在十月之后,且其书中言许进进吏部后引进人才事,据常理,大复上书最早当在十一月。

或于是年冬,送门生戴冠归献县养亲。

《大复集》卷二二《送戴生归献县》:"旅室苍苔静,寒城月色阴。归人对明烛,别调入瑶琴。渤海高云夕,滹沱积雪深。趋庭知有日,应慰倚门心。"

《国朝献徵录》卷九〇载樊鹏撰《山东按察司提学副使戴君冠墓志铭》:"君幼崭然自出,谨礼客,未尝婆娑嬉游。长从吾师何子于京师,苦学至困疾,辄益弗懈。是时长史公仕献县学,君每省视往来途中,口诵不辍,途人皆异之。"

> 按:戴冠《戴氏集》卷一《代家君乞养亲疏》:"直隶河间府献县儒教谕臣戴冠谨奏,为奉诏陈情乞回终养事:伏睹弘治十八年八月初四诏书内一款,一在外文职官员有亲老告侍养者,亲终之日,仍许赴都听用,钦此。……初闻恩诏即于本府陈告府官,以臣虽微贱,亦系王臣,不敢径放,迟延至今,乃敢冒死上陈……八年之间,不得一拜膝下。"(第16—17页。)戴谊闻弘治十八年八月诏书,算上迟延时间,戴冠此疏当在正德元年,此年亦当戴谊任教谕八年之时(戴谊弘治十二年春试不利,随即考礼部试任献县教谕)。戴冠此时当得旨准其父回乡养亲,故返献县。考大复诗文描写,送其归献县时,当在冬季。

冬,有寄家书。时已有归意,有《岁晏》之作。监察御史熊卓亦有次韵。

《大复集》卷一九《寄家书》:"一返滇中使,重嗟故里违。老亲遥在念,薄禄未能归。雨雪三冬暗,家书累月稀。泪缄灯下发,回雁隔云飞。"卷二二《岁晏》:"岁晏看人事,苍茫系所思。……报国元无术,宁亲未有期。独怜张内侍,吟绝四愁诗。"

  按：考《昭明文选》卷二九载张衡《四愁诗》序云："张衡不乐久处机密……时国王骄奢，不遵法度……时天下渐弊，郁郁不得志，为《四愁诗》。效屈原，以美人为君子，以珍宝为仁义，以水深雪雾为小人，思以道术相报，以贻于君，而惧谗邪不得以通。"大复此时形势与张衡赋《四愁诗》时形似，故诗中吟及。

  熊卓《熊士选集》卷一《岁晏和仲默韵》："天涯廖落客，岁晚独含思。白日当空速。归云带雪迟。风烟怜去住，节物怆心期。对酒哪能乐，摅怀一赋诗。"

是年，诏以何景明官封其父何信为征仕郎中书舍人，母李氏为孺人。

  《大复集》卷三六《封征仕郎中书舍人先考梅溪公行状》："正德丙寅，皇上御位，诏以景明官封公为征仕郎中书舍人，封李氏为孺人。"

  按：实为弘治十八年八月丙辰，武宗上两宫尊号，故推恩及也。

正德二年丁卯　一五〇七　二十五岁

春正月二十八日，李梦阳以代韩文撰劾宦官疏为刘瑾所黜，闰正月，自京还家。有赠别之作。

  《武宗实录》卷二一："正德二年春正月……壬寅，降户部员外郎李梦阳为山西布政司经历司经历，兵部主事王纶为顺德府推官，俱致仕。时太监李荣传旨，谓梦阳阿附韩文、王岳，纶阿附刘大夏故黜之，盖瑾意也。"徐缙《明江西按察司提学副使空同李公墓表》："武皇帝初年，逆瑾辈擅柄，洪洞韩公等劾之。瑾知疏草出公手，必欲杀，不果，竟夺官，降山西布政司经历。寻勒令致仕。归，居康王城著书。"《空同先生集》卷三九有《代劾宦官状稿正德元年九月》。

  李梦阳《空同先生集》卷九《发京师二首》自注："正德二年春二月作。是时与王职方同放归田里。"同书卷四八《河上草堂记》："正德二年闰月，予自京师返河上筑草堂居。其地古大梁之墟，今日康王城。"

《大复集》卷九《赠李献吉三首》,其二有:"东风吹我衣,白日何杲杲。整驾出郭门,修涂浩横潦。登山采幽兰,日暮不盈抱。采之欲何为,遗我平生好。岂无艳阳花,言子好香草。丈夫有本性,安得不自保。寸心苟弗移,要以鉴穹昊。"

是年春,长兄景韶卒于东昌任上,自京奔兄之丧。

《大复集》卷三七《祭亡兄东昌公文》:"某月日,中书舍人何景明乞病归,自京奔亡兄东昌通判君之丧。致奠而告曰:……呜呼!孰谓吾兄死也!死之先一日,作书遣吏来京视弟,弟方与客坐语。得书,读之至再,且以遍视坐客。有顷,仆进报兄死,弟叱之。仆顷复报兄死,弟犹以为仆之误闻也。呜呼!孰谓吾兄果死也。"

> 按:何景韶于弘治十二年即大复乡举夺魁后第二年任巴陵县知县,六年后迁东昌府通判,在东昌六月后卒于任上。据此,则景韶卒年约在是年春。详见谱前传略所考景韶事迹。

其时刘瑾势炽,大臣及诸友多有不依附而遭黜落者,遂称病辞官兼赴兄之丧。时陆深曾送别。

《大复集》卷七《发京邑四首》,其一有云:"弱冠游皇邑,抽翰预时髦。出入承明地,四海皆战友。浮岁奄七徂,徇名虚所遭。凤痾斜纤质,褊性惮形劳。驾言返初服,行矣遂林皋。转蓬恋本根,羁鸟思故巢。自顾无修翼,安能久游遨。"其三:"亲交远集送,敛策西山阴。前瞻太行道,却顾上苑林。青阳蔼废墟,春气感鸣禽。所遇岂殊故,即事自成今。……平时等荣乐,一旦异浮沉。昔者同袍友,邈若辰与参。"

> 按:考诗中支"浮岁淹七徂,徇名虚所遭"者,此指中进士至今近七年也(实则不足七年,然若依《登科录》所记大复年十七中进士,则至是年确已满七年),诗中所云"返初服""凤痾"者,皆指以病辞官者也。故此诗当系之是年无疑也。付谱将此系之十三年实讹也。京中正直之士相继被斥,七子之中,李梦阳已致仕还家,徐祯卿已于去年春赴湖湘编纂外史。故大复感叹"昔者同袍友,邈若辰与参。"

陆深《俨山集》卷七有《酌别何舍人兼问讯空同子》:"年少谁如子,他乡怯病身。春风满归路,几日罢征轮。尘合青山远,河开碧树新。故园如见月,应念未归人。"

孟洋《墓志铭》:"丁卯,何君恐祸及,谢病归,郊居著述。"

樊鹏《行状》:"后值逆瑾用事,知以小臣不能夺,诸大臣又多自顾,即谢病归。"

自京出发,经顺天府涿州,入保定府,渡白沟河,向南过滹沱河,经顺德府进入广平府境内。于暮春至邯郸。经邯郸入河南,渡黄河至开封。

《大复集》卷七有《涿鹿道中》《渡白沟》《丛台》《渡河》《吕公祠》《渡河》诸诗。《吕公祠》云:"落日荡漾古水滨,邯郸城边逢暮春。赵王台榭草花尽,吕公祠堂松桂新。马上十年元是梦,世间何处可还真。黄金白发俱闲事,赤日红尘愁杀人。"

> 按:吕公祠实当为吕翁祠。"马上十年元是梦",大复自弘治十二年赴京应春闱,至今还家,已近十年。是年大复诗作多有十年奔走之语,详谱文。

《(嘉靖)广平府志》卷四:"邯郸县……丛台驿:在县治西南。"丛台即"武灵丛台,乃战国时赵武灵王所建观演军容的高台,为邯郸城古迹。"卷七:"吕翁祠,在邯郸县北二十里黄梁店。……大复何景明诗:落日荡漾……"

过开封,访李梦阳。李瀚时任河南左布政使,亦就道访问。

《大复集》卷一一有《大梁行》诗。李梦阳《空同先生集》卷三六《赠何舍人》:"朝逢康王城,暮送大堤口。相对无一言,含凄各分手。"

> 按:《何景明丛考》以为李梦阳送《赠何舍人》或可系于正德十三年大复赴陕时。有二不可:一则彼时大复已迁提学副使,不当云"舍人";再则诗云"含凄各分手",大复赴陕乃升迁,无需有此凄然之情。故是诗当作于此时无疑。

《大复集》卷二三《上李石楼方伯》:"三晋多人杰,吾师出固然。……"

《武宗实录》卷二一:"正德二年正月……乙未,升山东按察使贾锭、湖广右布政使李瀚、河南右参政康绍宗俱右布政使,锭山东,瀚河南,绍宗云南。"卷二二:"正德二年闰正月……壬戌,转河南右布政使李瀚为本司左布政使。"卷二六:"正德二年五月……壬申,以河南左布政使李瀚为顺天府尹。"

自开封经许州、襄城至蔡州。至襄城时,作诗怀王锦、王瓛。

《大复集》卷七《许下》,卷一一《蔡州行》。卷二三《复庵王公锦》诗云:"斯人中土彦,未老即重泉。荐鹗椎前达,乘骢忆少年。声名起霄汉,词翰落云烟。……"《愚庵王公瓛》:"大夫元旷达,襟抱绝尘氛……早投南郭隐,不待北山文。身向归来健,名从死后闻。一官无厚业,诸子有余芬。……九原长不起,回首一怀君。"

按:王锦,字纲之,号复庵,河南开封府许州襄城县(今河南许昌襄城县)人。年二十登成化五年(1469)进士第(《何景明丛考》讹其生年及中进士年岁),授庶吉士。成化八年为监察御史,转按察司副使。后以同僚不合乃辞官归。王锦富有文名,人号曰:"文虎"。事迹详见《(雍正)河南通志》卷六五。王尚䌹《苍谷全集》卷二有《挽复庵王纲之》诗。王瓛,字宗玺,号愚庵,晚号退隐翁,学者号退隐先生,河南襄城人。正统十年进士。授户部主事,升南京户部郎中,后以母老乞归养。事迹见《(嘉靖)许州志》卷六。又,王锦为王瓛长子。次子名銮,字拱之,弘治十五年进士,与大复为同年,授行人,官礼科给事中,升都给事,历陕西布政使司右参政,终湖广右布政使。鲁铎《鲁文恪公集》卷七有《王愚庵先生挽诗序》云:"襄城王愚庵先生殁既十有三载,其子拱之既为行人,于予同年进士。间持一卷拜,且泣请于予。"

自蔡州向南,渡淮河,约在春末夏初至家。

《大复集》卷一五有《渡淮》,卷二四《还家口号》:"十年奔走违亲舍,此日归来喜不禁。敢向明时轻组绶,只缘多病乞山林。闲居拟著潘安赋,高卧宁知谢傅心。早晚南岩桂花发,开轩相望一长吟。"卷七《还至别业四首》其一有云:"入门问所亲,上堂叙悲叹。……十年苦行役,兹夕方来旋。"其三:"依依入乡间,惨恻历故疆。行迈逾几时，所见忽以更。……平生所同欢，转盼殊存亡。羁魂邈逯域，旅柩归中堂。人命不相待，奄忽如朝霜。"其三："弥驾及春暮，比屋事耘耕。"

按："转盼殊存亡"，指仲兄景韶之丧。

归来不久，长子夫即生于信阳城郭西水营墅。

何洛文《先考奉政府君先妣戴宜人行状》："先大母曰王宜人，用正德丁卯生先伯考经历公，先大父占之曰：'夫夫将来仅博一官乎？顾非老寿昌后者。'乃命讳曰'夫'。"

按：何洛文于此文中称其父生于郭西水营墅，实则其父生于北京，水营墅者当为其伯父何夫所生地。另据《大复集》卷二四《生子》诗："两岁归来生两雏，故园夫妇亦相娱。"则大复生长子何夫当在自京返家后，即于初夏之后。

乡居养病时，尝与刘大夏诗歌酬唱，有《寄赠刘东山先生次林都宪韵》。

《大复集》卷二四《寄赠刘东山先生次林都宪韵》："一疏归来卧旧山，几回天上识容颜。城边黄石留侯去，海内苍生谢傅闲。日月梦随天阙仗，烟波家在洞庭湾。南瞻江汉无多路，不得乘槎一往还。"

按：考孙继芳《东山先生刘大夏忠宣公全录》及《武宗实录》，刘大夏在孝宗去世后，三次上疏求致仕。正德元年五月丙申，再次上疏辞官，终获允。李东阳作《后东山草堂赋》、李梦阳有《奉送大司马刘公归东山草堂歌》、陆深有《东山草堂一首送东山刘先生致仕》以相送。陈田《明诗纪事》丁签卷一于李梦阳诗下并录庄㫤、杨一清、何景明、边贡、何孟春等人以"东山草堂"为题酬唱之诗。唯大复之诗非当时送别之作。刘大夏正德元年归东山时，大复尚在京。然诗题云"寄赠"，则非当时所作明矣。白润德《何景明丛考》据大复同卷之《代孙太守自题沱西别业次刘东山先生韵兼酬东山》及刘大夏《题孙懋仁贰守沱西别业》一诗所在文集编次而定之于正德三年（详见第31—32页）。白氏考证有误。刘大夏正德三年已被刘瑾逮至京城下镇抚司狱,寻又远戍肃州。此时寄诗似于情理不合。又诗题云"次林都宪韵",林都宪,指林俊。林俊(1452—1527),字待用,号见素、云庄,福建兴化府莆田县(今福建莆田)人。成化十四年(1477)进士。初任刑部主事,进员外郎。以上疏请斩内官梁芳故,被逮下狱,后谪姚州判官。不久即转南京刑部员外郎。孝宗弘治初年,以荐升云南按察副使,再升为按察使。后历湖广按察使、广东右布政使、南京右佥都御史。武宗正德元年因荐进为右副都御史,后以丁忧不果。四年,起抚四川。正德六年以剿贼功进右都御史,后以小人劾而以乞原官致仕。世宗即位,起为工部尚书,改刑部。后以数上言劾中官不法事不果,致仕,赠太子太保。后因议大礼遭削官。嘉靖六年卒,享年七十六。隆庆初复官,赠少保,谥贞肃。传详《明史》卷一九四《林俊传》及《国朝献徵录》卷四五杨一清所撰《荣禄大夫太子太保刑部尚书见素林公俊墓志铭》。林俊为李东阳门生,亦为福建茶陵派重要人物。大复诗中称"林都宪",则当在林俊任都御史后,即正德六年。林俊原诗其《见素集》及《见素续集》中并未收录。然则大复寄刘夏诗在其"家集"之内,考诗之内容亦合于大夏谪戍肃州前。其时林俊官副都御史,当称"林副宪"。个中缘故俟考。

是年夏,编《王右丞诗集》。

《大复集》卷三二《王右丞诗集序》:"予奉疾还,值长夏索处,人劝以精力未充,且省读书。日又无所事,野居又无人与语。偶取《王右丞集》读之,……凡数日竟其编。顾集中长短混列,欲考体制以求作者之意,实烦简阅,乃略加编定,稍用己意去取之。厘五七言古诗各为一卷,五言律最盛,为一卷,七言律为一卷,五七言并六言绝句共为一卷,皆首标体制,俾篇诗各有统叙。总五卷,录为一本,自备考览,不敢以示诸人。"

五月五日端午节,有《五日》之作。

《大复集》卷二四《五日》:"五月五日天气鲜,艾叶榴花堆眼前。乡土岁时殊不恶,间阎风俗自堪怜。邻人角黍能相送,野老蒲觞得共传。回首十年车马地,每逢佳节泪潜然。"

　　按,"回首十年车马地"与《还家口号》中所云"十年奔走违亲舍"皆同指自应科举至今辞官回乡养病,期间十年也。

五月十五日,月蚀,有《五月望月食》一诗纪其事。

《大复集》卷一五:"月食逢中夏,山城黯黯阴。孤灯今夕泪,哀角万方心。"

《武宗实录》卷二六:"正德二年五月……丁巳昏刻月食。"

　　按:正德年间于五月有月食者,仅有此年。穆孔晖《穆文简公宦稿》卷二《月蚀》诗有云:"烦蒸初得雨",自注云:"正德丁卯",亦可为证。

知州孙荣三年任满,送其赴京师考绩。

《大复集》卷三三《孙郡守孙公考绩诗序》:"予得告还,处野中别业,不能应州间交际。赵元泽氏者,予所好者也,来造予,且将诸乡大夫之命,曰:'吾守孙公将奏功天子,天子且将有显陟也。吾州不复得迓公驾矣。众咸荣其行,而不忍其去我也,见之歌诗焉。子幸居家,不得无辞以为颂首。'……"《送孙太守》:"五马朝天日,倾城出饯时。倪宽行考最,何武去留思。碧草朱轮动,青云皂盖移。圣朝崇汉吏,功业正当期。"

　　按:孙荣于弘治十七年任信阳州知州,至是年恰三年。《送孙太守》诗云"碧草朱轮动",则显然孙荣赴京仍在夏时。

六月十日,侄女何渭卒,时年仅十二,为作圹铭。

《大复集》卷三五《侄渭女圹砖铭》:"侄渭女……生十二年夭。……岁丁卯夏疫,家婢有遘之者,众不敢视,女入其卧持水饮之……婢愈女乃疾……顷绝,六月十日也。"

六月十五日夜,梦马死,翼日马果死,遂有作《悼马诗》。

《大复集》卷二三《悼马诗并序》序云:"予家买得一马,齿小而良。丁卯岁季夏十五夜,予忽梦龙子立阶下,局踏而死,梦警。僮在户外呼曰:'厩马死!厩马死!'予怪且惜之,作《悼马诗》十韵。"

六月二十三日,葬长兄景韶之次子岳州。

  《大复集》卷三五《侄岳州圹志铭》:"侄岳州,东昌公第二子。……生四岁,死于正德二年六月二十三日,埋之堰东岸上。"

七月十五日,中元节,有《中元夜月》《中元节有感》之作。

  《大复集》卷一五有《中元夜元》,卷二三《中元节有感》:"去岁中元节,朝陵百职同。严趋神路左,遥拜孝园东。……病居逢此日,长望五云中。"

感秋时而仿杜甫作《秋兴八首》

  《大复集》卷二四《秋兴八首》其三有云:"前岁今皇新御极,凤衔恩诏出明廷。孤槎奉使日南国,万里题诗天畔亭。"

    按:既云"前岁今皇新御极",又言奉使南国事,弘治十八年后二年,则是年当即正德二年。

侄何士赴大梁应秋闱,命其求李梦阳书,遂得李梦阳《钝赋》。

  《大复集》卷二《蹇赋并序》序云:"兄子士之上大梁也,予戒之曰,至则求大梁李子书。及还,李子乃书所著《钝赋》焉,曰何子其和予篇。夫钝者,委时之弗利,无如之何,欲以藏用而自完,盖获志焉。读其辞,伤怀慷慨,悲之。遂抽其绪余,因别为《蹇赋》继之。书付士,使并藏观览焉。"

  李梦阳《空同先生集》卷一《钝赋》:"钝者何?伤时之锯也,亦自恢也。"

    按:何士赴大梁虽未明言何时,此当乡试之年,或当即此时。又考大复及李梦阳二人之赋,盖伤时之偃蹇而作也。李梦阳《钝赋》有云:"余窃悲机巧之竞进兮……吾纵有湛卢与龙泉兮,反孤立而危惧。"显然指发刘瑾之奸而不报之事,故暂系之此年。

是年秋,有怀王九思、康海、何瑭、李梦阳、边贡、王尚䌹六子及蔡天佑、马卿、崔铣诸友之作。又有梦何瑭之作。

  《大复集》卷八有《六子诗并序》,序云:"六子者,皆当世名士也。予以不类得承契纳,辅志励益者多矣。病归值秋,寤叹中夜,有怀良友,作六子诗。"六子诗者分别为《王检讨九思》《康修撰海》

《何编修瑭》《李户部梦阳》《边太常贡》《王职方尚䌹》。

《何大复先生集》卷一一《怀三吉士》：“黄河西来走蜿蜒，睢漳之水相荡泊。少室王屋俱峥嵘，太行林虑朝中岳。含灵萃异几百年，中产三士诚磊落。神标秀骨自殊众，水之文蛟山之鹤。十年戢鳞在烟海，一日比翼栖云阁。蔡君通朗及众艺，马氏多才步前作。昂藏崔子抱群经，径操巨舸从伊洛。”

按：蔡天佑睢州人，马卿彰德府林县人，崔铣安阳人，三人皆于弘治十八年中进士，并授庶吉士。大复诗中，睢水在睢州，指蔡天佑，漳水过林县，指马卿，林虑在安阳，指崔铣。据《武宗实录》卷三一：“正德二年冬十月……戊寅，授庶吉士崔铣、严嵩、湛若水、陆深、翟銮、徐缙为翰林院编修，段炅、穆孔晖、易舒诰、张邦奇为检讨，邵天和等为给事中。天和史科，张九叙、马卿户科，蔡潮、高浤兵科……”则马、崔二人至是年冬十月才由庶吉士迁官。大复是诗之作当在冬十月之前。蔡一佑，字成之，号石冈，河南开封府睢州（今河南商丘睢县）人。弘治十一年中举，十八年举进士。授庶吉士。正德五年官吏科给事中，七年迁福建按察司佥事，十一年升山东左参议，再转为按察司副使。嘉靖朝历官山西按察使、右佥都御史、兵部左侍郎。嘉靖十二年卒。著有《石冈集》。事迹详见贾咏《南坞集》卷一三《明故少司马蔡公墓志铭》。马卿（1479—1536），字敬臣，号柳泉，河南彰德府林县人。弘治八年（1495）举人，十八年举进士。授庶吉士。正德二年授户科给事中，五年迁吏科右给事中，六年调大名府知府。历官浙江按察司副使、山西提学副使、山西布政使司右参政、云南布政使、福建右布政使、南京太仆寺卿、南京光禄寺卿，终南京右副都御史，嘉靖十五年卒于官。著有《马氏家藏集》《柳泉诗钞》等。事迹详崔铣《洹词》卷一〇《通议大夫都察院右副都御史马公行状》。崔铣（1478—1541），字子钟，一字仲凫，号后渠、少石、洹野。河南彰德府安阳人。弘治十一年举人，十八年中进士。授庶吉士。正德二年授编修。四年以忤刘瑾出为南京吏部主事,瑾诛复故官。十一年升翰林院侍读学士,十二年以病辞归。嘉靖初授南京国子监祭酒,后以议大礼劾张璁、桂萼,勒令致仕。嘉靖十五年擢南京礼部右侍郎,寻以疾致仕,卒于家。谥文敏。著有《洹词》《松窗寤言》等。事迹详见《洹词》卷首附马理《崔文敏公传》。

同书卷一五有《梦何粹夫》:"内翰同乡客,新知交更深。春从都下别,秋向梦中寻。"

> 按:何瑭(1474—1543),字粹夫,号虚舟、柏斋,河南都指挥使司怀庆卫(今河南焦作武陟县)人。弘治十四年解元,十五年中进士。授庶吉士,十七年迁翰林院编修。正德五年以不屈于刘瑾而致仕,瑾诛复故官。后历官开州同知、东昌府同知、浙江提学副使、工部侍郎、户部侍郎、礼部侍郎、南京右都御史等职。嘉靖二十二年卒,谥文定。著述有《何文定公文集》《柏斋集》。事迹详见何瑭《何文定公文集》卷首附张卤《南京右都御史何文定公瑭传》。

是秋,有悼亡兄景韶之作。

《大复集》卷一五有《东昌公哀词五首》,序云:"东昌公淹没已逾三时,痛悼之余,篇什尚缺,然其情未可已也。于是作哀词五首。"其三有云:"江海悠悠逝,那堪死别情。尚平婚未毕,卓宰宦初成。夜雨原花落,秋风墓草生。"其四有云:"素车临故域,华表立新阡。室女啼秋夕,乡人吊墓田。萧条风雨候,愁绝对床年。"

> 按:序中言东昌公没已逾三时(古人称每季为一时),又诗中言及秋风,且云"华表立新阡",皆可证此哀词乃是秋之作。

八月六日,是日初度,作诗遣怀。恰逢丁日释奠先师孔子,至州城中孔庙观礼。

《大复集》卷一五:"此日逢初度,悲怀却自宽。久为京洛客,初乞茂陵官。堂上慈颜喜。灯前稚子欢。一杯承膝下,愿得岁相看。"卷一五《八月丁日》:"孔庭严祀典,冠冕萃吾乡。霄汉回清乐,星辰入画裳。万年仍俎豆,千仞自宫墙。此日斯文地,瞻依病未忘。"

> 按：大复诗中云"初乞茂陵官"，借司马相如病免居茂陵事以自代，则当指以病辞官之事，故系之是年。又，释奠孔子原在每年春秋仲月上丁日举行，大复《八月丁日》此诗未明指是年，然据诗中云"瞻依病未忘"，大复既称病还乡，故当系之是年。

《武宗实录》卷二九："正德二年八月……丁丑，释奠先师孔子，遣户部尚书兼文渊阁大学士王鏊行礼。"

是月乡试，门人戴冠、孙继芳中举，任镛等好友失第。

> 按：大复称病归信阳后，孙继芳即从大复游，是年秋中举。孙宜《先提学府君行实》载："先君生而哲灵，七八岁已有远志盛气。既长能日诵千言。又善属举子业。先公为赵州也，以先君从州学高等亢先生。亢先生则大奇异视之。然亢先生顾教先君俳比佻巧之文，其体虽工，弗正也。及先公为信阳，又以从大复何先生。何先生则又大奇异视之，曰：'子质若此，苟弗纳诸经，常是终不耳。'于是乃教以读古六经诸史书。已，又教以更举子业为典雅恒正言云，而先君因大弃去亢先生之学，成巨儒矣。当是时，先君盖年二十有四，为武皇帝正德丁卯，乃遂举乡试。"又何洛文《何震川先生集》卷一七《浙江处州府同知兵部职方司郎中孙暨配刘宜人墓志铭》载："于时先大复方忤奄瑾请告，与高夔州鉴、孟侍御洋、马侍御录并还在里，公下榻造请，间相倡和，游处甚欢。且遣其子学宪公从受经。"孙继芳（1483—1541），字世其，号石矶，湖广岳州府华容县（今湖南岳阳市华容县）人。正德二年举人，次年春试不利，遂入太学，从吕柟问学。正德六年中进士，授刑部山西司主事。正德九年，以应乾清宫火灾上疏不报，遂谢病归。十一年起为车驾主事，升职方员外郎。曾出使陕西，经略哈密等地。嘉靖朝官至云南按察司提学副使，嘉靖二十年卒，享年五十九。著有《石矶集》。事迹详见其子孙宜著《洞庭渔人文集》卷四八《先提学府君

行实》。任镛,字宏器(一作洪器),号草亭,河南信阳州人。贡生,正德间任保定府新城县训导,后又迁鸡泽县教谕。事迹不详,仅《大复集》中有载其姓字,另《新城县志》有载其任训导事。

《大复集》卷二八有《喜戴仲鹖得乡荐二首》《慰任宏器诸友失第二首》。卷一六有云《寄孙世其举人》:"得意西风里,宾筵听鹿鸣。……锦树连江路,秋花照楚城。北来休太晚,慰我来年情。"

> 按:诗云"秋风照楚城""北来休太晚",知孙继芳时在华容家中。又"宾筵听鹿鸣",次年继芳春试不利,故可知此诗之作当在其乡试中举后。

樊鹏《樊氏集》卷一〇《山东按察司提学副使戴君墓志铭》:"长从吾师何子于京师……由是声名藉甚。正德丁酉举河南,戊辰登进士第。"

九月九日重阳节,与马录、任镛登高有作。李梦阳亦有诗寄大复。

《大复集》卷一六有《九日同君卿任宏器登高》之作,其一云:"岁岁重阳菊,开时不在家。那知今日酒,还对故园花。"其三有云:"病思逢佳节,孤怀忆远游。"

李梦阳《空同先生集》卷三一有《九日寄何舍人景明》诗云:"九日无朋花自开,登楼独酌当登台。孤城落木天边下,万里浮云江上来。但遣清尊常不负,从教白发暗相催。梁南楚北无消息,塞雁风高首重回。"

> 按:梦阳诗"梁南楚北无消息",可知寄诗时,大复、梦阳均各在家中。次年梦阳系狱京中,八月始释,九月仍未归。故是诗作当系于是年重阳时。

约在季秋之时,戴冠将入京应礼部会试,作《宝剑篇》以相送。

《大复集》卷一一《宝剑篇》序云:"戴仲鹖将赴春官,来别何子,何子作《宝剑篇》赠之。"

> 按:《宝剑篇》诗有云:"雄游九天横素秋","绿袍青绶带秋水",故戴冠赴京之时当在八月乡试之后,或即季秋之时。

冬十一月十六日，月全食，作诗纪之。

《大复集》卷六《月食篇》："仲夏月食月半缺，仲冬月食食之既。"按：此诗言及仲夏五月月半食，冬十一月月全食。

《武宗实录》卷三二："正德二年十一月……乙卯，月食，命次日免朝。"

十二月，孟洋自京返信阳，往迎之。至返京时，有慰留赠别之作。

《大复集》卷一六云《喜望之至以诗迎之》："经岁青山下，空吟求友诗。故人天上至，慰我病中思。腊近冰霜苦，春回草木知。小堂终日待，枉驾莫教迟。"卷一一有《雨雪呈望之》："北风萧萧天雨雪，洪川大陆水嶙岣。……十年骨肉更知己，四海兄弟今何人。夫子风流本绝世，致身况在万里津。……愚弟病归卧丘壑，山中日与蓬蒿亲。喜看结驷来天上，又许题诗到水滨。"卷二四《闻望之买马促装以诗留之》："闻君买马冲宵发，正为慈颜在远京。已喜尺书前日至，不妨旌节来年行。故乡岁暮难为别，长路天寒益系情。拟办盘飧留暂住，况逢风雪阻严程。"卷八有《赠望之五首》，其二有云："季冬严风发，积雪皓皑皑。念子徂远路，郁结不能开。"卷一六《别望之》有云："相送不得远，临水一悲歌。……楚塞风烟迥，燕关雨雪多。春还问消息，尺素莫蹉跎。"

按：考大复《喜望之至以诗迎之》诗意，所谓"经岁""腊近""病中思"，可证是诗乃大复因病家居即是年所作，时当岁末，大复春末还家，故云经岁。又，大复家居时与孟洋酬赠之作，诗中皆叙冬景，故知孟洋此次返信阳未多停留，未足月还返京侍亲。

孟洋《孟有涯集》卷九有《酬何仲默以诗见留次韵》："每逢晚岁忆乡国，岂谓浮名恋帝京。道路自缘妻子计，冰霜忍别旧如行。梅花水槛非无思，柳色春城亦有情。感尔诗章挽星斾，顾予心绪入云程。"

是年，吴下沈昂来信阳游，与大复订交。并与赵惠、马录、高鉴等往来唱和。

《大复集》卷三三《赠清溪子序》："清溪子尝游吾郡，题诗山寺中去,时予幼也。既长,予游寺中,尚见其诗。今年予得告,屏处郭西之别业,所罕有接识。吾乡有赵元泽者,长者也,故常与语也。他日偕客来,予谓客谁也,元泽曰是清溪子也,予业已识之,盖二十年而再至也。清溪子亦长者,又能为歌诗,善鼓琴。性好远游,凡游江汉洞庭百粤之间者将三十岁也。予亦好游,尝游燕、赵,游秦、楚、滇、蜀,然悉以宦故游也,弗肆吾志。与子语游尚勃勃也。吾郡先达高铁溪者,尝仕司马部,迁楚徽,又仕江南,仕蜀川,亦好游者也。时谢宦隐于乡,无与语游者,乃数与清溪子语,欢甚也。于是予与铁溪更相延致月余,日与歌吟弄琴,至夜分有不息也。夫人之晤合离散,有谓偶然者。清溪子始游吾郡,予固稚子,而铁溪方宦游也。二十年而再至,再至而相与甚得,岂偶者也。清溪子归,归而岁一至焉,则与吾二人语游尚有期也。时与清溪子善者,皆作诗为别。元泽洎马君乡者,尤数往来者也,诗并附卷,卷首题尽皆铁溪作者也。清溪子名昂,字子高,出东阳沈氏。铁溪名鉴,字克明。元泽名惠,君卿名录,白坡何景明志。"

按:沈昂似为一隐士,传略不详,仅由《大复集》中知其名昂,字子高,号清溪,南直隶常州人(即东阳沈氏也)。赵惠传略亦不详,由大复诗文知其字元泽,号雪舟,信阳州人。马录,字君卿,号百愚,信阳州人。正德三年举进士,五年授固安知县。八年拜为监察御史,巡按南直隶、山西等处。十一年丁母忧。嘉靖时以劾武定侯郭勋事,遭贬戍广西,乃卒于戍所。著有《百愚集》。传详《国朝献徵录》卷六五载朱睦㮮撰《御史马录传》。高鉴(1452—1518),字克明,号铁溪,信阳州人。成化十四年进士,授吏部主事。历官镇远通判、镇江府同知、夔州府知府等。著有《铁溪集》。高鉴亦善画。《大复集》三五有《明故夔州府知府铁溪先生高公墓志铭》。

正德三年戊辰 一五〇八 二十六岁

正月七日,有怀孟洋,作诗纪之。

《大复集》卷二四《人日怀孟望之》:"人日登高聊引兴,万峰寂寞对申台。莺花出郭还难见,雨雪逢春尚未开。沙畔柳条悲暮角,城边柏叶照寒杯。关河怅望东归使,渺渺孤槎几日回。"

是月,刘瑾矫诏逮李梦阳下狱。

> 谈迁《国榷》卷四七:"正德三年正月……逮山西布政司经历李梦阳下狱。逆瑾欲死之,梦阳与翰林修撰康海友善,瑾重海之才,海不为屈,至是救梦阳,特为请,得释。"
>
> > 按:李梦阳下狱在是年五月,详本年谱文。未知《国榷》据何系之正月,疑讹五月事入正月,然《明书》《宪章录》《明史纪事本末》《明通鉴》诸书皆依之。

二月一日,刘瑾矫旨定制,官员养病违限即免官。遂于是年致仕。在《述归赋》中,他提出为文要"博大义,不守章句,而于古人之文,务得其宏伟之观、超旷之趣"。

> 孟洋《墓志铭》:"郊居著述一年。瑾尽举免诸在告者,戊辰,何君免。"
>
> 《大复集》卷一《述归赋并序》,序文言:"仆闻之,殊途者不可以同观,异趣者不可以强翕。……仆少执寡昧,窃有慕于古人之义。弱冠即仕,出入班行者已越六岁。颇有龃龉之叹焉。正德戊辰,皇上御极之三年,诏许罢归乡里,得侍亲膳。既荷洪宥,殊协凤情。于是始欲究著作之原,博览历之胜,窃附一家之传,庶艾不稀之戒。仆尝以汉之文人工于文而昧于道,故其言杂而不可据,疵而不可训。宋之大儒知乎道而啬乎文,故长于循辙守训,而不能比事联类,开其未发。故仆尝病汉之文其道驳,宋之文其道拘,反复求斯,尚未有得。要之,鄙意则欲博大义,不守章句,而于古人之文,务得其宏伟之观、超旷之趣。至其矩法,则闭户造车,出门合辙,不烦登途比试矣。然又欲效子长好游之意,抗志浮云,彻迹九有,以博其大观,以成其文章。斯亦不坠古人之余烈哉!"
>
> 谈迁《国榷》卷四七:"正德二年……二月己巳朔……光禄寺丞赵松归省逾限,夺俸三月。已有旨,引疾逾岁,勒免。"
>
> 何乔远《名山藏》卷九五《宦者杂记》:"光禄寺丞松归省违限,吏部据例复职。瑾矫旨罚俸,曰:'凡省亲养病者,皆旷职营私。自

后违四五月限者,罚如松,六七月者逮问,八九月者致仕,十月以上者削仕籍。养病一年以上者致仕。亡何御史学服阕,称病违八月,如新旨当致仕,瑾乃黜为民。"

三月十八日,门生戴冠中是科吕柟榜进士,同乡友人马录亦中进士。

《武宗实录》卷三六:"正德三年三月……乙卯,赐吕柟等三百四十九人进士及第、出身有差。"

《大复集》卷一六有《寄戴仲鹖进士》《寄马君卿进士》。

按:是科中进士而与大复先生有往来者有:吕柟、景旸、侯宜正、焦黄中、刘大谟、戴冠、徐度、刘天和、韩邦奇、曾玙、王九峰、王崇庆、韩邦靖、刘文焕、雷雯、毛伯温、唐龙、吕经、阎钦、许逵、王光、马录、顾可适、方豪。又,孙继芳是科落榜,三年后始中进士。寄戴冠、马录诗具体月份难考,然为是年之作无疑。

五月十七日,李梦阳自开封被絷至京师,下诏狱。

《空同先生集》卷一〇《离愤五首》自注云:"正德戊辰五月作。是时阉瑾知劾章出我手,矫旨收诣诏狱。"卷四七《述征集后记》:"李子曰:余以正德三年五月十七日絷而北行,至秋八月八日乃赦之出。"

是夏,大旱连月,作《忧旱赋》。至六月始雨,喜而作《雨颂》。

《大复集》卷一有《忧旱赋》,又卷三《雨颂并序》序云:"岁戊辰,五月不雨,至六月土脉龟坼,井汲不给,禾则半偃。民实忧作,动而转徙者,扰不可禁矣。是月己亥雨,庚寅复雨,人于是乃有秋望,稍定逋志。予既为《忧旱赋》矣,兹则喜而有颂焉。"

按:正德三年六月中,无己亥日,当为己丑日或乙亥日。

八月八日,李梦阳得康海援手,出狱。寄诗问讯,梦阳亦有复诗。

《大复集》卷一六《怀李献吉二首》其一:"闻君在罗网,古道正难行。无使传消息,凭谁问死生。东方元太岁,李白是长庚。才大翻流落,安知造物情。"其二:"冠盖京华地,斯人独可哀。神龙在泥淖,朱凤日摧颓。世路无知己,乾坤孰爱才。梁园别业在,何日见归来。"

李梦阳《空同先生集》卷二四《答何子问讯》,其一:"伊汝投簪日,怜余胃网罗。江湖鸿雁绝,道路虎狼多。万死还乡井,潜身葺薜萝。天涯岁仍晚,无路觅羊何。"其二有云:"仲夏辞梁地,中秋出夏台。醉行燕市月,留滞菊花杯。日暮千行泪,天寒一雁来。亦知张季子,不为食鲈回。"其三:"弱冠真怜汝,投闲更可哀。山高桐柏观,水曲范滂台。假寐凭岩桂,潜行倚岸梅。此时谁借问,日短暮寒催。"

按:据李梦阳诗意可知,一则此诗作于季秋九月,二则梦阳确有避祸归意,故云"亦知张季子,不为食鲈回。"晋张季鹰见秋风起而思故乡莼鲈之美,实则托辞避祸也。又,梦阳是年秋自京返,与京中九友作别,《空同先生集》卷一二有《九子咏》纪其事,其序云:"九子者,皆天下贤豪人也。今乃合余于孟氏之堂祖行也。慕义伤离,怅然有感于前游,于是作九子之咏。"九子分别为"刘户部远夫大谟""王户部邃伯绽""王职方锦夫尚纲""马给事中敬臣卿""陶行人良伯骥卿""马进士君卿录""戴进士仲鹬冠""孟行人望之洋"。

是岁淮西灾,民饥馑,上疏布政司论救荒之策。乡人李仲良举为耆老,掌捕盗事,为文赠勉之。

谈迁《国榷》卷四七:"正德三年……十月乙丑朔……辛未,征整理湖广粮储户部左侍郎韩福,命南京工部右侍郎毕亨兼右金都御史,代福赈湖广、河南汝宁。"

《大复集》卷三〇《拟与藩司论救荒书》:"顷者朝廷以淮西告灾,蠲其常税,命守臣存抚赈贷,此主上俯念元元之意惠甚渥也。今郊廛乡鄙之民,捐室庐去田亩,诀兄弟叛父母而出者,闻皆卖其妻子,身为奴婢。甚者弃尸道路,百不存一。其未徙者,又皆覆釜阒室,坐以待毙,有快于速死,自经树枝者。夫死者不收,而生者未哺,往事已鉴,而来势方迫,此正执事者所宜控竭智虑,纾迟猷,布隆惠,以宽民生承上意之日也。然而利害之实不省,缓急之端昧序,内无存变之恤,而外无应务之策,甚非所以谨生齿之大命,彰主上之实泽者也。窃于执事有不取焉。诚使仆开其利害,执事试听之。今为民计,大率利一,而其害有三:征求之扰、工役之勤、寇盗之忧,此为三害,而所利于民者,独发仓廪一事耳。"

《大复集》卷三四《赠李仲良耆老序》:"今岁弗熟,自汝以南数百里,草尽死,中民以下为食所窘,起而窃掠。昔之宿寇巨盗,相与乘发助匿,炽弗可已,民大动扰。于是藩司下令州县乡各置一老,使任捕诘。虽非典例,亦便宜所可举者也。时予乡以李仲良举是役,其厚仲良者。吴抑之氏、彭宽夫氏为仲良见予,曰仲良举是役,吾乡所赖以弗扰者,众皆为贺,而愿予有以告之也。予闻仲良之乡矫矫,弗且为惴敛,能与人任事,乡人素所豪杰者也。其为是役,吾弗患仲良弗能也,虑仲良弗慎耳。"

约在是年,孙荣迁为浙江处州府同知,过信阳见访,有送别之作。

《大复集》卷三三《送孙处州序》:"郡守孙先生懋仁以吏部例举为处州府同知,其视郡凡有三年也。申人宜之而难其去,我相与送之上。……"卷六有《处州别驾行》。

> 按:孙荣具体何时赴处州任待考,然其于正德二年赴吏部考,当在是年迁处州。《何景明丛考》以《代孙太守自题沱西别业次刘东山韵兼酬东山》为此时之作,讹,此诗当作于正德六年。详见正德六年谱文。

本年为袁凯《海叟集》作序,赠孙继芳,孙继芳为刻《海叟集》。序中言及学诗之法。

《大复集》卷三二《海叟集序》:"景明仕宦时,尝与学士大夫论诗,谓三代前不可一日无诗,故其治美而不可尚。三代以后言治者弗及诗,无异其靡有治也。……景明学诗,自为举子历宦于今十年,日觉前所学者非是。盖诗虽盛称于唐,其好古者,自陈子昂后,莫若李杜二家。然二家歌行、近体诚有可法,而古作尚有离去者,犹未尽可法之也。故景明学歌行、近体,有取于二家,旁及唐初、盛唐诸人,而古作必从汉魏求之。虽迄今一未有得而,执以自信,弗敢有夺。今年罢宦归,自以有余力,得肆观古人之言,又欲取我朝诸名家集读之,然弗多得。其得而读之者,又皆不称鄙意。独海叟诗为长,叟歌行、近体法杜甫,古作不尽是。要其取法,亦必自汉魏以来者。其所造就,盖具体而未大耳。噫!其所识亦希矣。吾郡守孙公懋仁,笃于好古,其子继芳者,从予论学,大有向往。尝索古书无刻本者以传,予谓古书自六经下,先秦两汉之文,其刻而传者亦足读之矣。海叟为国初诗人之冠,人悉无有知之,可见好古者之难,而不可以弗传也。乃以授之,而并系以鄙言,观者亦将以是求叟之意矣。叟姓袁氏,名凯,其集陆吉士深所编定者,李户部梦阳有序。其履历可考而知也,兹不复述。"

陆深《俨山集》卷二五《诗话二十五则》:"袁御史海叟能诗,国朝以来未见其比。有《海叟集》,予为编修时,尝与李献吉梦阳、何仲默景明校选其集,孙世其继芳刻在湖广。献吉谓海叟诸诗,《白燕》最下最传,故新集遂删之……"

  按:考大复此序,言"自举子历宦于今十年",即弘治十一年至今十年,则当为正德二年或三年。而又云"罢宦",故系于正德三年。

(作者:上海书店出版社编辑)

《汇校汇评汇注高启全集》述略

钱振民

高启(1336—1373),字季迪,号青丘、槎轩,苏州人。明洪武初,以荐参修《元史》,授翰林院国史编修官,受命教授诸王。擢户部右侍郎,力辞不受。后以为苏州知府魏观撰《郡治上梁文》而获罪腰斩,年仅三十九岁。高启是元末明初著名文学家,与宋濂、刘基并称"明初诗文三大家",与杨基、张羽、徐贲并称"吴中四杰"。其一生"著述甚富,其诗则有《凤台》《吹台》《江馆》《青丘》《缶鸣》《南楼》《姑苏》《胜壬》等集,文则有《凫藻集》,词则有《扣舷集》也,几二千余篇"[1]。

近年,笔者对高氏诗文作品及主要注评文献进行了较全面的搜集与梳理。

一、自明景泰初年后,高启的诗歌作品被合编为《高太史大全集》《槎轩集》,至清代,又被编刊或缮录为《高季迪先生大全集》《青丘高季迪先生诗集》《大全集》。其中尤以清雍正年间金檀辑注的《青丘高季迪先生诗集》收录高启诗作较完备。清人编刊的高启诗集,对于高启诗歌作品的传播自然功不可没,但清人编刊图书,多变乱妄改前人文字,高启诗集亦未能幸免。其变乱妄改,导致高启诗作的文字距离原貌产生了一定差异。[2]

---

[1] 见明永乐刻本《缶鸣集》卷末周立之识。
[2] 参见拙文《清人刻书妄改前人序文二例》,《薪火学刊》第1卷,上海:复旦大学出版社,2014年;《青邱高季迪先生诗集所用底本考》,《薪火学刊》第2卷,上海:复旦大学出版社,2015年;《四库本大全集所据底本考》,《复旦古籍所学报》第1期,上海:复旦大学出版社,2012年。

二、诗文评点起于宋，兴盛于明清。作为"明初诗人之冠"的高启，其诗作影响广泛，文人学者评点者甚多。这些评点文字在明代主要以诗话、诗选、序跋等形式出现。至清代康熙年间，始以高启诗集刻本为依托而进行全面评点之评本相继在学人或藏书家之间传抄，为射利而托名仿冒的伪评本亦随之出现。流波所及，东邻日本学人亦不甘落后，明治间近藤元粹对高启诗作进行了全面评点。这些评点文字，多有点睛之笔，其价值不容忽视。

三、清人金檀于雍正年间编刊《青丘高季迪先生诗集》，不仅辑补各体诗二百五十余首，并且为高启大部分诗作作了较详细的注释。这些注释文字对于世人阅读理解高启诗作起了重要作用。鉴于此，笔者决意通过文本校勘，尽量恢复高启诗文作品文字的原貌，并搜集整理评点文字、注释文字，为学界编集整理一部《汇校汇评汇注高启全集》。

壹、高启诗文集的主要文本及其版本

一、诗集

高启生前曾自编成卷而未见传世的诗集有《凤台》《吹台》《江馆》《青丘》《南楼》《胜壬》等六种。《缶鸣集》为作者生前的自选诗集，收诗千首，当已收录了上述六集中作者自认为值得传世的诗作；景泰初徐庸编刊《高太史大全集》，收诗一千八百余首，其增加的八百余首当主要是《缶鸣集》未收的诗作。

其诗作编集成卷而现仍存世者，主要有如下数种：①

（一）姑苏杂咏一卷。

此集为高启辞官归里后，歌咏苏州一带山川台榭园池祠墓之古今诸体诗一百二十三篇，于洪武四年萃次成帙。其自序曰：

---

① 各种总集选录成卷者或单行节选本从略。

> 吴为古名都,其山水人物之胜,见于刘、白、皮、陆诸公之所赋者众矣。余为郡人,暇日搜奇访异于荒墟邃谷之中,虽行躅殆遍,而纪咏之作则多所阙焉。及归自京师,屏居松江之渚,书籍散落,宾客不至,闭门默坐之余,无以自遣。偶得郡志阅之,观其所载山川台榭园池祠墓之处,余向尝得于烟云草莽之间,为之踌躇而瞻眺者,皆历历在目,因其地想其人,求其盛衰废兴之故,不能无感焉。遂采其著者,各赋诗咏之……因不忍弃去,萃次成帙,名《姑苏杂咏》,合古今诸体,凡一百二十三篇云。

现存明洪武四年序刻正嘉间殷铓剜补本、明洪武三十一年蔡伯庸刻本、成化年二十二年张习刻本、明卫拱宸刻本、清康熙刻本等。

此集所收诗作已收编于《高太史大全集》中。

(二) 缶鸣集十二卷

此集所收为高启作于明洪武三年以前的诸体诗,自选九百余首,其内侄周立编刊时增至一千首。其友人谢徽序曰:

> 季迪之诗甚多,有《吹台集》《缶鸣集》《凤台》,凡为诗几二千首,皆当世之儒先君子序其端。今年冬,予访之吴淞江上,季迪出其诗示予。盖取旧所集诸诗益加删改,汇粹为一,总题曰《缶鸣集》。自古乐府歌行而下,至五七言诸体,得诗九百余篇,皆其精选。富矣哉! 亦可谓不易矣。然是编也,特以今年庚戌冬而止。及后有作,当别自为集。①

其内侄周立识曰:

> 先姑夫迨今殁且二十余年,不幸无后以传,四方之士,莫不仰慕风裁,争录其稿而传诵之。然而传写之讹,不得真者多矣。兹幸吾姑尚无恙,藏其手笔亲稿在焉。因不揆庸陋,益加考订校正,重编足一千首,俾学子李盛缮写成帙,用绣诸梓,贻于不朽。

---

① 见永乐刻本《缶鸣集》卷末。

非惟以成吾先姑夫之志,抑且与夫学者共之矣!①

明永乐元年刊行,现存。后有明嘉靖刻本、明末介石堂刻本等,现存。此集所收诗作已收编于《高太史大全集》中。

(三) 三先生诗十九卷

此集为明宣德年间江阴朱绍、朱积所编刊,收高启、杨基、包师圣三诗人之古今诸体诗一千六百余首。此集虽为总集,而集中收高启诸体诗多达九百五十余首,且文字与他本亦多有异同,具有较高文献价值。

> 予馆人朱友竹兄弟之集高、杨、包三先生诗,翰林曾先生叙其首简,将锓梓行,嘱予考选而书之。合古今诸体凡千有六百余首……宣德九年,岁在甲寅重九日,姑苏楼宏识。②

> 青丘之集流传固多,逮以次考定,并纸板纷殊,亦悉对勘。工竣之时,自谓庶无罣漏。未几,得明初三先生一刻,为江阴朱善继绍偕弟积所编,以季迪为之冠,次杨孟载,次包师圣。……爰查朱本所收,新刊所少约百有余首,另补一帙。……雍正七年岁次己酉陬月上元,桐乡金檀跋。③

此集所收高启九百五十余首诗作,其中八百余首已收入《高太史大全集》中。其余一百余首,清康熙间金檀编刻《青丘高季迪诗集》时,已将之编为《佚诗》一卷,附录于十八卷之后。

(四) 高太史大全集十八卷

此集为明景泰初年徐庸于苏州编刊,卷端题名《高太史大全集》,署"吴郡高启季迪著,南州徐庸用理编",十八卷。半页十一行,行二十字,黑口,四周双边。

成化年间,刘以则等人对此集书板进行局部修补刊印,如在每卷卷末增加"常熟刘宗文助刊""常熟钱允言助刊"等文字,因而傅增湘

---

① 见永乐刻本《缶鸣集》卷末。
② 明宣德刻本《三先生诗》卷末。
③ 清雍正刻本《青丘高季迪诗集·佚诗》卷末。

氏认为:"此本仍应题为景泰刻可也。"①

此集收各体诗一千七百八十余首,后经多次翻刻,成为流传最广影响最大的文本。中国国家图书馆藏景泰本、成化修补本各一部。

此集在明代还有正嘉间刻本、嘉靖刘景韶校刻本、万历三十七年(1609)汪汝淳刻《明初四名家集》本等,皆有存本。

1. 明嘉靖刻本,集名《高太史大全集》,十八卷。半页十行,行二十字,白口,四周单边。《四部丛刊》据以影印者即此本,见前面所引傅氏语。

2. 明刻本,集名《高太史大全集》,十八卷。该本所收诗文篇目、序次以及版式、行款、字体等方面与上述嘉靖本差异甚微,当是嘉靖本的覆刻本。

3. 明刻蓝印刘景韶校本,集名《高太史大全集》,十八卷。半页十行,行二十字,白口,四周单边。每卷卷端署"吴郡高启季迪著,南州徐庸用理编,崇阳刘景韶校次"。

刘景韶(1517—1576)字子成,号白川,湖北崇阳人。明嘉靖甲辰年(1544)进士。与李攀龙等切劘为诗,有声。嘉靖时官浙江按察使、都察院右佥都御史,提督军务,为抗倭明将。②

据王世贞所撰墓志铭,刘氏于嘉靖最后一年(1576)去世,因而此刻本的问世当不晚于嘉靖时期,或即其官江南时所刻。该本所收诗文篇目、序次、文字等方面与上述嘉靖本大同小异,当是其翻刻本。

4. 明万历《四名家集》本,集名《重刻高太史大全集》,十八卷。半页十行,行二十字,白口,四周单边。每卷卷端题"吴郡高启季迪著,高安陈邦瞻德远订,新都汪汝淳孟朴校"。

明万历年间汪汝淳重刻明初高、杨、张、徐四家诗集,卷首陈邦瞻、谢肇淛有《四名家集》二序,均署"万历己酉"。其《重刻高太史大

---

① 见《藏园群书题记》卷十七《成化本高太史大全集跋》,上海:上海古籍出版社,1989年6月版。
② 据王世贞《弇州山人续稿》卷九十四《中宪大夫都察院右佥都御史白川刘公墓志铭》、《湖广通志》等。

《全集》篇目、序次、版式、行款与嘉靖本无大差异。

此集在清代的翻刻本和抄本主要如下：

1. 清康熙间许氏竹素园刻本，集名《高季迪先生大全集》，十八卷。半页十行，行二十字，白口，左右双边。卷前总目后附竹素园主人题记。题记曰："青丘高先生所著诗甚夥……明景泰间徐用理先生汇而刻之，共得乐府近体诗一千七百七十余首，名曰《大全集》……今板已漫灭，颇多舛讹，披览之下，不无遗憾。乙亥春，购得兹本，因而重加校雠。其间序次，悉遵原版；间有阙文一二，亦姑仍之，而未敢遽改。"

竹素园主人即许廷镕，长洲（今苏州）人，康熙举人。"乙亥"，即康熙三十四年。

此集题记虽明言"其间序次，悉遵原版"，而实则多有变乱，如卷九所收诸诗的序次，与明刻诸本完全不同；诗作的文字距离原貌也产生了一定差异。①

《四库全书》诸抄本、《摛藻堂四库全书荟要》抄本，这些抄本皆简名《大全集》，所据底本皆为康熙间竹素园刻本。②

另有清光绪年间木活字本等。

2. 清金檀辑注雍正六年桐乡金氏文瑞楼刻本，书名页题《青丘高季迪诗集注》，卷端题《青丘高季迪先生诗集》十八卷，《遗诗》一卷，附《扣弦集》一卷。半页十一行，行十二字，白口，左右双边，单黑鱼尾。尾下镌"青丘诗集""青丘遗诗""青丘扣弦集"。此本为金檀所辑注，《青丘高季迪先生诗集》正文所收诗歌，除了每种体裁后的补遗作品外，篇目、序次与康熙间许氏竹素园刻本基本一致，其所据底本为康熙间竹素园刻本。③

此刻本除高启诗作主体部分据康熙间竹素园刻本外，于各诗体后多有补遗，集末另附有从《三先生诗》辑得《遗诗》一卷，共辑补各

---

① 参见前面注文所列诸拙文。
② 见拙文《四库本大全集所据底本考》，《复旦古籍所学报》第1期。
③ 见拙文《青邱高季迪先生诗集所用底本考》，《薪火学刊》第2卷。

体诗二百五十余首。较之以前诸本,收诗最为完备。

此刻本的另一显著特色是金檀氏为高启的大部分诗作作了较详细注释。注中征引了大量史料,凡"诗中有用古事暗切时事者,必拈古事、按时事以并注"。① 对阅读研究高启诗作颇有帮助。金檀氏对诗作中因音形相近而造成的文字讹误也作了若干校正。

此刻本附刻有高启的文集《凫藻集》五卷。

此刻本后有乾隆间墨华池馆重订本、乾嘉间文瑞楼剜剔后印本、乾嘉间平湖宝芸堂后印本等。民国时中华书局《四部备要》本亦是据此本刊行。

日本明治年间,大阪青木嵩山堂刊行近藤元粹评点《辑注增补高青丘全集》,亦是以此本为底本。书名页题:"清金檀辑注/日本南州近藤元粹先生评订/辑注增补高青丘全集/版权所有　青木嵩山堂出版"。其版式为上下两栏:下栏为高启诗作正文与金檀注文以及序跋、年谱等,十二行二十四字,注文为小字双行夹注;上栏为评语、校记,行数不等,每行小字7字。白口,四周双边,单黑鱼尾。尾下镌诗歌体裁、篇名、页次等,页次每卷自为起讫。版心上部镌"高青丘集"及卷次。全书除卷首外,编为二十卷。版心下部镌"嵩山堂藏版"。正文、注文、附录文字左下角加注训读符号。

全集包括卷首、《青丘高季迪先生诗集》十八卷、《遗诗》一卷、《扣舷集》与附录合一卷。明治二十八年八月至三十年十月青木嵩山堂出版,聚珍版。

(五) 槎轩集十卷

张习于明成化十三年据高启弟子吕勉所传《江馆》《凤台》《槎轩》等集编刊,中有《缶鸣集》《高太史大全集》未收的诗作。

"先生之诗有《缶鸣集》《姑苏杂咏》,行世已百年矣。又有《江馆》《凤台》《槎轩》三集,迨今未授诸梓。吾友仪部员外郎张君企翱,自幼得之乡长老所。兹于公暇,每诵而爱之,谓非他为

---

① 见该刻本卷首《例言》。

诗者可及。爰为校录,合古今体制,类成十卷,总名之曰《槎轩集》。……成化十四年岁戊戌如月朔,赐进士翰林国史检讨征仕郎娄东张泰序。"①

"若《槎轩》一集,钞自吕勉功懋氏。成化中,张习企翱氏编行,云即《江馆》等集。昨借得东岩顾君崧龄藏本,按系《缶鸣集》外更益以庚戌后四年诗。"②

此刻本现存,另有清抄本存世。此集所收诗作多已收入《高太史大全集》中,未收者已为清雍正间金檀辑得而编入《青丘高季迪先生诗集》中。

高启诗集另有明清间多种抄本、选本、批校本等。

二、词集

《扣舷集》一卷,明正统九年刻本;清雍正六年金氏文瑞楼刻本及多种重印本;民国三年东吴浦氏影印清金氏文瑞楼刻本;《四部备要》本;日本明治三十四年日本青木嵩山堂铅印本(近藤元粹批校)。

三、文集

《凫藻集》五卷,明正统九年刻本;清雍正六年金氏文瑞楼刻本及多种重印本;《四库全书》诸抄本;民国三年东吴浦氏影印清金氏文瑞楼刻本,多存世。

贰、现存主要评本之概貌及其评者

如上所述,高启诗集编刊于明代者主要有《缶鸣集》十二卷、《高太史大全集》十八卷、《槎轩集》十卷;编刊缮录于清代者主要有康熙

---

① 序见清抄本《槎轩集》卷首。
② 金檀辑注《青丘高季迪先生诗集·例言》,清雍正七年文瑞楼刻本。

间竹素园刻本《高季迪先生大全集》十八卷、雍正六年文瑞楼刻本《青丘高季迪先生诗集》十八卷、乾隆年间《四库全书》诸抄本，日本明治时期刊行者主要有《辑注增补高青丘全集》等。清代和日本明治时期文人学者以及仿冒者评点高启诗作，即以《高太史大全集》《高季迪先生大全集》《青丘高季迪先生诗集》等文本为依托。

存世的高启诗作的各种评点本除日本近藤元粹评点本刊印行世外，其余各评点本皆以稿抄本形式存世，并且情况较复杂。这些评本辗转传抄，多不署评者；或故意仿冒，真伪混杂。目录著作、图书馆之著录或缺失，或欠准确。甚而评本中的名家序跋题识亦出现误判。笔者略述如下：

（一）中国国家图书馆藏清羡门评本

1. 此评本是目前所知唯一一种以明刊本《高太史大全集》作为底本之评本。中国国家图书馆收藏，仅著录为"明刻本"。笔者在该馆查阅各版本高启诗文集时意外收获此评本。

此评本评语以朱笔行书书写，首尾一贯。卷十八末署："康熙壬申秋八月上浣羡门阅毕。"康熙壬申为康熙三十一年，较之其他存世评本的清人评语，此本的评语当是较早问世者。此处的"阅"字，当作评阅解，与科举时代阅卷官之"阅"意近。上海图书馆藏清金荣笺注金氏凤翔堂刻本《渔洋山人精华录笺注》，该书目录后有朱笔识语："乾隆乙亥年七月望日阅起，至晦日终卷，香严姜恭寿志于小有清虚水阁。"①该馆目录著录为"清姜恭寿朱笔手批"，即是"阅"作评阅解之例。本文下面所述科学院图书馆藏本"所阅经史诸本"之"阅"、上海图书馆藏本"梅庵阅本"之"阅"，皆评阅之意。因而判断"羡门"为此本的评点者。

评点者羡门疑即彭孙遹。

其一，彭孙遹，号羡门。王士禛诗文中言及彭孙遹时，多以羡门称之。如：

王士禛在其《居易录》中，就有十余处称"彭羡门""彭十兄羡门"

---

① 参见周兴陆《渔洋精华录汇评》附录一，济南：齐鲁书社，2007年10月出版。

"彭少宰羡门""彭公羡门"等。

其二，评者与王士祯是同时代人。

《高太史大全集》卷十《钓雪滩》尾评："如题布写，自成章法，近王阮亭擅场之作。"

同上书卷十五《上巳有怀》眉评："近日渔洋七律专攻此体。"

"王阮亭""渔洋"即王士祯，从"近""近日"语，知"羡门"是王士祯同时代人。

王士祯（1634—1711），原名王士禛，字子真，一字贻上，号阮亭，又号渔洋山人，世称王渔洋，山东新城（今属桓台）人。清初杰出的诗人、文学家。对严羽诗学理论深为赞许，力倡"神韵说"。顺治十五年进士，康熙四十三年官至刑部尚书。不久，因受王五案失察牵连，被以"瞻徇"罪革职回乡。康熙四十九年，康熙帝眷念旧臣，特诏官复原职。康熙五十年五月卒。其著述宏富，主要有《渔洋山人精华录》《蚕尾集》《池北偶谈》《香祖笔记》《居易录》《渔洋诗集》《带经堂集》等。

彭孙遹（1631—1700），字骏孙，号羡门，又号金粟山人，浙江海盐人。清顺治十六年进士，康熙十八年举鸿博第一，授编修，历官国子司业、翰林院侍读、侍讲学士、国史馆总裁、吏部右侍郎兼翰林学士。与王士祯为挚友。二人文学观点相近，相互欣赏，齐名诗坛，号称"彭王"。著作有《松桂堂全集》《词藻》《词统源流》等。

彭孙遹于顺治十六年以二甲第六名进士及第后，便与王士祯定交。康熙三十六年九月，六十七岁的彭孙遹辞官归里，王士祯为之祖道东便门。"念吾二人齿九就衰，浊水清尘，未知会合何日。叙述畴昔，慷慨罢酒，雨泣沾襟。（王士祯《蚕尾集剩稿·与彭公子曾》）"①

其三，评者与王士祯诗学观点相近。例：

《高太史大全集》卷三《陈留老父》眉评："漆园妙悟。"

同上书卷三《澄景阁夜宴》眉评："风致不凡，神韵具足。"

同上书卷五《送张文学之隽李》眉评："前一截赋送，后一截赋所之，疏散不著言诠，最合唐人体制。"

---

① 参见余祖坤《彭孙遹行年考略》，《中国韵文学刊》第22卷第2期，2008年6月。

同上书卷十六《题云林小景》眉评:"直写小景,不著言诠,极合格。"

同上书卷十八《夜至阳城田家》末二句眉评:"只写田家,不著言诠。"

从这些评语中的"妙悟""神韵""不著言诠"等用语,可看出评者诗学观点与王士禛所倡"神韵说"相近。

其四,此本评语或褒或贬,观点鲜明,既赏诗法,更重诗风诗格之评。若非文学名家,很难达此水平。

据可查得史料,顺治、康熙间字号为"羡门",具有较高文学素养,熟知王士禛,且文学观点相近者,唯有彭孙遹一人。

彭孙遹曾评点《楚辞章句》①,其评语中具有个性色彩的"无味""遒紧""章法""意味"等习用语,与此评本一致。此亦可证此评本的评点者"羡门"即彭孙遹。

2. 此本评语避孔子名讳,"丘"作"邱"②,避乾隆皇帝名讳,"弘"字缺末笔,因知此本当是雍正、乾隆间或其后的一种过录本。

3. 此评本除钤有"北京图书馆藏"朱方外,仅有"寅昉"朱方、"臣光焴印"白方、"盐官蒋氏衍芬草堂三世藏书印"朱方三印。此三印为清代著名藏书家蒋光焴藏书印,此本当系蒋氏后人所捐赠。

蒋光焴(1825—1892),字绳武,号寅昉,亦号吟舫、敬斋,浙江海宁人。晚清著名藏书家,祖孙三世聚典籍数十万卷,藏于衍芬草堂。1951年前后,藏书全部捐献于公家。③

海宁与海盐相邻,曾被合为同一行政区域,此评本或即蒋氏过录本乎?

---

① 国家图书馆出版社《楚辞文献丛刊》影印汉王逸撰明万历十四年冯绍祖观妙斋刻本清康熙彭孙遹评《楚辞章句》十七卷。
② 《大清世宗敬天昌运建中表正文武英明宽仁信毅大孝至诚宪皇帝实录》卷之三十九:"雍正三年乙巳十二月……庚寅,礼部等衙门遵旨议复:'先师孔子圣讳,理应回避。惟祭天于圜丘,"丘"字不用回避外,凡系姓氏,俱加偏旁为"邱"字,如系地名,则更易他名。至于书写常用之际,则从古体"北"字。'得旨:'今文出于古文,若改用"北"字,是仍未尝回避也。此字本有"期"音,查毛诗及古文,作"期"音者甚多。嗣后除四书五经外,凡遇此字,并用"邱"字,地名亦不必改易,但加偏旁,读作"期"音,庶乎允协,足副朕尊崇先师为圣之意。'"
③ 参见金晓东博士学位论文《衍芬草堂友朋书札及藏书研究》,复旦大学,2010年。

（二）中国科学院图书馆藏佚名录清"何焯评本"

此评本以清康熙间竹素园刻本《高季迪先生大全集》十八卷为底本，卷一首行书名卷次下朱笔行书："义门校读。"次行墨笔楷书："癸囗夏日，奉讳家居，重阅一过，复加墨笔圈点。何焯。"

何焯（1661—1722），字屺瞻，号义门，学者称"义门先生"，晚号茶仙，苏州人。出身书香门第，幼年丧母，寄籍崇明。康熙四十三年（1704）赐进士，直南书房兼武英殿编修。家有藏书楼"赍砚斋""德符堂"等，藏书数万卷，宋元精椠甚多。何焯通经史子集，精于考据，治学严谨。文史名著，多有考校评订。名重一时，以致书贾多有托名射利者。著作有《义门读书记》《义门先生文集》《道古录》等。

此本朱笔评语与中国国家图书馆所藏羡门评语基本一致，经比勘，二本中评语，仅评语位置或个别词语略有不同（此本墨笔文字甚少，且多为注）。此评本托名何焯，而实为羡门评本的一种抄本。

其一，评语所体现的诗学观点（见上文）与何氏大相径庭。

> 严沧浪之论诗，为宋季而发，未尝非对症之药。理学之门徒既盛于是，理路有邻于偈头者矣，议论有比于弹劾者矣。温柔之意微，俚率之风炽，沧浪之言以亦云救也。然诗者发乎情，止乎礼义，昌黎谓正而葩者，三百篇之体源，士衡谓缘情而绮靡者，汉谣魏什之门户。谓之"不涉理路，不落言诠"，而一以禅为喻，则又未见其真，而徒为捕风捉影之谈，以误后人矣。元明以来，靡然从风，莫之匡改。牧斋、定远昌言掊击，各因乎诗病之所趣，以加之针石也。牧斋议论，具见本集。定远有《严氏纠谬》一卷，近已刊行。世兄但取而观之，必将自求至是之归，而一时矫枉之失，亦可悟于言表也。短咏大篇，同一道耳。新城之《三昧集》，乃钟、谭之唾余；五七言古诗之选，又道听于牧斋之绪论，而去取失当。至吴立夫早逝，其诗全然生吞活剥，不合古人节度，取为七言之殿，可以知其不越鉴，茫无心得，又何足置几案间哉？①

---

① 见《义门先生集》卷六《复董呐夫》，清宣统元年吴荫培校刊本。

这段抨击文字体现了何焯与严羽、王士禛完全不同的诗学观点，很难设想何氏会使用"妙悟""神韵""不著言诠"这类语言来评价高启的诗作。据此可知此"何焯评本"当是托名假冒者。

何氏门人陆锡畴即曾述说过"吴下估人多冒其迹以求售"之情形。"其门人陆君锡畴谓予曰：'……年来颇有嗜吾师之学者，兼金以购其所阅经史诸本。吴下估人多冒其迹以求售，于是有何氏伪书而人莫之疑……'"①

其二，作为考据学家，何焯批点诗文的用语鲜明地体现了其"考据"特点。从《义门读书记》中即可清楚地看出这一特点。其评点唐诗的惯用格式语有："谓□□""切□□""指□□""含□□""顶□□""顶□□字""言□□也""□字作□""□作□""□字出韵"等。这些格式语很难在这一"何焯评本"中找到踪迹。

何氏是否曾评点过高启诗集，请参见下文所述常熟图书馆藏《高季迪先生大全集》中"佚名录清何焯批"。

（三）中国人民大学图书馆藏清潘耒评点本

此评本以清康熙间竹素园刻本《高季迪先生大全集》十八卷为底本，卷一首行书名卷次下墨笔题："吴江潘次耕评本。"次行墨笔题"朱彝尊《明诗综》选一百三十八首"，各卷亦为墨笔书写。当是较早的一种佚名氏过录潘评本。

评语较丰赡，既总评某一体材诗，亦评点某首诗或其佳句，且多从诗法角度品评旁批。

评点者潘耒为清初著名学者，其评语当颇具代表性，无疑具重要学术价值。

潘耒（1646—1708），字次耕，号稼堂，吴江（今属江苏苏州）人。博通经史、历算、音学。康熙十七年（1678），以布衣中博学鸿词科，授翰林院检讨，参与纂修《明史》，后以浮躁降职。康熙四十二年，赐复原官，耒坚辞不受。晚年研究声韵、易象。著作有《遂初堂诗集文集

---

① 见全祖望撰《翰林院编修赠学士长洲何公墓碑铭》，上海古籍出版社《续修四库全书》影印清嘉庆九年史梦蛟刻本《鲒埼亭集》卷十七。

别集》《类音》等。

（四）北京大学图书馆藏朱墨笔过录清潘耒评点本

此评本以清康熙间竹素园刻本《高季迪先生大全集》十八卷为底本，卷一首行书名卷次下朱笔题："照吴江潘次耕评本。"

此评本中诸评语与人大图书馆所藏潘评本评语基本一致。笔者经比勘，发现仅极少量评语存在彼有此缺现象，或评语中个别词语略有差异。

此评本与人大图书馆所藏潘评本卷端同样钤有"绍南"朱方、"汤溁之印"白方二印；此评本点阅抄录于乾隆五十八年八九月间，卷一首行书名卷次下朱笔书"乾隆癸丑八月廿五日下午点起"，卷二末朱笔书"癸丑九月十七日既此卷"，卷三首行书名卷次下朱笔书"癸丑九月十八日点起"，卷十二末朱笔书"乾隆癸丑八月十二日点毕，湘畦笔"，卷十八末朱笔书"乾隆癸丑八月望后，湘畦阅完"。汤溁字绍南，号湘畦，浙江萧山人。乾隆副榜，官杭州府学训导。清代知名藏书家。从上述题识语与印鉴，可知此本是汤氏照录于上述潘评本之又一抄本。

（五）日本大阪天满宫藏清潘耒评本

此评本以清康熙间竹素园刻本《高季迪先生大全集》十八卷为底本。卷端钤有"萤雪轩珍藏""犹学书院图书"二朱方。近藤元粹号"萤雪轩""犹学"（参下文），此本当是近藤元粹旧物。①

各卷朱笔批圈，墨笔书写评语。经比勘，此本评语与潘次耕评本相同，几无差异，无疑为潘评本化身之一。

（六）南京图书馆藏潘耒等评点本

此评本以清康熙间竹素园刻本《高季迪先生大全集》十八卷为底本，卷中有朱笔、墨笔、蓝笔三种评语。主要为朱笔评语，间有蓝笔评注语，墨笔评注语仅9条。三笔评语皆未注明评点者或过录者姓氏。

笔者经与本文前面所述潘次耕评点本比勘，此本朱笔评语与潘

---

① 近藤元粹传详见后文，其藏书全部归于大阪天满宫，设有专室。

评基本一致,仅少数评语中个别文字或位置小有不同,或存在少量评语彼缺此存现象,因而可判定此本中朱笔评语出自潘评。蓝、墨笔评注文字来源暂不明。

(七)中国国家图书馆藏傅增湘题识潘未等评点本

此评本的底本为金檀辑注文瑞楼雍正六年刻墨华池馆重印本《高季迪先生诗集》,卷首有傅增湘氏题识。其识曰:

> 此书三十年前李宝泉为购于嘉兴忻虞卿家。卷中朱墨笔评点,极为精审。惟前后咸无题识,不审何人之笔。以余观之,殆张叔未也。叔未评此集,叶奂彬家有临本。忻氏藏书累世,与叔未为同里,或从之移录耳。丁酉冬仲藏园老人识。

识下钤"增湘""藏园"二小朱方,前为阴文,后为阳文。① 集中诗文皆朱墨批点批圈断句。朱笔评语与潘评略同,为旁批眉批,墨笔评语皆眉批,批者不详。傅氏断为清人张廷济(号叔未,传详后)评本,或以未见潘评诸本而致误判。

(八)苏州图书馆藏清章钰过录并跋本

此评本以清康熙间竹素园刻本《高季迪先生大全集》十八卷为底本,卷首有章钰题识②。其识曰:

> 此书考证校勘评点三者并用,是义门读书家法……钰于茶仙遗籍无缘奔藏,迩来侨寄津门,以校书遣日,即传录义门评校之书……此本为仲仁所藏,因以借录一过,冀使贲砚斋指导逖学

---

① 傅增湘(1872—1949),字沅叔,号双鉴楼主人、藏园居士、藏园老人等,四川江安人。光绪二十四年进士,民国时曾任教育总长。傅氏是近代著名藏书大家,亦是目录学、版本学大家。著有《藏园群书经眼录》《藏园群书题记》《双鉴楼善本书目》《双鉴楼藏书续记》等。
② 章钰(1864—1934)字式之,号茗簃、蛰存、负翁等,苏州人。光绪二十九年进士,官至一等秘书,事务司主管兼京师图书馆编修。辛亥后寓天津,以收藏、校书、著述为业。近代藏书家、校勘学家。聚书2万余册,名人著述之抄本甚多。其后人遵遗嘱将图书全部赠于燕京大学图书馆,后归北京图书馆。著作有《四当斋集》《宋史校勘记》《钱遵王读书敏求记校正》《胡刻通鉴正文校字记》等。

之法多所饷遗,并书所见于仲仁藏本之后。癸丑长至,长洲章钰寓天津宇纬路宇泰。

识下钤"式之"小朱方。

何焯晚年号茶仙,"赉砚斋"为其藏书楼名。显然章氏此段文字判断仲仁藏本为何焯评点本。笔者经与本文前面所述潘次耕评点本比勘,其评语差异很小,仅少数评语中个别文字或位置小有不同,或存在少量评语彼缺此存现象。因而可以判定:章氏过录并跋之此本,并非何义门评点本,而是潘评本之又一化身。

(九)广东省立中山图书馆藏清"张廷济评本"

此评本以清康熙间竹素园刻本《高季迪先生大全集》十八卷为底本,卷末有叶德辉跋。其跋曰:

> 《高季迪大全集》十八卷,为张叔未先生藏书。卷首序、卷末尾钤有"嘉兴张廷济字叔未行贰居履仁乡张村里藏经籍金石书画印"二十五字朱文方印,卷一大题下有"张廷济印"四字白文中方印、张叔未三字白文中方印……每卷皆经先生朱墨两笔评校及圈点直抹,字迹半行楷书。以余旧藏先生嘉庆癸酉甲戌两年日记证之,审是四十以后五十以前之笔。先生生于乾隆三十三年戊子,嘉庆甲戌,四十七岁,精力目力迥异常人。所评或论诗法,或注本事,细行密字,全书如一笔写成。今人但以金石家推先生,不知先生诗功如此之深,记问如此之博也。先生晚年书法苍劲,与此稍有不同,然体势虽殊,笔意自在。余先得先生手书日记,可证其评此书年时……己未五月夏至叶德辉。①

张廷济(1767—1848),原名汝林,字顺安,号叔未,晚号眉寿老人,嘉兴人。清嘉庆三年解元。金石学家、书法家,工诗词。著作有

---

① 叶德辉(1864—1927)字奂彬,号直山,别号郋园,湘潭人,祖籍苏州吴县洞庭东山。光绪十八年进士,曾任吏部主事。叶氏长于经学,精通目录版本。著有《书林清话》《六书古微》等,编刻有《郋园丛书》《观古堂汇刻书》等。

《金石文字》《清仪阁金石题识》《桂馨堂集》等。

叶氏的此段跋文含有两条结论：第一，以藏书印证明此评本是张廷济的藏书。第二，以书法和年龄证明此书为张廷济亲自评点。作为版本学名家，叶氏第一条结论准确无误，而尺有所短，寸有所长，叶氏第二条结论却是误判。笔者经比勘其评语，发觉该本实际是一种汇评本。主要过录羡门、潘次耕两人评语，朱笔评语与潘评基本相同，墨笔评语与羡门评相差无几。其差异主要在如下几方面：第一，很多评语位置有变化，或眉评变成尾评，或眉评措置于题下等。第二，极少数评语或彼缺此有，或彼有此缺。第三，少数评语中字词有差异。第四，朱墨两笔中均有少量不属于羡门评或潘评之评语，或为过录者抄录他家评语，亦不能排除有张廷济自为之评语。如卷一页一"季迪诗缘情随事"一大段眉评，即录自明谢徽于洪武三年为高启《缶鸣集》所撰序言。

此等汇评本对于阅览者本是功德益事，惜不注明评点者，遂令学问如傅增湘、叶德辉者亦出现误判误导。

（十）湖北图书馆藏佚名录清沈德潜评本

此评本以清康熙间竹素园刻本《高季迪先生大全集》十八卷为底本，卷端题："依沈归愚先生评。"

沈德潜（1673—1769），字确士，号归愚，苏州人。清乾隆四年进士，曾任内阁学士兼礼部侍郎。诗文名家，论诗主格调，倡温柔敦厚。著作有《沈归愚诗文全集》《古诗源》《唐诗别裁》《明诗别裁》《清诗别裁》等。

此本所录沈评，每卷评语多寡不等。多者达十数条，如卷一、卷七；少者仅两条，如卷十。然较之上海图书馆藏佚名氏所录评语为详。如卷一此本录沈评十三条，上图本仅录五条；卷十八此本录四条，上图本未录。

此本所录评语当最为接近沈氏评语原貌。如卷一首页有眉评："古乐府以浑厚古奥胜。汉人诸体，青丘子不能学也；太白诸体，庶几似之。若张、王之新乐府，全得其巧矣。然正因其巧，不能得温柔敦厚之遗。"

（十一）中国国家图书馆藏陈昱题识沈德潜评本

此评本的底本为金檀辑注文瑞楼雍正六年刻墨华池馆重印本《青丘高季迪先生诗集》，录有朱、黛两种评语及圈点。

朱笔有眉评有侧评，评语与潘耒评语同，但仅摘录潘评一部分评语。

黛笔仅有眉评。卷一首页首行黛笔眉书："黛笔录沈确士先生评。"其前一页有陈昱识语："旧藏沈确士先生评青丘诗集，采择谨严。丁亥初冬，又得评选本，内亦录沈云者，未知即确士否也？顾以两本比对，同者只一二处，盖集评者所据本有详略也。雪窗多暇，因录入一册，以便诵习。腊八日立斋陈昱识。"

黛笔所录评语，与湖北图书馆藏佚名录清沈德潜评语大同小异。如卷一首页录有如下一段眉评："乐府以浑厚古奥胜。汉人诸体，青丘子不能学也；太白诸体，庶几一似之。若张、王之新乐府，全得其巧矣。然正因其太巧，不能得温柔敦厚之遗。"此段评语与前面所录湖北图书馆藏佚名录清沈德潜的此段评语相校，仅有三字之差。从陈氏识语知黛笔评语是据"评选本"过录而来，因而数量上较少。

（十二）黑龙江省图书馆藏佚名录沈德潜评语

此评本以清康熙间竹素园刻本《高季迪先生大全集》十八卷为底本，过录评语者不详。其评语皆墨笔，置于所评诗之书眉。与湖北图书馆藏佚名录沈德潜评语基本一致，仅缺少一些评语，或个别评语文字小异。如卷一首页评语："古乐府以浑厚古奥胜。汉人诸体，青丘子不能学也；太白诸体，庶几似之。若张、王之新乐府，全得其巧矣。然正因其巧，不能得温柔敦厚之遗。"仅"乐府"前少一"古"字。

（十三）上海图书馆藏清佚名录清冯行贤、沈德潜、吴翌凤评本

此评本以清康熙间竹素园刻本《高季迪先生大全集》十八卷为底本。卷前护页朱笔题："红笔，虞山冯补之先生评选；黄笔，长洲沈归愚先生评选。"另行墨笔题："丁丑十月寓定慧寺，借枚庵阅本，用黑笔照过。"

冯行贤(？—1679后),字补之,常熟人。能诗善书,精于篆刻。清康熙十八年举博学鸿儒,未遇归。著有《余事集》等。

吴翌凤(1742—1819),字伊仲,号枚庵,一作眉庵,别号古欢堂主人,初名凤鸣,祖籍安徽休宁,侨居苏州。诸生,曾主讲浏阳南台书院。工诗文绘画。藏书名家,与当时藏书家互抄秘籍。著作有《逊志堂杂抄》《怀旧集》等。

冯行贤评语主要集中在卷一;沈德潜评语贯穿全集各卷,仅数十条;吴翌凤评语仅零星几条。

(十四) 常熟图书馆藏清何焯、黄景仁、袁枚评本

此评本以清康熙间竹素园刻本《高季迪先生大全集》十八卷为底本。卷端题"评宗义门",卷末有王振声于过录完黄景仁、袁枚评语后所撰跋文,记述此评本成稿原委及体例。① 其跋曰:

> 旧得此集,有红笔传录义门评点,不知出自谁手,余尝爱玩之。近郑荫云先生遗书散佚,恬裕斋得其手钞《采访录》,②中有黄仲则所辑高季迪诗,有评有点,并载有袁简斋语,均足与义门相发明,为读青丘诗之司南,因用墨笔录之。……荫翁后又有记,云评语俱出黄仲则手,其为小仓山房批者,则加"袁子才曰"四字以别之。今亦悉如其例。《采访录》,荫翁谓是孙渊如所辑,③不知其何从得之,亦疑莫能明也。咸丰戊午五月下旬文村居士录毕识。

黄景仁(1749—1783),字汉镛,一字仲则,号鹿菲子,阳湖常州人。一生怀才不遇,穷困潦倒,后授县丞,未及补官即于贫病交加中客死他乡,年仅35岁。诗负盛名,为"毗陵七子"之一。著作有《两

---

① 王振声(1799—1865),字宝之,一作保之,别号文村居士、文村老民,常熟浒浦文村人,学者称文村先生。道光十七年举人,三试礼部不就。晚年主讲游文书院。精音韵,工校勘。著作有《王文村遗著》。
② 恬裕斋即后改名为铁琴铜剑楼者,清代藏书家瞿绍基(1772—1836,常熟人)之藏书楼。
③ 孙星衍(1753—1818)字渊如,武进人。著名经学家、藏书家。著述宏富,主要有《尚书今古文注疏》《周易集解》《尔雅广雅训诂韵编》《金石萃编》《孙氏家藏书目》等。

当轩全集》。

袁枚(1716—1797)，字子才，号简斋，别号随园老人，时称随园先生，杭州人。清代著名文学家。著作主要有《小仓山房文集》《随园诗话》《子不语》等。

此评中"不知出自谁手"红笔传录之文字，或为评语，或为注释、订正文字。卷端既题"评宗义门"，显非何氏评语原文，疑此等评注文字，或是何门弟子传承其师治学方法与观点而形成者。

此评本中除卷八至卷十一七言古诗及长短句诸诗外，其他各卷均间有黄景仁评语，袁枚评语仅寥寥十数条。

（十五）清李芝绶过录本

笔者从网上得见中国书店2007年秋季书刊资料拍卖会所展示的此评本书影。从书影可知此评本的底本为金檀辑注、桐乡金氏文瑞楼雍正六年刻乾隆间墨华池馆印本《青丘高季迪先生诗集》。卷一首行书名卷次下朱笔题："评宗义门，戊申八月，从《大全》本录出，圈点亦仍其旧。"又另行墨笔题："墨笔录黄仲则选本，戊午八月。"

其前页有李芝绶题识①：

> 道光戊申秋，从文村王丈借得义门评本高《大全集》，录于此。阅十载，咸丰戊午，见郑应云所抄青丘各体选本，云系孙渊如所录。评语及圈点有出何批之外者，新颖可喜，故原录何批用朱笔，而孙批则以墨笔书之。旋经兵燹，未曾录竟。乃隔二三十年，余已逾古稀，目昏不能作小楷。乙酉（按：即光绪十一年）夏，偶翻旧本，兀坐斗室，遂援笔抄竟。……四月三日，裘杆老人识于厅事东偏侧楼下。时年七十有三。

此段文字记述了李氏于清道光至光绪数十年间陆续转录何评、

---

① 裘杆老人即清代学者李芝绶。李芝绶（1813—1893）原名蔚宗，字申兰，又字升兰，号缄庵，别署裘杆漫叟，常熟人。道光十九年举人。家多藏书，精于校雠。著有《静补斋集》《静补斋遗书书目》。参见《常熟藏书史》《常熟文史资料选辑〈常熟文史〉第40辑下》等。

黄评及孙评而成此评本之过程。

后阅《芷兰斋书跋五集》,知此评本为芷兰斋拍得①。芷兰斋主人在跋文中展示了《梅花九首》等书影及所录数段评语,经与上文所述常熟图书馆藏清何焯、黄景仁、袁枚评本相校,二者除了笔迹、所依托底本不同,评语措置位置略有不同外,评语文字几无差异。此评本其他尚无缘寓目之评语,或亦当如是。

(十六)苏州图书馆藏清叶廷琯过录评本

此评本以清康熙间竹素园刻本《高季迪先生大全集》十八卷为底本。

卷首有叶廷琯墨笔题识②:

> 青丘先生集,余家旧有桐乡金氏刻者,剧精洁,世所称文瑞楼本也。庚申遭乱失去。避居沪上,思之不置,欲觅其本不可得。偶于道旁见此帙,虽不及金本之美,先生诗亦略备于此。解囊购归案头翻读,暇辄加墨于集中,名篇杰构,殆已亦无遗。娱老眼而遣旅怀,所得亦良非浅矣。十如居士识,时年七十有六,同治丁卯初夏中浣。

卷一之端又识:

> 择往昔诸家评语能道诗中款要者,录之书眉,以资启发,其姓氏则不记,省繁冗也。

---

① "《青邱高季迪先生诗集》十八卷首一卷《遗诗》一卷 (明)高启撰
清雍正六年(1728)文瑞楼刻墨华池馆重订本 李芝绶过录何焯、孙星衍批语 一函七册 钤:缄翁(朱方)、裘杆老人(朱方)
此《青邱高季迪先生诗集》,丁亥年秋得自海王村拍场,喜其卷中朱墨二色批校满纸,且无人相争,遂以底价得之。"(韦力《芷兰斋书跋五集》,北京:国家图书馆出版社,2018年7月)

② 十如居士即清代学者叶廷琯。叶廷琯(1792—1869年)字爱棠,号调笙、苕生、蜕翁、十如老人、十如居士等,苏州人。禀贡生,候选训导。一生潜心学问,精于鉴赏。著作有《吹网录》《广印人传》《感事集》等。参见胡艳红、詹看《叶廷琯及其〈吹网录〉》,《山东图书馆季刊》2005年第3期。

这两段文字表述了此评本的成稿过程及其特点：1. 叶氏于晚年购得高启诗集，对集中名篇杰构施以圈点。2. 于书眉摘录能"道诗中款要"之诸家评语，而省去评者姓氏。笔者经检视集中圈点与评语，确如叶氏所言。如卷八《听教坊旧妓郭芳卿弟子陈氏歌》一诗，叶氏于佳句下多施以圈点，书眉处过录了如下一段评语："与少陵《观公孙大娘弟子舞剑器歌》同一用意，盖惓惓故国之思，意不在教坊弟子也，而诗格则在元和长庆之间。"此段评语与《明诗别裁集》中所选该诗之尾评文字完全一致，而未注明出处。

（十七）天津图书馆藏清"刘熙载评本"

此评本以清康熙间竹素园刻本《高季迪先生大全集》十八卷为底本，卷端题"兴化刘熙载融斋注"。

刘熙载（1813—1881），字伯简，号融斋，晚号寤崖子，江苏兴化人。清道光进士，官至左春坊左中允、广东学政。晚年主讲上海龙门书院。著名学者，于文论、文字、音韵多有建树。著作有《艺概》《昨非集》《古桐书屋六种》《古桐书屋续刻三种》等。

此评本中手写文字多为注释文字，仅有百余处评语。经比勘，注释文字抄自金檀注，侧评及少数眉评抄自潘次耕评语，多数眉评抄自沈德潜评语。以此观之，才名如刘熙载者决不屑为此等事，当亦是托名伪造。

（十八）日本学者近藤远粹评订本

该评本依凭金檀辑注本《青丘高季迪先生诗集》而进行批圈评点。书名《辑注增补高青丘全集》，二十一卷。书名页题："清金檀辑注／日本南州近藤元粹先生评订／辑注增补高青丘全集／版权所有／青木嵩山堂出版。"正文分上下两栏：下栏为高启诗作与金檀注文以及序跋、年谱等；上栏为评语、校记。

近藤元粹（1850—1922），字纯叔，号南洲、萤雪轩、犹学等，日本伊豫（今爱媛）松山人。明治、大正时期著名汉学家，与藤泽南岳一起被誉为大阪儒学、汉学之双璧。一生著述宏富，达150余种。近藤氏运用传统文学研究批评方式选编、评订并用汉文撰写了大量著作，其中关于中国古代文学研究之著述多达80余种。其诗文作品收于《南州先生诗文钞》《萤雪存稿》二书。①

此评订本主要特点如下：

1. 此本是第一种全面批圈评点高启诗作、词作及附属文字的著作。对收入金檀辑注《青丘高季迪先生诗集》的全部作品，除注释文字外，含全部诗作，《扣舷集》词作，卷首序跋、传记、年谱等文字，近藤氏皆一一予以评点。

2. 此本是第一种全面评点高启诗歌作品并且刊行的著作。全面或较全面评点高启诗作的著作，如羡门、潘耒等评点本，皆是以抄本存世。在此之前，评点高启诗作的著述虽已有多种刊印问世，但皆是节选，如《明诗别裁》《明三十家诗》等。

3. 此本将潘耒评语与自己的评语融为一体。

> 前年余得《大全集》，书中自首至尾，有批圈焉，有评语焉。而评语精详深切，其书体亦遒丽不凡。余断以为海西人所作也②。……而卷中不录其姓名，故不知其成于何人之手也③。余评此书，固出于鄙意，然间或有据旧评，或隐括，或节录，或全载者，而不复别标明之，盖不得已也，读者其谅之。④

4. 近藤氏以日本传统汉学家之视野全面评点高启诗作，于高启研究乃至汉诗学研究而言，其成果无疑具重要学术价值。⑤

除上述各本外，经笔者查阅，存世尚有萍乡市图书馆藏清喻兆蕃评本，复旦大学图书馆、中山大学图书馆藏佚名评本，南京图书馆另藏佚名评点本，（日本）关西大学图书馆藏题"李笠翁评"仿冒本。曾

---

① 参考近藤元粹《南州先生诗文钞》，及《大阪人物辞典》《朝日日本历史人物事典（网络版）》、李庆《日本汉学史》等。
② 参见本文"日本大阪天满宫藏清潘耒评本"部分。
③ 近藤氏此处所言的《大全集》，即本文前面所述的"日本大阪天满宫藏清潘耒评本"。
④ 近藤元粹评订本《辑注增补高青邱全集·例言》。
⑤ 详拙文《日本明治时期出版的高启诗集的两种评点本》，大阪府立大学人文学会《人文论集》第31集，2013年。

现身于拍卖会的清陆坊、沈文伟评本,佚名录清沈德潜、沈大成评本(残),其评语或有可采之处,惜暂无缘寓目。

叁、汇校汇评汇注高启全集之构成

一、高启诗文集文本之底本、校本
（一）诗集

如前所述,在明清诸多刻本中,金檀辑注雍正六年文瑞楼刻本《青丘高季迪先生诗集》虽然其主体部分之底本是康熙间竹素园刻本,诗作序次异于明刻本《大全集》,但多有补遗,收诗最为完备;并且对诗作中因音形相近而造成的文字讹误也作了若干校正。另外此刻本为高启的大部分诗作作了详细注释,这些注释采用互见法前后呼应。如果用明刻本《大全集》作为底本,则会导致那些前后互见的注释文字发生混乱。因而本全集对于高启的诗作,采用此刻本作为底本,而用明景泰刻本《高太史大全集》、明永乐刻本《缶鸣集》、明宣德刻本《三先生诗》、明成化刻本《槎轩集》之抄本、明洪武四年初刻后殷辂剜补本《姑苏杂咏》、明洪武刻本《姑苏杂咏》等作为主要校本。重要异文——出校,尽可能地恢复高启诗作的原貌。

（二）词集

《扣舷集》一卷,以明正统九年刻本为底本,以清雍正六年(1728)文瑞楼《青丘高季迪先生诗集》附刻本作为主要校本。

（三）文集

《凫藻集》五卷,以明正统九年刻本为底本,以清雍正六年(1728)文瑞楼《青丘高季迪先生诗集》附刻本作为主要校本。

二、各家评语
（一）羹门评语

以中国国家图书馆藏《高太史大全集》之评语为基础,参考中国科学院图书馆藏本《高季迪先生大全集》、中山图书馆藏《高季迪先生大全集》之评语,拾遗补缺;文字略有差异者,则择其善者而从之。

（二）潘耒评语

以南京图书馆藏本《高季迪先生大全集》之评语为基础,参考人大图书馆、北大图书馆、苏州图书馆、中山图书馆、日本天满宫图书馆等藏本《高季迪先生大全集》之评语,拾遗补缺;文字略有差异者,则择其善者而从之。

（三）沈德潜评语

以湖北图书馆藏本《高季迪先生大全集》之评语为基础,参考上海图书馆、国家图书馆、黑龙江省图书馆等藏本《高季迪先生大全集》以及《明诗别裁集》之评语,拾遗补缺;文字略有差异者,则择其善者而从之。

（四）何焯评语

据常熟图书馆藏本《高季迪先生大全集》之评语。

（五）黄景仁评语

据常熟图书馆藏本《高季迪先生大全集》之评语。

（六）袁枚评语

据常熟图书馆藏本《高季迪先生大全集》之评语。

（七）冯行贤评语

据上海图书馆藏本《高季迪先生大全集》之评语。

（八）吴翌凤评语

据上海图书馆藏本《高季迪先生大全集》之评语。

（九）喻兆藩评语

据萍乡图书馆藏本《高季迪先生大全集》之评语。

（十）近藤元粹评语

据日本明治年间青木嵩山堂刊印《辑注增补高青丘全集》之评语。

（十一）苏州图书馆藏叶廷琯过录评语

据苏州图书馆藏本《高季迪先生大全集》之评语。

（十二）国家图书馆藏佚名评语

据国家图书馆藏本《高季迪先生大全集》之评语。

（十三）南京图书馆藏佚名评语

据南京图书馆藏本《高季迪先生大全集》之评语。

（十四）金本所录二十三家评语

据清金檀辑注雍正六年文瑞楼刻本《青丘高季迪先生诗集》之《诗评》。

三、各家注文

（一）高启诗文作品中的注文。这些注释文字皆为作者所作自注。

（二）清金檀辑注《青丘高季迪先生诗集》中的注文。参见上面所述。

（三）诸评本中的注文。在上面所述十四中评本中，有些评本，如潘评本、何评本、近藤评本中间有校注文字，亦酌予采录。

辽宁省图书馆、陕西博物馆、复旦大学图书馆、西南师大图书馆等馆亦藏有高启诗集的佚名评点本。其评语寥寥数条，或摘抄自上面所述各评语，或无甚价值，或所贴签条脱落错乱，不易识别所评何诗何句，因而皆不予采录。

总集、诗话、选本中的评语以及他人别集中的零星评语、1912年以后产生的评语，亦皆未采录。

（作者：复旦大学古籍所研究员、博士生导师，兼复旦大学中国古代文学研究中心教授）

名师荐稿

道德、勋业、文章：徐阶的文学旨意与经世关怀

王 婷

荐 语

徐阶为主要活动于明代嘉靖、隆庆年间的一位政坛显要，学界对他的考察大多落实在其政治举措及业绩，而鲜少对他文学层面加以关注。本文着重从道德、勋业、文章等角度切入，探讨徐氏的文学主旨，对于弥补相关研究之不足，具有一定的学术价值。文章认为徐氏的道德说旨在推尚对于儒家义理的修习，而其勋业说则重在以文学表现事功，二者皆被其当作文学创作的必要积淀，而其强调的"文章"，乃以儒家以性论为基础，将情感体验和道德规范统一起来，其核心思想则反映在经世关怀，而这一关怀实和明王朝的现实需求相契合。凡此，有助于深入认识徐阶秉持的文学观念及其价值取向。

（郑利华教授）

徐阶，字子升，号少湖，松江府华亭县（今上海）人，嘉靖二年（1523）进士，授翰林编修。因抗疏论孔子庙制，斥为延平府推官。后迁浙江、江西提学副使。入为司经局洗马，升礼部尚书。后入直无逸殿，累官少师、吏部尚书、建极殿大学士。《明史》称其"立朝有相度，

保全善类。嘉、隆之政多所匡救。间有委蛇,亦不失大节"①。作为嘉、隆间权倾一时的风云人物,有关他在政坛的举措,已有相当数量的研究成果。② 然而,他的文学与思想,却大多被学人所忽视。通观徐阶的相关论述,可以用道德、勋业、文章三点来概括他的文学主旨,③其中一以贯之者,乃流溢其间的经世思想。"文章贵于经世,若不能经世,纵有奇作,已不足称。"④对此,明人陈子龙指出:"徐公经世之士,其诗不专台阁。"清人钱谦益认为:"嘉靖中,阁臣如华亭(案,指徐阶)、新郑(案,指高拱),皆以文翰起家,而志在经世,不求工于声律。"⑤二者所论,可谓切中肯綮。徐阶以经世关怀为落脚点的文学观念,在某种程度上,亦可视为考察其相业的重要面向。本文试图从三个方面切入,论述核心意蕴。期冀以此为臑,对于深入认识徐阶以及嘉、隆间文坛的复杂势态有所裨补。

一 道德:"以学道为心"

对于徐阶文学旨意的考察,首先可注意到的是他从不同角度对

---

① 张廷玉《明史》卷二百十三,北京:中华书局,1974年版,第5637页。
② 相关的研究如:梁希哲《论徐阶》,《吉林大学社会科学学报》1987年第6期。尹选波《严嵩、徐阶比较研究》,《中国人民大学学报》1996年第6期。谭平《论明代著名政治家徐阶——兼与张居正比较》,《成都大学学报》2001年第4期。姜德成《徐阶与嘉隆政治》,天津:天津古籍出版社,2002年版。
③ 徐阶《陆文裕公集序》言:"夫文之用广矣大矣,其体诸身为德之纯,其措诸事为道之显,其书诸简册为训之昭。古昔圣人以此经纬天地,纲纪人伦,化成海内,贻则万世,故夫播而为训诂,萃而为典谟,删述而为经笔,削而为史。虽出于圣人之手,犹文之一端也。而后世不察,独以文字当之,于是道德、勋业、文章判为三途,至其甚也,又举所谓文字者,归之乎浮靡诡诞之作,而其为文因亦流于俳优之末技,家人之俚语,则何所系于人文世道,以庶几古作者之万一哉?"《世经堂集》卷十二,《四库全书存目丛书》影印明万历刻本,集部第79册,济南:齐鲁社,1996年版。
④ 《示乙丑庶吉士》,《世经堂集》卷二十,《四库全书存目丛书》影印明万历刻本,集部第80册。
⑤ 朱彝尊《明诗综》卷三十九,北京:中华书局,2007年版,第1896页。

"道"的体认。其着重将"道"归于内在之"心",由此,便形成了以习学六经之法为核心,并延伸至宋儒义理的主张。王世贞为徐阶《世经堂集》所作序言中,曾就此作过如下阐论:

> 世经者何,公世世以经重名之志不忘也。……当公为诸生而受经,即以经明显,试南宫遂魁其经,射策金马,即以其策魁天下。天下艳于得公之辞,而公于时亦不能遽无意于工拙,以故其文足宏丽而晢体裁。及其慨然有志斯道,悉取濂、洛、闽、粤之说,融会于心神,而躬验之,既涉其津而舍其筏,以为破支离,则道与器融而无间,破藩篱,则物与我融而无间。①

王世贞在是序中,首先从诗文集的名称中确立六经对于徐阶的标杆性意义。继而将之与徐氏的个人经历相绾结,指明其文学思想的演进轨迹。具体而言,徐阶在南宫试策不久便在文坛初露锋芒,此际重在体制藻饰上下功夫,强调文章的艺术经营。尔后以道自任,学习宋儒之论,融会贯通,最终舍筏登岸,达到物我合一的境界。王世贞与徐阶交往密切,又有姻亲关系。② 所论虽不乏溢美之辞,但从一个侧面,说明了徐阶格外注重以宋儒义理作为其创作素质的重要组成部分。

正是缘于徐阶对"濂、洛、闽、粤学说"的修习,从学术承传的角度察之,其中所涉及的纲要性的问题之一,为其重义理而轻训诂的观念。他在《考亭渊源录序》中感慨士人因沉溺训诂而引发的流弊,指出"自朱子殁,学者溺于训诂词章,弟子之于师,以为能习其说足矣;朋友之会聚,以为能讲明其师之说足矣",认为"尧、舜、禹、孔子之学,乃在夫行与政,而非徒说辞之谓也"③。同样的意识,在《薛文清祠议》一文中有更为详尽的表露:

> 圣门之学,重践履而轻文词;贵身心而贱口耳。……降及后

---

① 王世贞《世经堂集序》,《弇州山人续稿》卷四十,明刻本。
② 关于二人的关系,可参看何丹兰《王世贞与徐阶关系研究》,上海交通大学2016年硕士论文。
③ 徐阶《世经堂续集》卷二,沈乃文主编《明别集丛刊》影印明万历刻本,第2辑第43册,合肥:黄山书社,2016年版。

世,学术不明,语希圣者以博洽为先务,论卫道者因亦以著述为首功,于是汉儒以区区训诂之末,而居然食有功之报。臣愚以为六经之道具在人心,六经之文坦然明白,纵无训诂,岂遽失传?若乃训诂作而诵数之途启,使凡学者习熟见闻,靡然自足,阔略践履,遗弃身心,至或谈仁义而背君亲,口廉节而躬贪佞,则是圣人之道似传而实绝。汉儒之于道,似卫而实坏之,安得反谓有功祀诸孔子之侧?又取以为论从祀之准乎?①

推究起来,徐氏之意,似以尊德性为愈于道问学矣。为此,他大力批判自汉儒以降对经义的释读,认为六经之文,其中之道理皆在人心,并不会因为不做训诂而失传。汉儒重视训诂,表面卫道实则害道,反使士人言行相悖,空谈仁义而背离实际。这在某种程度上,似有意为宋儒之义理寻求更高的价值,并将德行置诸很高的地位。

有鉴于此,视道德养成为文学创作的内在驱动力,强调道德与文辞间的相辅相成,便成为徐阶"道德"说的核心内涵。其《礼记正蒙后序》曰:"夫道岂有二哉?蕴之为德行,发之为文章,无内外,无显微,无精粗者也。六经非圣人之文章,而德行所发乎?是故习其文章,而不知履其德行,与嘐嘐然谈说德行,而谓可以遗其文章,皆二之之过也。合而一之,盛世之学其可复乎?"②徐阶从对"道"的体悟出发,着力凸显沉潜六经对道德涵养的作用。以内在之德行作为本体,视文章为显现之载体,使之由二元变为一元,由此,德行与文章的连通性得到确认。推衍开来,以他对道德的重视,揭橥"养"的作用便成为题中之意。其《吴文端公集序》言:"文章之高下,系其所养,养不厚则其发也工矣,而或失之巧奇矣,而或失之露深矣,而或失之晦简矣,而或失之削,士之善为文者羞称之。至于怪诞鄙背之词不论也。"③在此,徐阶以"养"作为衡量文章创作高下的重要标准,显然是从一种积淀式的角度来阐释文章创作过程,联系前述对宋儒义理的

---

① 《世经堂集》卷六,《四库全书存目丛书》影印明万历刻本,集部第79册。
② 《世经堂集》卷十一,《四库全书存目丛书》影印明万历刻本,集部第79册。
③ 《世经堂集》卷十三,《四库全书存目丛书》影印明万历刻本,集部第79册。

推崇,实际上是突出主体心性之涵养。在他看来,那些毫无根柢的"怪诞鄙背之词",不过是一时的风气所致。真正意义上的文章书写并非能一蹴而就,而是一种必须经过长期培养才能达到的境界。

揆之其实,徐阶表现在文学创作上的"道德"态度,实际并没有跳脱出以朱熹为代表的宋儒"文皆是从道中流出"①,"大凡有本则有文。……文生于本,无本之文,则不足贵"②等文道关系的理念范围,不过是对已有传统的某种复述,本意乃欲合"文统"与"道统"为一。然而,其"道德"说的意义取向,特别指向了将道德义理与现实实践融为二而合一之整体,显示出强烈的经世关怀。无论是前期的地方提学经历,抑或是长达十六年的内阁任职历程,③徐阶皆以不同方式践行着自己对"道德"的认知。在一定程度上,无疑为理论上的"道德"增加了更多实践的社会空间。

嘉靖十五年(1536),在徐阶任浙江提学佥事时,编选了五卷本岳飞诗文集。他认为自宋代以来的诸多文人,虽然皆有敬慕岳飞忠义之心,然而"迂儒曲士假经蘧之说,以病朱仙之班师者,亦间有焉",此类士人"既不察王狗国之志,与夫时势之难处",因对岳飞胸中之志与当时的世态认识有所不足,故其解读有可能引发"启人臣侥幸不可必成之功,而诲之专"④的流弊。在回顾往昔众多文人之作后,继而将论述的视角放在本朝对岳飞的书写中,声言:"国朝徐武功有贞尝作《精忠录》,然粹编意在讼王之冤,其词率繁复,而《精忠录》则疏陋已甚。"在分析徐有贞著作之陋的同时,张扬自己"发明君臣之义,表仁人烈士之为心,以诏于后之人"⑤的编选意图。也就是说,徐阶想透

---

① 朱熹《朱子语类》卷一百三十九,北京:中华书局,1986年版,第3305页。
② 《丽泽论说集录》卷一。《吕祖谦全集》第2册,杭州:浙江古籍出版社,2008年版,第37页。
③ 据王其榘《明代内阁制度史》,徐阶任职内阁的时间大致在1552年3月至1568年7月。详见北京:中华书局,1989年版,第364页。
④ 徐阶《岳集》卷首序,《四库全书存目丛书》影印明嘉靖刻本,史部第83册,济南:齐鲁书社,1996年版。
⑤ 同上。

过岳飞诗文集的编选,揭橥君臣之道与仁义之心。同样,就道德的实践来说,不能不把它和《金精吟社集序》中的相关论见联系起来:

> 国家乡举里选之法废,而专以文辞为登用之途。士之生者,不患其无文,患其无行。诗又文之一也,其学传与不传,无足深论,诸君子犹不忍坐观其然。至道学不明,里无善俗,寡廉鲜耻,以利为义,近世大儒力救之而未能者,其亦尝思以倡之乎?倡之如何修身以及人,笃近以举远。善者与之,又从而进之;恶者惩之,又从而教之。积之以岁时,感之以诚意,则人心之天复而俗可自敦,俗敦而其用普矣。区区文词之学,徐而议焉可也。①

在作者看来,文词在举业登用方面,其作用要远远滞后于品行。基于这样的认知,他将地方的结社酬唱行为与个人的修养联结起来,鼓励结社诸君子能以修身相砥砺。认为他们对于诗文的揄扬尤心存热情,遑论是在诗文之上的"道学"。希望通过"修己治人",在建立理想人格的同时,达到自身内在与外在、自己与他人,甚至是整个社会的和谐。而他在为赵时春撰写的墓志中,特别将赵氏的诗文风格落实至道德层面,指出其"所为文若诗豪宕闳肆,如司马子长、李太白,而卒泽于仁义道德"②。正是缘于宗奉儒家仁义礼智对文学的造就之功,故而对于吴中地区重文词而轻道德的现象表现出极大的不满。他在《送银台大夫景山钱君序》中指出:"近世笼之以科目,啖之以禄利,则词章胜而浑朴漓。士之生其乡者,相矜以文,相高以达,靡然不知道术为何物,而浮竞淫侈之事作,然以其见闻之稔,渐染之深,亦胥溺而莫知其非也。"徐阶一方面肯定吴中"科目之盛"与"词章之工",另一方面又认为"习俗之下亦莫甚于吴"③,推察起来,主要原因乃在

---

① 《金精吟社集序》,《世经堂集》卷十一,《四库全书存目丛书》影印明万历刻本,集部第79册。
② 《明故巡抚山西都察院右佥都御史浚谷赵公墓志铭》,《世经堂集》卷十八,《四库全书存目丛书》影印明万历刻本,集部第79册。
③ 《送银台大夫景山钱君序》,《世经堂集》卷十二,《四库全书存目丛书》影印明万历刻本,集部第79册。

于当地士子以文辞相矜尚而忽略了道德的养成。钱氏作为吴中之士,徐阶撰写是序,从某种意义上说,正是存有期望他引导当地士子以道相尚,进而扭转风俗的意图。

不仅是地方风俗的扭转,考察嘉靖中后期的政局,徐阶在文学旨义中强化、甚至放大"道德"的作用,实际上还内含一种改造现实的政治关怀。关于他在担任首辅以后如何扭转严嵩之蠹政,并非本文考察的内容。然而,需要指出的是,严嵩主政的二十年间,在"政以贿成,官以赂授"的影响下,士风败坏严重。时任监察御史杨爵曾上疏曰:"今天下大势,如人衰病已极,腹心百骸莫不受患,即欲拯之,无措手地方。且奔竞成俗,贿赂公行,遇灾变而不忧,非祥瑞而称贺。逸诒面谀,流为欺罔,士风人心,颓坏极矣。"①徐阶也曾在写给熊浃的书信中感慨,"士大夫方以纳贿为能,宴安为得,譬如病人,内虚外感"②。有感于这种政治气候,徐阶力图通过道德制约,从个人的修养出发,匡正士风,稳定秩序,以此达到维护"治统"的目的。对于此举,张四维曾盛赞曰:"当嘉靖末载,世风之涸浊甚矣,民不见德,惟贿是闻,四夷交侵,万民失业,天下势盖岌岌乎其殆矣。一旦肃皇帝赫然斥逐盗臣,而以政柄归之徐文贞公,若雷霆震而妖怪伏,阴翳披豁而旭日升也",进而强调在此之后,"士大夫得以守身修职,自见于世,争自淬砺以名节相尚"③。孙如游亦言:"分宜(案:指严嵩)既斥之后,则以廉靖表率而缙绅之气节日培,贪墨之苞苴尽绝。"④徐阶掌握权柄后,以扭转士人"道德"为内容而展开的肃清与整顿,其实践之功,可见之一斑。

---

① 夏燮《明通鉴》卷五十七,北京:中华书局,2014年版,第2234页。
② 《与熊北原太宰》,《世经堂集》卷二十二,《四库全书存目丛书》影印明万历刻本,集部第80册。
③ 《特进光禄大夫柱国少师兼太子太师吏部尚书建极殿大学士赠太师谥文贞存斋徐公神道碑》。张四维《条麓堂集》卷二十五,《续修四库全书》影印明万历刻本,集部第1351册,上海:上海古籍出版社,2002年版。
④ 孙如游《世经堂续集序》,《世经堂续集》卷首序。

二 勋业:"施之朝廷,用之邦国"

相较于"道德"说推尚儒家义理的修习与涵养,那么同为徐阶所标示的"勋业"说,则重在以文学反映事功。它们的共同之处,皆含藏着一种"经国之大业"的文学意识与价值取向。

王世贞曾评论徐阶《世经堂集》,指出:"天下徒知嘉、隆之际取治于公,公不明其所以,而庶犹有可窥见者,兹集在也"①,其中多少揭示出徐阶"勋业"与"文学"间的联系。徐阶在为同官内阁大学士的张璧《阳峰家藏集》所作的序文中又说:

> 古今文章之士多矣,然于时或不庸,即庸矣,或未必为宰相,而其以相业著者,又或不以文称。故汉之相称萧、曹、丙、魏,乃其文称司马迁、班固、扬雄;唐之相称房、杜、姚、宋,乃其文称韩愈、柳宗元。宋韩、范、富、欧。本朝三杨、李文达先后称名相,而独欧阳公、东里公之文盛行于后。盖文章事业其难兼也久矣。然萧、曹以下诸君子,虽不以文称,而所为书疏诗赋与其刻集,亦往往而传,则岂非重其事业故哉?②

从他对于文学价值意义的认知来看,视文章为传递功业的载体,乃其从内阁大学士身份出发所执持的一种基本观念。作者在这段表述当中,比照历代宰辅与留名后世的文人,意识到尽管自古以来文章之士众多,然其或限于辞章,或囿于身份,多少显现出文章与事业难以兼擅的现象,故而一方面肯定欧阳修、杨士奇能做到两者皆备,另一方面则强调其他宰相诗文集的流传,正是为了彰显事业。同样,徐阶在为陆深诗文集所作的《陆文裕公集序》中表示:"公之志,盖毅然以经

---

① 《世经堂集序》,《弇州山人续稿》卷四十。
② 《阳峰家藏集后序》,《世经堂集》卷十二,《四库全书存目丛书》影印明万历刻本,集部第79册。

济自许,故在翰林、在国子,则数上书言事。督学于晋、参藩于楚、旬宣于蜀,则皆有功德于其士民。"①认为当世之人只知称其为"文章之宗匠",无疑是掩盖了他的政治勋业。因此,徐阶不仅着力揭橥陆深的政治实践,还转述其"文以通达政务为尚,以纪事辅经为贤,非颛颛轮辕之饰"的文学观念,将文学与政事相联系,展示他与陆氏思想之相与契合。不惟如此,就此问题的探讨,还可联系其《浚谷先生集序》,是序乃徐阶为巡抚江西都御史赵明春所作。赵时春因广武一战败后,遂被论解官。《明史》称其"文章豪肆,与唐顺之、王慎中齐名。诗,优浪自喜类其为人"②。徐阶在文中指示赵氏"所为文章,传播海内,士相与口诵手抄,以为法式。然公则谓此儒者之末事,不足究心,而独有志于正士风、定国是、建尊主庇民之业"。显然,相较于创作出可为士子之法度的文章,赵时春更青睐于建功立业。正因为徐阶识得赵公此心,故而对一些不实之论多有辩解,"公之薄文词而重事功,虽其言或伤于激,固诚有所见也"③。可见,徐阶"勋业"说中主体身份的指涉范围,并非只限于宰辅,而是包含更为广大的文士群体。

仔细分辨徐阶"勋业"说的意涵,可从两个方面来理解:一是强化士人与社会政治之间的关系。通过揄扬士人之勋业,形成感召之力,使更多的人积极加入国家事务的建设当中。"士修身施于其官,上乃为功名,其次为词艺,其下则富贵焉已耳。"④徐阶意识到,为官应当首重事业,次及文学。他曾在《朱水竹小集后序》中为这种价值诉求阐明原因,声言"自秦汉以来,古文歌诗表功述德,显书深刻者,何可胜数? 然皆不能以久传",只有"其词可以想其政,其政可以想其人"者,⑤方能取信于人且流传久远。也就是说,士人文辞的流布,应有"政"作为辅助。与揄扬政绩、文学的关系相关,在他为友人华钥的

---

① 《世经堂集》卷十三,《四库全书存目丛书》影印明万历刻本,集部第 79 册。
② 张廷玉《明史》卷二百,第 5302 页。
③ 《世经堂续集》卷二。
④ 《赠华亭学谕天柱杨君序》,《世经堂集》卷十一,《四库全书存目丛书》影印明万历刻本,集部第 79 册。
⑤ 徐阶《少湖先生文集》卷一,《四库全书存目丛书》影印明嘉靖刻本,集部第 80 册。

诗文集撰写的《水西集序》中，称颂华君"为诗文率苦思，连日夜乃属稿，稿成，其讨论删润力有加焉。于政事亦然，故所在声绩勃起"，将任职的政治实绩与诗文创作中谨慎不苟的心态联系起来，并且感慨："今其诗文，幸尚有是集，后当不泯没。"①华氏与徐阶为进士同年，官至兵部郎中。徐阶为其诗文集作序，多少存有褒扬政治勋业的意图。又，在给吴时来的书信中，他更是以剀切之言辞，希望能以全身心成就一番事业。"天下本无不可为之事，在君子尤不敢有不为之心。但使缓急伸缩，皆无所掣肘，则大而身命，小而官爵，何足爱惜，但恐不尽然耳"②。

另一方面，则是力图将文治和武功相结合，重塑国家之秩序。在《贺雪牕孙君序》一文中，徐阶谈论道：

> 予少时读班生传，窃慨想其为人，以为古儒者之学，上之经纬天地，次亦足折冲尊俎，为国家消旦夕之忧，其道甚大。中世文武析而为二，持文墨者贱武功，擐甲胄者鄙儒术，夫既已拘拘焉不相为用。而近时所谓文者，又皆沿袭口耳，婴情利达，于国家之事会，不足以为重轻，则诚不若投笔而起，驰驱矢石间，犹得少有裨益也。③

是序反思中世以来"文""武"殊途的变化情形，又重点突出近时文者之弊。根据他的说法，所谓"儒者"，当有卓越的政治识见，抑或是能为国家出谋划策，纾解内忧外患之困。以此为标准，班固便成为他理想中的典范代表。中世以后，文武官员互相轻视，遂拘执而不能发挥作用。然而，近来衰降之势愈显，以至于"文者"多空泛言说而少裨补时阙之功，从这个角度而言，不如弃笔从戎更益于国家之事务。事实上，徐阶的指摘并不意味着对"文者"的鄙薄，实则在竭力协调文治与武功相扞格的现状，以此为梯航，建立起以儒士为核心的国家秩序，达到人文化成天下之用。

---

① 《世经堂集》卷十二，《四库全书存目丛书》影印明万历刻本，集部第 79 册。
② 《与吴悟斋》，《世经堂续集》卷十一。
③ 《世经堂集》卷十二，《四库全书存目丛书》影印明万历刻本，集部第 79 册。

嘉靖四十一年(1562)五月,徐阶继任首辅,甫一上任,便声称要"以威福还主上,以政务还诸司,以用舍刑赏还公论"①,旗帜鲜明地展开政治整顿。关于他的具体举措,史家多有所论,不必赘述。② 本文所要说明的是,其秉持的政治纲领,在某种程度上,正是他意图构建的以儒士为核心的国家秩序的体现。事实上,这种理想的政治模式,早在徐阶的廷试策中,就已呈露端倪,其曰:"仰有以窥治平之故,俯有以探丧乱之原,真知夫离合之情,灼见夫损益之变。政可通于众志,法可宜于土俗,而谓因革之宜,乃复有昧焉者乎?纪纲风俗之序,秩然不可紊,而实本于君心者也",并指出这样的秩序"非徒法唐虞三代,而实所以法我祖宗列圣也"。③ 徐阶不仅非常向往唐虞三代的文治盛世,"论世道者,慨想于唐虞三代之盛不能自已"④,还认为本朝接续唐虞三代之文脉。而文治之世的形成,除却君王之"心",更重要的是士的参与。缘此,徐阶颇为重视士的价值,"夫欲士之尽用,予心也",力求以多种形式为国家网罗人才,构建文官政体。"今科举之法公矣而未广,有如以场屋之遗,责大臣台谏使荐辟,天子亲试而去取之,授之官而责其成。其谬举者罚无赦,则庶几士可尽得"⑤。

三 文章:"可以观人"

如果将"道德"和"勋业"说视作徐阶对文学创作必要积淀的指示,毫无疑问,他强调的"文章",则是以儒家心性理论为基础,将情感

---

① 张廷玉《明史》卷二百十三,第 5635 页。
② 有关徐阶主要的政治活动,可参看姜德成《徐阶与嘉隆政治》,天津:天津古籍出版社,2002 年版,第 185—252 页。
③ 《廷试策》,《世经堂集》卷一,《四库全书存目丛书》影印明万历刻本,集部第 79 册。
④ 《赠大方伯松泉夏公报政序》,《世经堂集》卷十二,《四库全书存目丛书》影印明万历刻本,集部第 79 册。
⑤ 《赠郡博鲁湖翟君序》,《世经堂集》卷十二,《四库全书存目丛书》影印明万历刻本,集部第 79 册。

体验与道德规范统一起来,乃作者高尚人格和高远胸襟的自然流露,其核心即在于经世。

徐阶曾在座师费宏去世后为之刊行《费文宪公集》,并在该著序言中转述费氏对他的教导,言:"文章可以观人,其文如长江大河,则其人必能有所容受承载,若如溪涧之流,虽其清可以鉴,然而为用微矣。"强调"文章可以观人",无非是探讨作品呈现的文学风格与作家个性之间的问题,即"文如其人"的文学理论命题。然而,仔细体察,不难发现,相对于"溪涧之流"的作品,他更看重"长江大河"之文,前者"为用微",对现实社会的作用并不显著,故而并未受到青睐。基于这样的理念,他进而对费宏的文学书写展开辨析,"考公之文,出入经传,平正弘博,无一不如其言。又退而观公之为人,其度廓乎有容,其气象浑厚惇大,足以任天下之重,又无一不如其文,于是始悟为文之法"①。有感于费氏的人格魅力和精神境界,徐阶对于文章之法的体认,乃是作为一种主体内在意识的自觉表现而言,揄扬文章呈示出的"足以任天下之重"的闳阔风格。不啻如此,他在《崇雅录序》中,亦同样流露出对作家言与行问题的关切:

> 古之学者,行成于身而言发于外,故其文与行,常合而为一。后世行不逮而徒窃其辞,故其文与行常析而为二。韩之于唐,欧阳之于宋,说者谓其于文章有大功,然其气节勋业表率一世者,实有出于文之外焉。②

体味"文与行"的蕴意,除了将之与古学者之风连接起来,对"文""行"合一的现象加以肯定和推崇。作为论述的逻辑起点,徐阶还以文章大家韩愈、欧阳修为例,认为论者不识其"气节勋业"足以表率一世,徒见文章之盛,实际上是割断了二者之间的必要关联,由此,将

---

① 《费文宪公集序》,《世经堂集》卷十三,《四库全书存目丛书》影印明万历刻本,集部第79册。
② 《世经堂集》卷十二,《四库全书存目丛书》影印明万历刻本,集部第79册。

韩、欧的典范价值落实至内在的气象。与此相关,对于时文的创作,徐阶也持执有相同的观念。他在《示蔡生明》中提出:"作文未便害道,且看所以作文之心是如何。若只欲讲明道义,有何不好。惟是欲借此以求富贵,笔下说义,心里却怀着利,如近时行劫者,挟刀剑而袭衣冠,以求入门,此却害道大耳。"① 徐阶以创作者的"作文之心"为能否阐明"道义"的关键因素,指摘那些借文字追求富贵之人,质疑他们文学创作的根本动机,甚至将之喻为"行劫者"。由此可见,他更在意的,乃是创作主体如何通过内在的精神气象来表现对道的不同体认,使之与现实的行径相契合。

将文学创作形之于社会价值,从某种意义上说,文章便成为参悟道理、表现勋业的重要媒介。推察起来,徐阶"文章"说的指向,实际与其台阁文人的身份密切相关。他在为朱廷立所作的《两厓集序》中,揭示近世文风中的弊病,曰:

> 予每读近世士大夫所为文章,怪其说理者或失之腐,骋词者或失之浮,好古者或艰深而难知,炫博者或泛滥而无统。间以评《文衡》之所载,于四者之病,亦多不免焉。②

徐阶从一己阅读经验出发,特别拈出近世士大夫中的"说理者""骋词者""好古者""炫博者",对应文章创作产生的"腐""浮""艰深而难知""泛滥而无统"四种弊病。在此基础上,转而考察程敏政《明文衡》,发现其间收录之文章亦未能全然脱此习气,进而得出了"文之难工,而古作者之不易以及"的结论。《明文衡》作为明初重要的文章选本,四库馆臣对其评论言:"所录皆洪武以后、成化以前之文。在北地、信阳之前,文格未变,无七子末流摹拟诘屈之伪体。稽明初之文者,固当以是编为正轨矣。"③ 即使是如《明文衡》这样有示范意义、可以视为"正轨"的作品,徐阶仍毫不掩饰其挑剔的心理。究其实质,乃其所持有

---

① 《世经堂集》卷二十一,《四库全书存目丛书》影印明万历刻本,集部第 80 册。
② 《世经堂集》卷十三,《四库全书存目丛书》影印明万历刻本,集部第 79 册。
③ 永瑢等《四库全书总目》卷一百八十九,北京:中华书局,1965 年版,第 1715 页。

的评判标准与之身份相契合,即他为之欣赏和标举的,正是能够发抒性情之正的一种台阁文学之气象。陆树声在评价徐阶的文章时指出:"公之文,其议事决筴,迎解曲中,则运斤承蜩;其缘情体物,藻思芊绵,则琲联璧拱,而不事镂琢;意象淳泊,则黄钟太羹,至其醇厚尔雅,春容纡徐,则冠冕佩玉,端委而雍肃也。盖蔚乎廊庙之文,以宣治朝之盛者",①特别指向了其典雅平正、雍容高华、昌明盛世的台阁文学之特色。前引为张璧《阳峰家藏集》所作序言中,徐阶还大力赞赏张氏之作,"体裁之纯正,词旨之畅达,华藻之赡丽,音律之铿锵,又皆为诗文者之所必法"②。这一表态,不仅展示了张璧带有台阁气象的创作特色,还提供了可作后人参照的诗文之法。就此问题的探讨,还可联系到他对朱廷立之文的评价,其曰:"为文章取法秦汉,而其自守尤确然不可夺。"③点明其为文深受秦汉文法的影响。然而,再参看他为朱氏《两厓集》所作序文,其中论曰,"公为文,根本性命,发抒学术,上取正于六经,下取材于诸子。乃其矩度,则取法《史》《汉》,参之韩、欧,是故雄深博厚,平正典雅,而铿然之音,苍然之色,自存乎其间"④。由此,所谓的"自守",置于具体的文学对象,乃在于《史》《汉》、韩、欧的取法。可见,对于不同法度的习学,徐阶能够运用话语策略,将之落实到与台阁文风相埒的"平正典雅"的文学风格当中。

值得关注的是,除上述标示对台阁文风的尊崇,得益于前期的地方提学经历,徐阶还颇为重视地方教育,力图从士子的场屋文章入手,践行自己的"文章"观念,以期合乎明廷的实际要求。他曾在《崇

---

① 陆树声《世经堂集序》,《世经堂集》卷首序,《四库全书存目丛书》影印明万历刻本,集部第79册。
② 《阳峰家藏集后序》,《世经堂集》卷十二,《四库全书存目丛书》影印明万历刻本,集部第79册。
③ 《送少宗伯两厓朱公还湖南序》,《世经堂集》卷十三,《四库全书存目丛书》影印明万历刻本,集部第79册。
④ 《两厓集序》,《世经堂集》卷十三,《四库全书存目丛书》影印明万历刻本,集部第79册。

雅录序》中,表达自己对科场文风变化的敏锐感知,以为:"国家以文取士百八十年于兹。在宣德以前,场屋之文,虽间失之朴略,而信经守传,要之不牴牾圣人;至成化、弘治间,则既彬彬盛矣;正德以降,奇博日益,而遂以入于杨、墨、老、庄者,盖时有之。"在纵向脉络的梳理中,对正德以后诸子百家之语进入举业文章的现象表现出警戒意识,在他看来,这种文章之法,"彼其要归,诚与圣人之道,不啻秦越,然其言之似是,世方悦焉,而莫之能放也"。尽管似是而非,却广受士子喜好,一时间竟难以阻挡,故而徐阶在地方为官时,颇为重视整顿这种文学现象,"独幸多士,有以亮予之志,而自识其所宗,诸所为文,翕然以变"①,最终得以转变一地文学风气。同样,吴伯与《国朝内阁名臣事略》关于徐阶的年谱中,收录有这样一则故事:

> 湖州有一生不为公所录,前自言,公曰:"汝文字奇怪,焉得应试?"生诉怨曰:"举业太难,每习得平易,即宗主好奇怪,旋习奇怪,即宗主又已好平易,某且奈何?"徐阶曰:"生可谓陋甚矣。夫文果当奇怪,提学虽好平易不可从也;果当平易,提学好奇怪亦不可从也。今生一无所主而数易所习以从人好,审如此,治世则为君子,乱世则为小人耶?"生乃悚然而退。②

任职江西、浙江地方学官时,"提调学校,阶益勤于职,岁周行郡邑必徧。大要以正文体、端士习为先"③。这则事例,关涉其坚守为文之本,严格要求地方士子的政治行径。徐阶批评士子随波逐流,迎合他人喜好的创作行径,并将之落实到国家的治理当中,一语点明其中疵病之所在,可谓切中窾要。而这种严谨的审择意识,与他对地方学官的重视密不可分,"督学宪臣者,固士所由升黜,而礼部所资以得贤也。然自词章之学行,所谓宪臣,率以文督其学官,教其弟子,故其所业,虽幸中于程式,而心与行则渐以趋于伪,一旦授之政,弃其所诵习

---

① 《崇雅录序》,《世经堂集》卷十二,《四库全书存目丛书》影印明万历刻本,集部第79册。
② 吴伯与《国朝内阁名臣事略》卷七,明崇祯刻本。
③ 王世贞《嘉靖以来内阁首辅传》卷五,北京:中华书局,1991年版,第62页。

若弁髦者有之矣"①。一方面是士子对传统经学的荒怠,另一方面则是地方督学宪臣未能切实履行职能,注重"词章之学"的教育,遂使士子缺乏经学的根基,导致"心"与"行"不一致,即便日后有幸能走入仕途,对国家社稷必不能有所匡正。职是之故,即便是在进入内阁以后,徐阶也不忘对承担地方教育的官员一再申明其身上肩负的责任。如在给沈云川的书信中,他指出"授徒一节,实古圣贤养蒙成物之事,所系甚重。止缘世俗视为糊口之图,故其为教,亦遂止于功名富贵词章口耳,而于古昔圣贤所以立教之意不复顾察,弊流滋久,世道日衰,可为流涕",进而曰,"吾兄素有志愿深思之,凡教人子弟,不可只如前所云也"②,以此表达自己的殷切期盼。

结　　语

俞宪《盛明百家诗》言:"徐公相业我朝罕俪,平生以正道事君,以正学率人,余力尤娴于诗文。然弥纶黼黻,发为名言,自有不容擯者。"③综观徐阶的文学意旨,实以道德、勋业、文章三位一体。所言之"道德",乃寻求双向兼顾之径路,一则要求文学创作以涵养品性为根柢,一则期冀将这种养成落实在现实当中,转变嘉靖后期士人浇漓与贪黩之风,以切实维护治统。"勋业"则成为传扬士人文学的最佳载体,由此,他呼吁士人积极建功立业,成为统治阶层的中坚力量,背后凸显出着力建构文官政体的经世意图。基于前两者的积淀,无论古文,抑或是时文的创作,徐阶皆力图使"文章"承担起个人作用于家国天下的价值诉求。归根结底,是在强化作为阁臣的职能与身份担当,体现出强烈的经世关怀。置于嘉、隆时期的政治生态而言,徐阶

---

① 《送宪副双台林子督学湖南序》,《世经堂集》卷十三,《四库全书存目丛书》影印明万历刻本,集部第79册。
② 《复沈云川》,《世经堂集》卷二十三,《四库全书存目丛书》影印明万历刻本,集部第80册。
③ 俞宪《盛明百家诗》,《四库全书存目丛书》影印明嘉靖至万历刻本,集部第305册。

长期宣扬这种的文学观念,实与明王朝的现实需求相契合。其中对于矫正嘉、隆间士风与文风,凝聚世道人心,有着积极作用,不啻为其相业之一端。而其中一些理念,在万历时学生张居正任首辅时得以接力赓续,其重要意义不应被忽视。

(作者:复旦大学古籍所中国古代文学专业博士研究生)

图书在版编目(CIP)数据

薪火学术:纪念章培恒先生诞辰八十七周年暨逝世十周年/薪火学术编辑部编. —上海:复旦大学出版社,2022.3
ISBN 978-7-309-16125-0

Ⅰ.①薪… Ⅱ.①薪… Ⅲ.①章培恒(1934-2011)-纪念文集 Ⅳ.①K825.6-53

中国版本图书馆 CIP 数据核字(2022)第 036646 号

薪火学术:纪念章培恒先生诞辰八十七周年暨逝世十周年
薪火学术编辑部　编
责任编辑/杜怡顺

复旦大学出版社有限公司出版发行
上海市国权路 579 号　邮编:200433
网址:fupnet@fudanpress.com　http://www.fudanpress.com
门市零售:86-21-65102580　团体订购:86-21-65104505
出版部电话:86-21-65642845
常熟市华顺印刷有限公司

开本 890×1240　1/32　印张 8.25　字数 229 千
2022 年 3 月第 1 版第 1 次印刷

ISBN 978-7-309-16125-0/K·780
定价:58.00 元

如有印装质量问题,请向复旦大学出版社有限公司出版部调换。
版权所有　侵权必究